KB153092

청소년을 위한 고전 소설 에세이

옛이야기에서 현재를 만나다!

류수열 교수와 함께하는
재미있고 유익한 우리 고전 소설 읽기

청소년을 위한
고전 소설
에세이

류수열 지음
한양대학교 국어교육과 교수

낯선 시공간에서 느끼는 매력적인 감동,
우리 옛이야기를 만나다

　누군가는 묻는다. 오늘날 우리가 읽어야 할, 읽을 만한 책만 해도 우리의 책장에 차고도 넘치는데, 그리고 책이 아니어도 화려한 콘텐츠로 무장한 미디어들이 우리의 시선을 강탈하고 있는데, 우리는 왜 군이 이런 시대에 고전 소설을 읽는가? 이에 대한 가장 근본적인 응답은 아마도 다음과 같은 것이리라. "인간이기 때문에." 그러면 또 다음과 같은 질문이 따라올 것이다. "인간이 무엇이기에?"

　소박하지만 나는 다음과 같이 대답하고자 한다. 지금으로부터 약 2,300년쯤 전에 살았던 아리스토텔레스의 저서 『형이상학』은 "모든 사람은 본성적으로 앎을 원한다"라는 문장으로 시작된다. 인간이 앎을 원한다는 것은 인간이 꿈을 꾸는 존재, 무엇인가를 추구하는 존재, 또 다른 삶을 상상하는 존재라는 사실과 유사한 의미이다. 인간이라면 누구나 꿈을 꾼다. 현실을 도피하기 위한 방편이든 현실을 극복하기 위한 전략의 모색이든, 인간은 꿈을 꿀 수 있기에 살 수 있다.

꿈의 방향과 내용은 제각기 다를 수 있다. 과거의 상태가 온전히 회복되기를 바라기도 하고, 더 나은 미래가 다가오기를 기대하기도 한다. 현재 눈에 보이는 현상만이 아니라 그 너머에 무엇이 있을까를 상상하기도 한다. 자신이 어떻게 살아왔는가를 성찰하며, 세계가 지금과 다르게 바뀌기를 꿈꾼다. 중요한 것은 인간이 무엇인가를 끊임없이 추구하는 존재라는 점이다.

나는 이야기가 앎의 가장 기본적인 형식이었을 것으로 짐작한다. 그렇다면 이야기하기란 그 꿈꾸고 추구하고 상상하는 바를 언어로 표현하는 것이고, 이야기 듣기란 이에 동참하는 일일 것이다. 우리가 이야기를 즐기는 이유는 '나'와 '우리'가 서 있는 자리가 궁금하고, '세계'가 걸어온 길과 걸어갈 길을 알고 싶기 때문이다.

이야기는 우리가 살고 있는 이 땅이 어떻게 생겨났는지를 밝혀내고, 하늘은 왜 홍수로써 이 세상을 파괴하는가를 설명한다. 바위 한 덩어리가 어찌해서 그 자리에 놓이게 되었는가, 풀 한 포기는 어떻게 해서 이런저런 이름을 갖게 되었는가를 해명한다. 성질이 괴팍한 우리 동네 김 씨는 어떻게 살다 갔는가, 나는 또 어떠한 사정으로 이 자리에 있게 되었나를 풀어낸다.

그것은 기원과 내력에 대한 설명이고, 현재의 상황에 대한 해명이면서, 동시에 미래에 대한 소망의 투사이기도 하다. 그래서 우리는 끊임없이 이야기를 만들고 전달하며, 듣고 읽고 쓰는 것이다.

그런데 우리가 우리의 고전 소설을 읽는 이유에는 좀 각별한 데가 있다. 고전 소설은 우리의 것이면서 동시에 우리의 것이 아니기 때문이다. 우리의 것이란 우리가 살고 있는 이 땅의 이야기라는 의미이고, 우리의 것이 아니라는 말은 현재가 아니라 과거에 살았던 사람들의 삶을 담고 있는 이야기라는 의미이다. 너무 멀지도 않고 너무 가깝지도 않은 거리에 있는 존재인 셈이다.

독자 입장에서는 일방적 공감도, 일방적 거부도 어려운 것이 고전 소설이다. 그래서 고전 소설을 읽을 때에는 이 거리 때문에 긴장이 형성된다. 과거와 현재의 대화적 긴장이 있고, 나와 그들을 둘러싼 삶의 문법 사이의 긴장이 있다. 낯익은 것과 낯선 것 사이의 긴장, 있는 그대로의 현실과 있어야 할 이상 사이의 긴장, 있는 그대로의 역사와 있어야 할 초현실적인 상상 사이의 긴장도 있다. 이러한 긴장이야말로 고전 소설이 가진 강력한 매력이며, 이 매력으로부터 고전 소설을 읽어야 하는 이유가 나온다. 그것은 아무런 억압도 없이 우리의 상상력을 강하게 자극하고, 그 어떤 강제도 없이 우리가 살고 있는 현재의 삶을 성찰하고 미래의 삶을 그려 보도록 이끈다. 그러면서도 몽상에 빠지거나 허상에 미혹되지 않도록 통제를 해 주는 것이다.

이제 고전 소설을 대하는 우리의 자세를 가다듬기로 하자. 고전 소설이라고 하면 어떤 작품들이 떠오르는가? 「이생규장전」, 「홍길동전」, 「조웅전」, 「임경업전」, 「전우치전」, 「박씨부인전」, 「사씨남정기」, 「구운몽」, 「춘향전」, 「토끼전」(혹은 「별주부전」), 「심청전」, 「숙영낭자전」, 「운영전」, 「장화홍련전」, 「배비장전」, 「이춘풍전」 등이 떠오를 것이다. 우리는 사실 중·고등학교에서 교과서를 통해 이 작품들을 접하기 전부터 이미 알고 있는 경우가 많다. 어린이용으로 각색된 동화 버전의 작품들이 이른바 '고전 명작' 등의 이름으로 우리들의 독서 경험을 확충해 주었기 때문이다. 고전 소설이 낯익다고 생각한다면 아마도 이런 유년기 시절의 독서 경험이 강렬하게 작용한 결과일 것이다.

그렇다면 우리는 이 소설들을 어떻게 기억하는가? 대체로 주인공의 성취나 승리로 막을 내리는, 이른바 해피엔딩을 떠올리기 쉽다. 그 과정에서 주인공을 위기에 처하게 했던 악인들은 모두 자멸하거나 처벌을 받는다. 또 초월적인 인물이 주인공을 도와주기도 한다. 우리 고전 소설에 대한 독서 경험을 가진 이라면 대체로 이와 같은 인상을 가지게 된다.

실제로 고전 소설의 특징에 대한 참고서식 설명은 일대기적 구성, 권선징악의 주제, 평면적·전형적 인물, 환상적·비현실적·우연적 사건 전개 등으로 항목화되곤 한다. 여기에 '편집자적 논평의 빈번한 등장'이 추가되기도 한다. 이는 한마디로 개성이 없다는 평가를 깔고 있는 설명이다. 포털 사이트에서 검색을 해 보아도 비슷하게 변주된 수준의 설명이 나온다. 그만큼 널리 퍼져 있다는 뜻이기도 하다. 심지어 우리 고전 소설의 특징을 이런 식으로 일목요연하게 싸잡아 말하면서 개성이 없다는 식의 단언을 내리기도 한다.

그러나 우리 고전 소설 중에서는 일대기적 구성을 취하지 않은 작품, 악인이 등장하지 않는 작품, 입체적인 인물이 주인공으로 등장하는 작품도 많으며, 비현실적·우연적 사건은 다른 장르에서도 나타나는 특징이다. 그러니까 우리는 고전 소설 전체의 특징을 한꺼번에 설명하려는 욕심 때문에 개별 작품들이 지닌 개성을 무시하고 성급하게 일반화하여 몇 가지 항목으로 단정지어 온 것이다.

그러나 이와 같은 일반화는 소설이라는 갈래의 속성을 무시한 결과이다. 모든 소설의 구성 요소들은 우연히, 임의적으로 선택된 것이 아니라 역사적·문화적 맥락 속에서 형성되기 때문이다. 이런 맥락을 제거하고 서구 중심적 시각으로 우리 고전 소설을 평가해서는 그 가치를 온전히 드러내기란 불가능에 가깝다.

그렇다면 고전 소설이 지닌 매력의 뿌리는 어디에 있을까? 내가 보기에 가장 큰 매력은 '일어날 법한 환상'에 있는 듯하다. 이는 소설의 갈래적 특성인 사실성(reality), 환상성(fantasticality)과 밀접한 관련이 있다.

소설은 태생적으로 대중과 밀접한 관련이 있는 문학 갈래로 간주되어 왔다. 인류 역사의 초창기에서부터 인간과 함께해 온 시(詩)와 다른 점이다. 물론 아득한 옛날부터 소설의 전신이라 할 수 있는 신화, 전설, 민담이 있기는 했지만 소설은 서책이 상업적으로 유통되기 시작한 조선 후기가 되어서야 본격적으로 자리를 잡고 부흥하기 시작했다. 상업적으로 활발히 유통되었다는 것은 곧 대중성이 있었다는 말인데, 그렇다면 소설은 어떻게 대중의 욕구를 충족할 수 있었을까? 당연한 말이겠지만 '감동'과 '쾌락'을 제공했기 때문이다.

소설이 읽는 이에게 감동과 쾌락을 주려면 사실성이 필요하다. '그럴듯한 이야기', '일어날 수 있는 이야기'를 해야 한다는 뜻이다. 작품의 시간적·공간적 배경, 인물의 행위나 능력, 사건의 전개 과정이 현실적으로 실현 가능한 수준에서 설정될 때 독자는 이야기에 몰입하면서 이를 자신의 것으로 받아들일 가능성이 높다. 그러나 소설이 사실성만을 추구하게 되면 역사서와 같은 사실의 기록과 크게 다르지 않게 된다.

소설에서 환상성이 요구되는 이유는 여기에 있다. 현실에서는 선한 인물이 패배를 맛보기도 하지만, 소설에서는 이들이 성공하거나 승리하기를 바라는 독자들의 소망이 반영된다. 그래서 평범한 인물 대신 영웅이나 재자가인과 같은 출중하고 비범한 능력을 가진 인물이 주인공으로 선택된다. 그럼에도 위기와 시련은 있을 것이므로 그를 돕는 조력자도 필요하고, 경우에 따라 그 조력자는 초월적인 능력을 지닌 인물로 설정된다.

비범한 주인공과 초월적 조력자가 환상적인 사건을 일으키는 것은 오히려 자연스럽다. 이를 통해 독자들은 현실에서 겪는 불합리나 부조리로부터 경험하는 심리적 불만을 해소하게 된다. 척박하기 짝이 없는 삶의 조건을 잠시나마 벗어던질 수 있는 경험을 통해 대리만족을 얻기도 한다. 현실에서 좀처럼 일어나기 힘든 사건을 그럴듯하게 그려 내는 데서 소설은 매력을 가지게 된다.

말하자면 환상적 사건을 현실에서 일어날 법하게 만들면 독자들이 소설에 매료되는 것이다. 이런 점에서 환상성은 사실성의 또 다른 이면이라 할 수 있다. 그리고 '일어날 법한 환상'이라는 점에서 고전 소설은 인물과 사건이 아무리 환상적이라 하더라도 그것이 무한정으로 확장되지는 않는다는 점도 염두에 둘 필요가 있다.

이와 같은 관점에서 고전 소설의 개별 작품들을 차근차근 읽어 가다 보면 작품마다 지니는 고유한 개성이 보일 것이다. 그리고 그 개성은 그동안 우리가 성급한 일반화로 단정지어 온 부당한 평가들이 얼마나 위험했는지를 알려 줄 것이다. 그리하여 낯익음과 공존하는 낯섦, 낯익음 속의 낯섦을 느낄 수 있다면, 그것은 소설을 읽는 눈과 인간을 보는 눈, 세상을 살피는 눈이 한층 밝아진 증거로 받아들여도 무방하리라.

이 책에 실린 글들은 부분적으로 전문적인 연구자의 입장에서 서술되기도 했지만, 고전의 세계에 좀 익숙한 독자의 입장에서 옛이야기를 읽고 쓴 감상문에 가깝다. 아버지 세대 때부터 내려온 참고서식 설명에 균열을 내 보려고 했고, 전형적이고 상투적인 인물에서 새로운 표정을 읽어 내려 했으며, 고전 소설의 주제를 일반화해서 바라보는 선입견의 위험을 폭로하려 했다. 그 과정에서 특정한 대목을 과도하게 키우기도 했고 중요한 서사적 장면보다 주변부에 있는 인물이나 사건에 집중하기도 했다. 그러나 이 또한 내가 지닌 독자의 권리라고 믿는다.

그래서 독자들에게 하고 싶은 부탁이 있다. 그것은 '이 소설은 이렇게 읽어야 해'라는 생각은 버렸으면 한다는 것, 이 책을 '이렇게 읽을 수도 있구나' 하는 식의, 많고 많은 독법 중의 하나로 받아들여 주었으면 한다는 것이다. 그리하여 '나도 한번 나답게 읽어 볼까?' 하는 용기를 얻어 고전 소설 읽기에 도전해 보기를 바랄 따름이다.

이 책에 실린 글들의 태생은 약 4년 전으로 거슬러 올라간다. 2015년

1월부터 12월까지 월간《독서평설》의 '현대의 창으로 바라본 옛 소설'이라는 꼭지에 고전 소설 한 편씩을 소개한 바 있다. 고전 소설들을 당대의 맥락에서 훑어보는 데서 그치지 않고 오늘날 우리의 삶으로 초대하여 그 함축을 읽어 내고자 하는 기획의 산물로 생산된 글이었다. 오늘날 우리의 삶을 고전 소설 작품에 비추어 보거나, 거꾸로 고전 소설 작품을 오늘날 우리의 삶에 비추어 보려는 시도였다. 그로부터 약 4년이 흐르는 동안 보태고 빼고 깁고 하면서 원래의 글을 손보았다. 열두 편 각각의 작품에다 견주어 읽을 만한 다른 작품 하나씩을 배치하여 엮어 읽는 형식으로의 변화도 도모했다. 한 작품을 다른 작품과 나란히 견주어 읽으면서 한 작품만을 읽을 때는 잘 보이지 않던 국면을 발견하곤 했던 개인적인 독서 경험 때문이었다.

이러저러하게 부족한 글들이지만 청소년들과의 의미 있는 소통은 충분히 가능하리라는 판단 아래 다시 쓰기를 거듭하게 된 것은 순전히 눈 밝은 편집진들의 독려 때문이었다. 통일성을 온전히 갖추지 못해서 울퉁불퉁했던 글들을 단정하게 다듬어 주고, 뜻이 통하지 않는 구절을 찾아 그 빈틈을 오밀조밀하게 채워 준 해냄의 심슬기 선생에게 감사의 말씀을 전한다. 그리고 순박한 고전 소설 독후감에 과감하게 자리를 내준《독서평설》의 편집진에게도 고마움의 뜻을 보낸다.

2020년 4월

류수열

· 차례 ·

여는 글 낯선 시공간에서 느끼는 매력적인 감동, 우리 옛이야기를 만나다 4

  주체적인 삶의 시작

1 공부는 왜 하는가 박지원의 「허생전」 17
• 견주어 읽기 「양반전」 31

2 담장을 왜 넘는가 김시습의 「이생규장전」 38
• 견주어 읽기 「심생전」 51

3 부모를 왜 떠나는가 「주몽 설화」와 「유리 설화」 56
• 견주어 읽기 「심청전」 70

  인간 본성의 모습들

1 사랑과 이별, 그 영원한 주제 「운영전」 77
• 견주어 읽기 「춘향전」 88

2 착하다는 말의 본뜻을 찾아서 「창선감의록」 92
• 견주어 읽기 「광문자전」 105

3 욕망의 크기, 욕망의 속도 「흥부전」 110
• 견주어 읽기 「예덕선생전」 125

침묵하는 진실, 숨어 있는 지혜

1 누구의 거짓말이 승리할까 「토끼전」 133
  • 견주어 읽기 「옹고집전」 146

2 복수보다 처벌 「장화홍련전」 151
  • 견주어 읽기 「콩쥐팥쥐전」 165

3 어른의 지혜를 기다리며 설총의 「화왕계」 170
  • 견주어 읽기 「사씨남정기」 184

 국민으로 산다는 것

1 법이 정의를 외면할 때 「황새결송」 195
  • 견주어 읽기 「서동지전」 206

2 나라가 백성을 외면한다면 「적벽가」 213
  • 견주어 읽기 「최척전」 227

3 영웅을 위한 나라, 백성을 위한 나라 「홍길동전」 233
  • 견주어 읽기 「박씨전」 247

1장

주체적인
삶의 시작

공부는 왜 하는가

박지원의 「허생전」

반드시 책을 통하지 않더라도 무엇인가 배우는 일을 '공부'라고 한다면, 세상에 공부하지 않는 사람은 없을 것이다. 그러나 공부를 제대로 즐기는 사람은 드물다. 심지어 공부를 억압으로 받아들이는 경우도 많다. 도대체 왜 사람은 공부를 해야 하는가? 「허생전(許生傳)」을 통해 공부의 참의미를 찾아보자.

✿ 공부에 대한 질문

우리가 일상적으로 일컫는 공부란 사전적인 의미에서 '학문이나 기술을 배우고 익히는 것'이다. 경우에 따라 학습(學習)과 유사한 의미로 쓰이기도 하고, 글공부라는 단어가 있는 데서 알 수 있듯이 독서(讀書)의 의미로 쓰이기도 한다.

'공부'는 한자로 '工夫' 또는 '功夫'로 표기한다. '장인 공(工)' 혹은 '공로 공(功)'에 '지아비 부(夫)'로, 글자 그대로 풀이하면 '어떤 물건을 정교하고 세련되게 만드는 사람'이라는 뜻이다. 일반적으로 알고 있는 공부의 의미와는 거리가 멀다. 그런데 좀 더 전문적인 한자 사전에서 '공부'를 찾아보면 다음과 같은 풀이가 제시되어 있다.

① 일을 하는 데 드는 힘과 시간

② 시간과 힘을 쓰고 난 뒤에 얻어지는 조예(造詣)

③ 작업 혹은 공작(工作)과 같은 말

④ 시간(틈, 여가)

⑤ 공(功)을 쌓고 행(行)을 쌓아 심성을 잘 보존하고 길러 가는 것

이 가운데 우리가 알고 있는 공부의 일반적인 의미와 딱 맞아떨어지는 풀이는 없다. 하지만 공부가 어떤 목적을 이루기 위해 힘과 시간을 들인다는 의미로 통용되는 단어라는 사실을 추론할 수는 있다. 힘, 즉 지적 에너지를 어느 정도 지속적인 시간을 들여 투입해서 지식이나 기능을 익혀 무엇인가를 볼 수 있는 안목을 높이거나 무엇인가를 할 수 있는 능력을 키우는 것이 곧 공부 아니겠는가? 공부의 요체는 그리하여 부족한 상태에서 더 나은 상태로 발전해 가는 것이다.

그렇다면 우리는 힘든 공부를 왜 해야 할까? 많은 학생이 공부하기 싫을 때 자주 하는 질문 가운데 하나일 것이다. 지식을 어딘가에 써먹기 위해 공부하는 것일까, 아니면 그 자체로 보람이 있기 때문에 공부하는 것일까? 부족한 상태에서 더 나은 상태로 발전해 가는 것이 공부의 요체라면, 그 나은 상태는 또 구체적으로 어떤 상태를 일컫는가?

연암 박지원(1737~1805)이 청나라를 여행하면서 겪은 경험을 기록한 『열하일기(熱河日記)』*에 실려 있는 「허생전」에는 공부에만 열중하

18

다가 아내의 구박을 듣고 책을 덮고 마는 '허생'이라는 이인(異人)*이 나온다. 허생과 그의 아내도 분명히 공부에 대해 이런 의문을 품었을 테다. 이제 조선 후기의 사회문화적 상황을 상상하면서 공부라는 화두를 중심으로 「허생전」을 읽어 보기로 하자.

🏵 허생이라는 기인

허생이라는 인물이 실제로 존재했는지 여부는 확실하지 않다. 박지원도 『열하일기』에서 윤영이라는 사람으로부터 전해 들은 이야기라고 밝힐 뿐이다. 그것은 어쩌면 이 작품이 당시 시대 상황과 사대부들을 싸잡아 비판하고 있기 때문에, 이에 따른 필화(筆禍)*를 피하기 위해서 작가가 거짓말을 했을 가능성이 높다. 그러나 우리가 「허생전」을 한 편의 소설로 대하는 이상 이 문제는 그리 중요하지 않다.

먼저 줄거리를 보면서 그의 행적을 간략하게 더듬어 보자.

📖 남산의 한 동네에 살던 허생은 독서에만 매진한다. 그러다 가난에 지친 아내의 항변을 듣고 독서를

『열하일기』
1780년(정조 4년)에 연암 박지원은 청나라 건륭 황제의 70세 생일을 축하하기 위해 외교사절단의 일원으로 중국을 다녀왔다. 그해 음력 5월 말 한양을 출발하여 압록강을 건너고 요동 벌판을 거쳐 8월 초에 북경에 도착한다. 그런데 그 당시 건륭 황제는 만리장성 너머에 있는 열하(熱河)에서 피서를 하고 있어서 목적지가 급히 변경된다. 다시 북경으로 돌아온 박지원 일행은 거기에서 한 달 정도 머문 뒤 그해 10월 말에 귀국한다. 박지원은 당시 세계적인 대제국으로 성장한 청나라의 실상에 대한 감회와 시사에 대한 비평을 기록하였는데, 그 여행기가 바로 『열하일기』이다. 박지원의 또 다른 소설 「호질(虎叱)」도 이 여행기 안에 실려 있다.

이인
재주가 신통하고 비범한 사람

필화
발표한 글이 법률적으로나 사회적으로 문제를 일으켜 제재를 받는 일

포기한 채 집을 나온다. 가출을 감행한 것이다. 집을 나선 그가 찾아간 곳은 장안의 갑부 변 부자의 집. 허생은 이곳에서 돈 일만 냥을 빌린다. 이 돈으로 장사를 하여 막대한 이득을 얻은 허생은 나라의 골칫거리인 변산의 도적들을 이끌고 무인도에 들어간 뒤, 농사지은 곡식을 일본 장기도(長崎島)로 가져다가 팔아 백만 냥을 얻는다. 그런데 그는 커다란 성공을 뒤로하고 화근을 없앤다는 이유로 글자를 아는 자들을 모두 데리고 섬을 떠난다. 섬을 나올 때 그는 조선에는 거금 백만 냥을 용납할 곳이 없다면서, 오십만 냥은 바다에 버리고 나머지 돈으로 이곳저곳을 돌아다니며 헐벗고 굶주린 이들을 구제한다. 남은 돈으로 변 부자에게 빌린 돈을 갚고 빈손으로 귀가한 이후 그는 다시 독서에 매진한다. 어느 날 변 부자와 함께 온 이완이라는 벼슬아치에게 허생은 세 가지 시국책을 제시한다. 이완이 이를 수용하기 어렵다고 하자 허생은 그를 크게 꾸짖고 내쫓는다. 이완이 다음 날 허생을 다시 찾아가니 이미 그는 종적을 감춘 뒤였다.

허생의 행적은 여러모로 눈길을 끈다. 우선 돈을 벌어들이는 허생의 비범한 능력이 주목된다. 그는 돈을 빌려 장사로 큰돈을 번 뒤, 다시 도적 떼를 데리고 무인도에 들어가 농사를 짓는다. 또 그 곡식으로 무역을 하여 큰돈을 번다. 돈을 버는 데 얼마나 긴 시간이 걸렸는지는 정확히 알 수 없지만, 그가 벌어들인 돈이 '국가 전체의 경제 규모가 용납하지 못할 정도'라 했으니 오늘날의 재벌보다도 훨씬 더 큰 수익을 얻었음에 틀림없다.

여기서 또 주목해야 할 점은 큰돈을 버리는 기행(奇行)이다. 그는 보통 사람이 만지기 힘든 큰돈을 과감하게 바다에 버린다. 국가적 차원의 경제 규모에 비추어 지나치게 컸기에 돈이 시중에 풀리면 경제 질서에 혼란을 초래할 것이라고 판단한 모양이다. 하지만 나라 경제를 걱정하는 사람이 가난에 시달리는 아내는 전혀 고려하지 않은 채 빈손으로 귀가하는 아이러니는 어떻게 봐야 할까?

이 정도면 가히 기인 중에서도 으뜸이요, 이인 중에서도 이른바 '역대급'이라 할 만하다. 그런데 그가 귀가한 뒤에 하는 일은 또다시 공부다. 도대체 그는 왜 돈벌이에 성공하고도 다시 가난한 선비로 초연하게 돌아간 것일까? 왜 다시 가난 속에서 글공부에 매진했을까? 여기에는 필시 세속적인 안목으로는 볼 수 없는 숭고한 어떤 뜻이 숨어 있으리라.

✿ 허생이 아내에게 핀잔을 듣는 까닭

허생이 글공부에 매진할수록 아내는 더욱 고달파진다. 이런 아내의 고충이 담긴 핀잔을 들어 보자.

> 하루는 그 처가 몹시 배가 고파서 울음 섞인 소리로 말했다.
> "당신은 평생 과거(科擧)를 보지 않으니, 글을 읽어 무엇 합니까?"
> 허생은 웃으며 대답했다.

장인바치
장인을 낮잡아 이르는 말
로, 손으로 물건을 만드는
일을 업으로 하는 사람

"나는 아직 독서를 익숙히 하지 못하였소."

"그럼 장인바치* 일이라도 못 하시나요?"

"장인바치 일은 본래 배우지 않았는데 어떻게 하겠
소?"

"그럼 장사는 못 하시나요?"

"장사는 밑천이 없는 걸 어떻게 하겠소?"

처는 왈칵 성을 내며 소리쳤다.

"밤낮으로 글을 읽더니 기껏 '어떻게 하겠소?' 소리만 배웠단 말씀이
오? 장인바치 일도 못 한다, 장사도 못 한다면, 도둑질이라도 못 하시나
요?"

허생은 읽던 책을 덮어 놓고 일어나면서,

"아깝다. 내가 당초 글 읽기로 십 년을 기약했는데, 인제 칠 년인
걸⋯⋯." 하고 휙 문밖으로 나가 버렸다.

조선 시대 지배 계층은 흔히 사대부로 통칭된다. 그런데 사대부는
태생적으로 이중의 정체성을 가지고 있다. 이는 사대부라는 말이 '사
(士, 선비)'와 '대부(大夫, 벼슬살이하는 사람)'가 합쳐져 이루어진 말이
라는 점에서 드러난다. '사'는 벼슬살이에 나서기 전에 공부를 하는
독서인이고, '대부'는 벼슬살이에 나선 위정자이다.

사대부들은 다른 일은 하지 않고 공부에 매진하는 것을 업으로 삼
았다. 토지를 소유하고 있으면서 경작은 농민이나 노비에게 맡겼기 때
문에 가능했던 일이다. 신분은 세습되었다. 그러니 그들이 세상에 태

어나서 할 수 있는 일은 오직 공부뿐이었다. 공부는 그들에게 주어진 의무이자 배타적인 권리였던 것이다. 이것이 선비로서 추구하는 '수기(修己)', 즉 몸과 마음을 닦는 일이다. 자신을 연마하는 일을 마친 선비는 과거나 다른 통로를 통해 대부가 되어 백성을 다스리는 것이 도리였다. 이른바 '치인(治人)'이다.

사대부 계층의 일원으로 짐작되는 허생 또한 글공부를 통해 수기에 매진하고 있었다. 사대부들의 일상적 삶을 생각하면 크게 이상한 일도 아니다. 오히려 그는 본연의 임무에 충실할 뿐이다. 그런데 허생이 일반적인 사대부의 모습과 다르다는 점을 주목해야 한다.

우선 그는 치인의 영역으로 나아갈 뜻을 접고 오직 수기의 영역에만 머물러 있고자 했다. 그리고 소유한 토지도 없어 가난을 면하지 못했다. 허생에게 내뱉는 부인의 조롱이 지극히 자연스러운 이유도 여기에 있다. 아내의 눈에 비친 허생은 아무런 쓸모도 없는 글공부에 빠져 있는 사람이다. 게다가 식솔의 생계를 책임지지 못할 정도로 무능하기 짝이 없는 가장이다. 그런 점에서 두 사람의 행동은 각자 따로따로 정당하다 할 것이다. 그러니 두 사람 사이에 갈등이 생기는 것은 필연적이다.

하지만 허생은 집을 나간 뒤에 전혀 다른 면모를 보인다. 그는 잔치나 제사에 쓰이는 과일과 의관(衣冠)을 차리는 데 쓰이는 말총을 독점해 돈을 벌어들인다. 이것들은 모두 사대부들의 명분 추구에 필요한 물품들이다. 더욱이 무역을 통해 상상 이상의 돈을 모은다. 허생의 상업적 성공은 당시 조선 경제의 허실을 압축적으로 보여 준다. 사대부들의 명분 추구에 필요한 소비재가 주요 상품이라는 점에서 조선의 경제가 생산적인 순환으로부터 얼마나 멀어져 있었는지를, 한 가지 물품을 독점했다고 나라가 휘청거릴 정도였다는 점에서 조선의 시장이 얼마나 취약했는지를, 조선의 경제가 100만 냥을 수용할 수 없을 정도였다는 점에서 그 경제 규모가 얼마나 소박했는지를 충분히 알 수 있는 것이다.

이로써 보면 박지원은 허생과 그 아내의 갈등을 통해 사대부 계층의 무능함을 보여 주는 한편으로, 허생의 사회적 활약을 통해 뿌리가 약한 조선의 경제 상황을 적나라하게 비판한 셈이다. 여기에 더하여 이완이라는 벼슬아치를 등장시켜, 명분과 의리에 묶여 실리를 추구하지 못하는 당대 지배 계층의 경직된 사고방식에도 비수를 날렸다고 볼 수 있겠다. 그 비수의 날카로움이 이 정도였으니, 스스로 만든 이야기를 남한테 들은 이야기인 것처럼 포장한 이유도 가히 짐작이 될 것이다.

✿ 공부, 수단인가 목적인가

"모든 인간은 본성적으로 앎을 원한다." 고대 그리스의 철학자 아리스토텔레스의 저서인 『형이상학』의 첫머리에 박혀 있는 문장이다. 고대부터 현대까지 2천 년이 넘도록 그 생명력이 이어지고 있는 명제이다. 아리스토텔레스는 이 글에서 감각 기관을 통한 앎에서부터 경험을 통한 앎, 그리고 학문을 통한 앎에 이르기까지 인간이 추구하는 앎의 몇 가지 위계를 설정한다.

모든 생명체는 일차적으로 시각을 비롯한 여러 감각을 통한 앎을 추구한다. 그중의 일부는 여기에 더하여 경험을 통한 앎을 추구하고, 또 그중의 일부는 이에 더하여 학문을 통한 앎을 추구한다. 그렇다면 경험을 통한 앎과 학문을 통한 앎의 차이는 무엇일까?

아리스토텔레스는 두 앎의 차이를 '왜'라는 질문에 답할 수 있는지 여부에서 찾는다. 즉 경험으로 아는 사람은 어떤 사실 자체를 알기는 하지만 왜 그러한 사실이 나타났는지 모른다. 반면에 학문을 하는 사람들은 왜 이러한 사실이 나타나는지 알고 있고 이를 설명할 수 있다. 예컨대 경험을 통해 불이 뜨겁다는 사실을 알 수 있는 것은 모든 사람들에게 가능한 일이지만, 그것이 불이 뜨거운 이유를 설명할 수 있는 능력을 갖게 하지는 못한다. 그 '왜'를 설명하는 것은 학문하는 사람, 곧 공부하는 사람의 몫이다.

공부의 참뜻은 여기에 있다. 공부는 지식을 쌓는 행위이자, '왜'라는 질문을 얻고 스스로 이에 대한 답을 찾아가는 과정이다. 공부와 비슷한 의미로 쓰이는 '학문(學問)'이라는 단어에 '묻다[問]'라는 글자가 포함된 이유도 여기에 있다. 허생이 글공부에 매달린 7년의 세월은 스스로 질문을 얻고 이에 대해 스스로 대답하기를 반복한 시간이다. 그렇다면 허생이 글공부 기간으로 10년을 기약한 데 대해 마냥 비판으로만 일관할 수는 없을 것이다.

이러한 관점에서 허생의 선택이 정당하다는 데 대해 조금이라도 동의한다면, 이제 부인의 조롱에 삐딱한 시선을 보내 보기로 하자. 부인이 허생에게 보내는 조롱은 생계에 아무런 도움이 되지 않는 글공부에 대한 회의에서 비롯되었다. 허생의 공부는 과거 시험에 대비한 공부도 아니고 생계를 잇는 데 도움이 되는 공부는 더더욱 아니다.

부인은 공부가 돈을 벌거나 곡식을 얻는 데 도움이 되어야 한다고 생각한다. 그러나 돈이나 곡식은 먹고사는 수단일 뿐, 그 자체가 목적이 되어서는 안 된다는 것이 아마도 허생의 생각이었을 터. 따라서 먹고사는 문제만 놓고 봤을 때 부인의 생각은 잘못이 없다고 하더라도, 글공부 자체를 삶의 도리로 여기는 선비의 입장에서는 정당하지 못한 생각으로 여겨질 수밖에 없다.

부인의 생각은 오늘날의 학교 교육에서 문제 해결 능력을 강조하면서 실생활에 유용한 지식이나 기술을 가르쳐야 한다는 논리와 궤를 같이한다. 즉 학교 교육을 직업을 중심으로 한 사회생활의 준비 단계로 보는 관점이다. 선진국은 IT·바이오·로봇 시대에 대비해 컴퓨터 프로그래밍 등 실용적인 교육에 열중하는데, 우리의 교육 현실은 그렇지 않다고 비난을 퍼붓기도 한다. 취업률이 낮다는 이유로 학과 통폐합을 시도하려는 대학들의 움직임도 만만치 않다. 성장과 성숙, 자아 성찰, 진리 탐구와 같은 가치를 내세우는 것이 오히려 퇴행적이라는 비판을 받는다. 허생의 부인이 오늘날의 학교를 본다면, 이러한 생각에 충실하게 동조했을 것으로 보인다.

다시 질문을 던진다. 공부는 왜 하는가? 공부를 해서 성적을 올려놓으면 진로 선택의 폭이 넓어지는 것도 사실이다. 또 좋은 성적을 밑천

삼아 이른바 명문 대학을 나오고 좋은 학력(學歷), 즉 이름 높은 학교를 다닌 경력이 있으면 좋은 직업을 가지고 좋은 곳에 취업하는 데 유리한 것도 사실이다. 그렇다면 공부의 진정한 목적은 좋은 직업을 구하는 데 있는가? 좋은 직업이란 무엇인가? 돈을 많이 벌어들이는 직업이 더 좋은 직업인가?

　이런 질문들은 공부를 무엇인가를 이루기 위한 실용적 수단으로 보는 관점에 대한 문제 제기이다. 물론 공부가 오직 그 자체로 순수한 목적이라고 보는 관점은 비장에 가깝도록 숭고하다. 그럼에도 불구하고 학교는 왜 필요하며, 학교에서 가르치고 배우는 것들이 어떤 성격을 갖는지를 고려해 보면 이 질문들에 대해 회의적으로 답할 수밖에 없을 것이다.

기본적으로 학교에서 이루어지는 교육은 '써먹기' 위한, 혹은 문제 해결을 위한 실용적 지식을 겨냥하지 않는다. 만약 실용적인 지식에 우선적 가치를 두고 학교 교육을 추진해 왔다면, 우리는 학교에서 자동차 운전을 배우고 있을 것이다. 대부분 운전을 하면서 살아갈 현대인들에게 그만한 실용적 지식이 어디에 있겠는가? 우리는 학교 운동장에 운전 연습장 같은 코스를 그려 놓고 자동차 운전을 가르치는 풍경을 쉽게 볼 수 있었을 것이다. 그러나 학교에서는 교육이라는 이름으로 운전을 가르치지는 않는다.

그렇다면 학교 교육에서 지향하는 공부의 참뜻은 어디에 있는가? 인간다움의 추구에 있다고 한다면, 다소 추상적으로 들릴 것이다. 그러면 이렇게 답할 수밖에 없다. 학교 교육은 근본적으로 인간이 어떠한 문제를 접했을 때 사고할 수 있는 능력을 함양하는 데 그 목적이 있다. 아니 그 이전에 어떠한 문제를 발견하는 안목을 기르는 데 더 궁극적인 목적이 있다. 아는 만큼 보인다는 말이 있듯이, 공부하지 않은 사람에게는 보이지 않는 문제가 공부를 한 사람에게는 보이는 것이다. 이것이 진정한 학력(學力)이다. 중요한 것은 학력(學歷)이 아니다. 학교에서 운전 기술이 아니라 동력의 전달 원리를 가르치고 배우는 이유는 이 때문이다.

✿ 배움은 끝이 없다

곤충이나 다른 동물들은 감각이나 직접적인 경험을 통해 생존에 필요한 정보를 얻고 요령을 익힌다. 인간은 이들과 어떤 점에서 다를까? 왜 인간은 일회적이고 개별적인 경험을 넘어 보편적이고 궁극적인 원리를 알기 위해 애쓰는가? 이 질문에 대한 답에 바로 공부의 궁극적 가치가 담겨 있다. 일상생활의 문제를 해결하는 데 전혀 쓸모없는 문학을 배우고 함수와 미적분을 배우면서 써먹을 곳이 없다고 투덜댄다면, 그것은 공부의 본질을 무시한 처사라고 해도 과언이 아니다.

부족한 상태에서 더 나은 상태로 발전해 가는 것이 공부라면, 그 나은 상태란 결국 문제를 더 잘 보고 더 잘 해결하는 능력을 가진 상태라 할 것이다. 그리고 보면 우리가 하는 공부란 어떤 면에서 그 공부를 지속할 수 있는 지적 근육을 축적하는 여정 그 자체이자 또 다른 분야에도 관심을 기울일 수 있는 지적 촉수를 다듬는 일이라 할 것이다.

장자(莊子)*라는 현인이 말했다. 끝이 있는 존재가 끝없는 것을 좇는 일은 위험하다고. 그러고는 여기에 덧붙였다. "그 사실을 알면서도 지식의 세계를 추구하는 것은 정말로 위험한 일이다."(『장자』 내편 3장 「양생주(養生主)」) 물론 장자가 말한 '끝이 있는 존재'란 바로 우리 인간이다. 사실 우리가 누리는 삶에는 분명한 끝이 있다. 그러나 지식의 세계는 끝이 있을 수 없다.

> **장자**
> **(기원전 369~기원전 289년경)**
> 중국 전국 시대의 사상가로, 이름은 주(周)이다. 유교의 인위적인 예교(禮教)를 부정하고 자연으로 돌아가자는 자연 철학을 제창하였다.

그러니 지식을 찾아가는 여정이라 할 공부 또한 끝이 있을 리 없다. 공부에 끝이 있다면 그것은 곧 삶의 끝을 뜻한다. 그러니 장자의 말은 곧 우리가 그 위험한 일을 하고 있는 데 대한 경고로 읽힌다. 자신과 같은 특별한 존재가 아니면 지식을 찾아가는 위험한 일은 애초에 엄두를 내지 말라는 오만도 얼핏 보인다.

그러나 장자 특유의 유머 코드를 염두에 둔다면, 그래도 인간이 공부를 해야 하는 것은 피할 수 없는 운명이라는 함축을 담고 있는 말로 새겨 마땅하리라. "모든 인간은 본성적으로 앎을 원한다"라는 아리스토텔레스의 명제에 위트를 가미하여 번역하면 꼭 이와 같은 장자의 말로 구성될 것만 같다.

몰락한 양반 허생은 이러한 생각을 품고 빈손으로 집에 돌아가 글공부에 매진했을지도 모른다. 그래서 그는 다른 사람이 보지 못했던 조선 사회의 문제점을 발견할 수 있었고, 그 문제점을 해결할 수 있는 대책도 발견할 수 있었을 것이다. 다만 당대의 조선 사회가 그의 문제의식과 문제 해결책을 받아들일 준비가 되어 있지 않았을 뿐이다. 그가 커다란 성과를 이루어 냈으면서도 결국 사회에 나아가지 않고 은거를 택하고 종적을 감추어 버린 이유도 이런 세상에 대한 냉소가 아니었을까? 허생은 시대를 지나치게 앞서간 불우(不遇)한 선각자였고, 불운(不運)한 지식인이었던 것이다.

「양반전」

연암 박지원은 「허생전」 외에도 여러 편의 전(傳)을 지었다. 전이란 한 인물의 일생을 시간의 순서에 따라 서술하는 서사적인 성격의 글을 가리킨다. 주인공은 대부분 실존 인물이다. 박지원이 지은 전도 대개 그렇다. 그러나 조선 후기에는 실존 인물이 아닌 허구적인 인물을 주인공으로 삼아 창작된 전도 많았다. 허구적인 인물을 주인공으로 내세운 대표적인 작품이 바로 「양반전(兩班傳)」이다. 여기에서 박지원은 한때 독서인으로 살았던 양반을 주인공으로 삼아 양반의 허위의식과 과도한 특혜에 대한 비판 의식을 보여 준다. 먼저 줄거리를 보기로 하자.

📖 정선 땅에 한 양반이 있었다. 글을 즐겨 읽고 덕이 높았으나 몹시 가난했다. 그러다 보니 해마다 관가에서 타 먹은 환자(還子)◆가 어느덧 1천 섬. 갚을 길이 없다. 이 사실을 안 관찰사가 한편으론 가엾게 생각했지만 잡아 가두도록 한다. 양반은 대책 없이 울기만 하고 아내는 글만 읽을 줄 알고 무능한 남편을 비웃는다. 같은 고을에 사는 부자 한 사람이 이 소식을 듣고 빚을 갚아 주는 대가로 그 양반으로부터 신분을 사기로 한다. 양반 또한 크게 기뻐하며 승낙하고 부자는 빚을 갚는다. 이에 크게 놀란 군수가 양반을 찾아가니 양반은 벙거지에 베잠방이를 입고 길바닥에 엎드려 "쇤네, 쇤네" 하며 상민으로 자처한다. 군수는 중요한 일은 증서를 만들어야 한다면서 온 고을 사람들을 모두 불러 모은다. 양반이 지켜야 할 덕목과 행동을 일일이 열거하여 증서를 만드니 부자는 양반이 신선인 줄 알았다면서 증서를 이롭게 고쳐 달라고 한다. 군수는 이를 다시 고쳐서 양반에게 허용되는 비인간적인 횡포와 양반이 취할 수 있는 부당한 이득을 열거한 두 번째 증서를 만든다. 이를 본 부자는 도둑놈이 되기 싫다며 달아나 버린다. 그 뒤로 부자는 평생 '양반'이라는 말을 입에 담지 않았다고 한다.

이 작품은 보통 양반과 부자 간의 양반 신분 매매 계약을 같은 양반인 군수의 재치로 파기시킨 사건을 통해 양반층을 포괄적으로 풍자한 작품으로 평가된다. 군수가 작성한 첫 번째 증서에 나열된 양반의 의무는 형식주의에 과도하게 치우친 양반 계층의 허위의식을 폭로

하고, 두 번째 증서에 기록된 양반의 권리는 실상 백성들에게 피해를 입히고서야 얻는 부당한 특권이라는 사실을 고발하는 효과가 있는 것이다.

그런데 연암 자신은 이 작품의 서문에서 다음과 같이 창작 동기를 밝힌 바 있다.

> **문벌**
> 대대로 내려오는 그 집안의 사회적 신분이나 지위
>
> **기화**
> 진기한 재물이나 보배
>
> **세덕**
> 대대로 쌓아 내려오는 미덕

지금 소위 선비들은 명절(名節)을 닦기에는 힘쓰지 않고 부질없이 문벌(門閥)◆만을 기화(奇貨)◆로 여겨 그의 세덕(世德)◆을 팔고 사게 되니, 이야말로 장사치에 비해서 무엇이 낫겠는가. 이에 나는 「양반전」을 써 보았노라.

양반으로서 닦아야 할 명절을 저버리고, 사회적 신분이나 지위를 무슨 물건처럼 여기고 그 덕을 매매하는 선비들은 장사치나 다름없다고 질타하고 있다. 이런 창작 동기만을 두고 보면 이 작품에서 풍자의 초점은 신분을 팔려고 했던 가난한 양반에 있는 것으로 보인다. 양반층의 과도한 형식주의나 부당한 특권에 풍자의 칼날을 들이대려는 의도가 적어도 이 서문에서는 잘 보이지 않는다.

그렇다면 박지원이 요즘 선비들이 외면하고 있다고 비판한 '명절'이란 무엇인가? '명절'의 '명'은 '명분(名分)'이나 '명예(名譽)', '절'은 '절의(節義)' 혹은 '절조(節操)'를 가리킨다. 선비든 대부이든 양반이 사회적 특권층으로 대접받을 수 있는 근거는 사실 여기에 있다. 이를 위해 필수적으로 요청되는 것은 수기(修己), 곧 공부이다. 선비들은 공부를 통

포폄
옳고 그름이나 선하고 악
함을 판단하여 결정함

해 대부로서 갖추어야 할 자질을 기르기도 하지만, 공부는 그 자체로도 매우 중요한 가치를 갖는다. 「양반전」의 그 가난한 양반은 아마도 벼슬에는 뜻이 없고 오직 공부 그 자체가 좋아서 독서에 몰입한 것으로 보인다. 오로지 명절을 닦는 데 몰두한 인물인 것이다.

박지원의 문제의식은 명절을 닦는 데 몰두했던 인물이 가난한 살림살이 때문에 양반 신분을 팔려고 하는 일의 정당성에 있었던 듯하다. 명절을 닦는 일을 돈 때문에 포기할 수 있는가, 더욱이 양반 신분을 아예 남에게 팔아 버리려 하는 것은 자기 부정이 아닌가 하는 질문을 던지고 있는 셈이다.

박지원의 시선에서 양반에 대한 포폄(褒貶)*이 뚜렷하게 드러나는 않는다.

> 양반은 밤낮으로 울기만 할 뿐 어려움에서 벗어날 계책도 세우지 않고 있었다. 그 처는 기가 막혀서 푸념을 했다.
> "당신은 평생 글 읽기만 좋아하더니 환곡을 갚는 데는 전혀 소용이 없구려. 허구한 날 양반, 양반 하더니 그 양반이라는 것이 한 푼의 값어치도 없는 것이었구려."

환곡을 갚아야 할 처지에 놓여 있는 양반이 할 수 있는 일은 아무 것도 없다. 있다면 우는 것뿐이다. 허생에게 허세에 가까운 오만이라도 있었다면, 이 양반에게는 그마저도 없다. 그렇다고 그 반대쪽에서 경거

망동하는 캐릭터로 그려지고 있는 것도 아니다. 진퇴유곡의 상황, 속수무책의 처지에 놓인 평범한 가장의 평범한 형상이다.

이에 비해 양반의 아내는 좀 더 뚜렷한 캐릭터로 형상화된다. 아내는 푸념한다. 글공부를 아무리 많이 해도 환곡을 갚는 데는 전혀 소용이 되지 않는다. 양반임을 내세워 글공부를 의무이자 권리로 삼아 살아가더니 도대체 양반은 무엇에 쓰는 물건이란 말인가. 이 정도면 푸념을 넘어선 힐난이라 할 만하다. 환곡을 갚을 길이 없어 감옥에 갇힐 수밖에 없는 상황만으로도 양반은 민망하기 짝이 없었을 텐데, 아내의 푸념은 얼마나 그를 치욕으로 몰고 갔겠는가? 그러니 양반으로서는 최후의 선택으로 양반 신분을 팔아서라도 이 치욕을 조금이라도 면해 보고자 했던 것이다.

여기서 주목되는 것은 글공부에 대해 양반의 아내가 가진 생각이다. 이 작품 속의 '양반'도 「허생전」의 허생과 마찬가지로 토지를 소유하지 못한 몰락 양반인 듯하다. 허생의 아내가 과거도 보지 않고 생계도 해결하지 못하는 허생의 글공부에 대해 심각하게 회의적이었던 것처럼, '양반'의 아내 또한 궁핍을 해결하지 못하는 남편의 글공부에 대해 허생의 아내만큼 회의적이다. 남편들의 반응은 다르다. 허생이 아내의 핀잔을 듣고 가출을 감행하여 자신의 능력을 입증한 데 비해, '양반'은 아내의 푸념을 듣고 양반 신분을 팔아 생계 문제를 해결하기로 한다.

두 작품은 이처럼 아주 많이 닮았으면서도 다르다. 그렇지만 허생의 아내와 '양반'의 아내는 생계 문제를 해결하지 못하는 글공부는 가치가 없다고 여기는 인물들로서 동지(同志)라 할 만하다는 점만은 분명하다.

허생도 '양반'도 가장의 책임을 다하지 못한 죄는 크다. 허생의 아내와 '양반'의 아내가 남편을 비난하는 것도 충분히 수긍할 만하다. 그렇다고 해서 허생과 '양반'이 글공부에 매진한 것 자체를 비난할 필요는 없다. 그들에게는 그것이 숙명이었고 기호(嗜好)였으며, 삶의 보람이었고 자아실현 그 자체였을 것이기 때문이다.

오늘날에는 공부를 하고 이것으로 생계도 해결하는 사람은 있겠지만, 허생이나 '양반'과 같은 처지에 놓인 사람은 거의 없다. 어느 누구도 가난한 살림살이를 외면하고 공부에만 매진하지는 않을 것이다. 공부를 하더라도 생계에 지장을 주지 않는 범위 내에서 할 것이다. 생계는 숭고한 이념보다 더 숭고한 가치이므로, 무엇을 하더라도 생계는 해결해야 한다.

그러나 생계를 위한 수단으로서의 의미와는 별개로 공부는 본질적으로 자기 충족적인 행위일 때 그 자체로 아름답다. 축구를 한다고 해서 모두가 그것을 생계의 수단으로 삼지는 않는다. 오직 그 자체로 만족감을 느끼면 그만이다. 공부도 그렇다. 그 무엇으로 생계를 이어 가든 공부는 계속되어야 한다. 그리고 하나 더, 학교에서 하는 공부는 긴 인생을 두고 지속되어야 할 공부를 떠받치는 지적 근육이라는 점만은 기억해 두자. 자격증 취득이나 시험 통과와 같은 특수한 목적을 가진 공부가 없지는 않겠지만, 모든 공부는 그 자체로 완결되는 행위이자 또 다른 공부로 나아가는 데 필요한 한 걸음일 따름이다.

「허생전」

「허생전」은 가난하지만 비범한 능력을 지닌 양반 허생을 주인공으로 내세워 지배층인 사대부의 무능을 비판한 한문 소설이다. 허생이 과일과 말총을 매점매석하여 많은 돈을 버는 장면을 통해 당시 경제 구조의 취약성과 양반층의 허례허식을 보여 주며, 허생과 이완의 대화 장면을 통해서는 북벌론을 맹목적으로 주장하는 지배층의 무능함을 비판한다. 허생은 어려운 처지의 백성들을 구제하고, 당대의 문제점을 파악해 해결책을 제시한다는 점에서 긍정적으로 평가되나, 자신의 제안이 받아들여지지 않자 잠적해 버린다는 점에서는 한계를 보인다.

「양반전」

「양반전」은 부자가 가난한 양반의 신분을 산다는 내용을 중심으로 한 한문 소설이다. 양반들이 위선적인 태도를 버리고, 선비 정신을 지녀야 한다는 박지원의 가치관이 반영된 작품이다. 특히 군수가 작성한 매매 증서의 내용에서 양반들의 무능함과 허위의식에 대한 비판이 두드러지게 나타난다. 부유한 평민 계층이 등장하고 신분 질서가 흔들렸던 조선 후기의 사회상도 확인할 수 있다.

생각해 보기

1. 「허생전」의 허생과 「양반전」의 '양반'이 생계 문제를 앞세운 아내의 비판에 대응하는 자세를 비교해 보고, 각각에 대해 평가해 보자.

2. 「양반전」에서 군수는 기지를 발휘하여 '부자'가 양반 신분 매매를 스스로 거절하도록 했다. 만일 「허생전」의 허생이 현실 정치에 참여하도록 설득한다면, 어떻게 기지를 발휘하여 설득할 수 있을지 생각해 보자.

담장을 왜 넘는가

김시습의 「이생규장전」

담장은 외부의 위험 요소를 방어하여 내부의 건물과 사람을 보호하는 역할을 한다. 나아가 내부에서 이루어지는 사생활을 외부인의 시선으로부터 차단하기도 한다. 요즘에는 꽃이나 나무를 심어서 담장을 대신하는 경우도 많다. 마음만 먹으면 쉽게 넘어갈 수 있는 경계이다. 그러고 보면 담장에는 방어나 차단이라는 실용적 기능 외에도 상징적 기능이 있는 듯하다. 담장의 상징적 의미를 중심으로 「이생규장전(李生窺牆傳)」을 읽어 보자.

✿ 담장의 의미

담장을 허물고 그 자리에 나무를 심는 지역이 종종 있다. 녹지대가 거의 없는 도시에 나무를 심어 여름철의 찜통더위를 좀 누그러뜨리고, 자연물이 지닌 생명력을 가까이에서 즐길 수 있도록 하자는 것이다. 그렇다고 해도 이는 담장을 없애는 것이 아니라 나무로 담장을 대신하는 것에 불과하다.

지도에서 한 줄기 경계선이 지역과 지역을 구획하듯, 담장은 안과 밖을 나누고 나와 남을 구별하는 선이다. 담장이 공간을 분할하는 데 일차적인 목적이 있다면, 나무를 나란히 줄 세우는 것만으로도 그 목적은 충분히 달성될 수 있다. 경우에 따라서는 땅바닥에 줄을 하나 그어 놓는 것만으로도 가능할 것이다.

이에 비해 호화로운 저택을 둘러싼 높은 담장은 그 자체로 권위를 상징하기도 한다. 그것은 사람을 압도하는 물리적인 장애물로 기능할 뿐 아니라 심리적인 복종을 이끌어 낸다. 감히 도전할 엄두조차 못내는 절대적인 권위를 뿜어내는 것이다.

기호학

사람들이 사용하는 기호(記號)를 지배하는 법칙과 기호 사이의 관계를 규명하는 학문이다. 아울러 기호를 통해 의미를 생산하고 해석하며 공유하는 행위와 그 정신적인 과정을 연구한다.

기호학(Semiotics, 記號學)◆에서는 자연적이고 물리적인 세계인 자연계를 피시스(physis)라고 하고, 언어나 상징의 체계를 뜻하는 기호계를 세미오시스(semiosis)라고 하며, 인간이 자의적으로 만든 법률이나 규칙의 체계를 노모스(nomos)라고 한다. 담장이나 나무가 피시스의 세계라면, 땅바닥에 그어 놓은 금은 세미오시스에 해당된다. 그리고 그 담장을 넘는 것을 윤리적 금기나 법률적 금지로 규범화했다면 이는 노모스에 해당될 것이다. 물리적으로 높은 담장 못지않게 우리 주변에 절대적인 권위를 지닌 채 작동되는 제도나 규범, 그것이 바로 노모스인 셈이다.

사회적으로 견고한 윤리적 덕목에 대한 도전은 곧 만용과 다름없는 무모한 일로 간주된다. 이때 윤리는 사회적 금기와 다름없다. 하지만 인간의 욕망은 종종 이런 만용을 부채질하기도 한다. 「이생규장전」에서 욕망에 이끌려 물리적인 담장을 넘어선 '이생'의 행동은 과연 어떤 상징적 의미를 담고 있을까? 이러한 질문은 작품의 제목을 왜 '이생이 담장 너머를 엿본 이야기'로 정했을까 하는 질문과도 다르지 않다.

✿ 세 번의 만남과 이별

「이생규장전」은 김시습(1435~1493)이 지은 『금오신화』에 실린 다섯 편의 이야기 가운데 하나다. 『금오신화』에는 이 작품과 함께 「만복사저포기」, 「취유부벽정기」, 「남염부주지」, 「용궁부연록」이 실려 있다. 흔히들 『금오신화』가 우리나라 최초의 소설집이라고들 하지만, 「만복사저포기」와 「이생규장전」만 소설로 보는 견해가 우세하다. 나머지 세 작품에도 허구적인 인물들이 등장하기는 하지만, 서사적인 구성이 온전하지 못하고 김시습 개인의 사상이 비교적 노골적으로 제시되어 있어 소설이라고 보기가 어렵다는 것이다.

한편 통일신라 후기에 편찬된 『수이전』*이라는 책에 실린 몇 작품을 최초의 소설로 보는 견해도 있다. 그러나 이들 작품에 비해 「만복사저포기」와 「이생규장전」이 훨씬 더 정련된 소설 작품이라는 점은 부인되지 않는다.

작품의 제목은 앞서 말한 대로 '이생이 담장 너머를 엿본 이야기'라는 뜻이다. 담장 너머의 무엇이 이생의 시선을 이끌었을까? 줄거리를 확인하면서 그 담장의 의미에 접근해 보기로 하자. 특히 남녀 주인공인 이생과 최랑이 만나고 헤어지는 과정을 세 차례나 반복한다는 점을 염두에 두면서 줄거리를 따라가 보자.

> **「수이전」**
> 통일신라 때 편찬된 작자 미상의 한문설화집으로, 책은 전하지 않으나 여기에 수록되었던 설화 중 10편이 『삼국유사』 등의 다른 문헌에 전한다. 그중에서도 「최치원」 같은 작품은 설화와 구별될 정도로 소설적 완성도가 높다. 이를 근거로 「수이전」을 『금오신화』 이전에 창작된 최초의 소설집으로 봐야 한다는 견해도 있다.

40

📖 개성에 사는 이생은 국학에 다니면서 공부하는 학생이다. 어느 날 국학에 가는 길에 양반집 담장 너머에 있는 최씨 낭자(최랑)를 엿본다. 그의 시선을 알아차린 최랑 또한 호의를 담은 시를 읊고, 이생이 이에 호응하여 시를 적어 담장 너머로 넘긴다. 그러자 최랑은 다시 밤에 만나자는 답장을 담장 밖으로 보낸다. 이생은 담을 넘어 들어간다. 월담(越-)이다. 이후 둘은 급격히 가까워져서 담장을 넘나들며 밀애를 나눈다. 그러나 이생의 변화를 눈치챈 부친이 이생을 울주로 보내면서 둘은 헤어지게 된다. 이것이 첫 번째 이별이다. 이로 인해 최랑이 병을 얻어 죽을 지경에 이르자 양가 부모는 결혼을 허락한다. 둘이 행복한 시간을 보내던 중 홍건적의 난이 일어나 피난을 가다가 최랑은 홍건적에게 죽임을 당한다. 두 번째 이별은 사별이다. 난리가 끝난 뒤 폐허가 된 집에서 홀로 살던 이생 앞에 최랑의 환신(幻身)이 나타난다. 둘은 세상사에 관심을 두지 않고 다시 행복한 시간을 보내지만, 결국 최랑은 하늘의 명령에 따라 정해진 시간이 되었다면서 이생의 곁을 떠난다. 영원한 이별이다. 이후 이생도 곧 병이 들어 죽는다.

그들의 사랑이 많은 이의 관심을 받는 데는 몇 가지 특별한 이유가 있다. 먼저 사랑의 주체가 뛰어난 재능을 가진 남자 주인공과 아름다운 외양을 가지고 있는 여자 주인공이라는 점이다. 이른바 재자가인(才子佳人)의 한 전형이라 할 만하다. 더욱이 그들은 시를 통해 서로의 감정을 주고받을 정도의 문학적 재능을 갖추고 있기도 하다.

다음으로 주목되는 것은 그들의 사랑이 주로 여성 인물에 의해 주도된다는 점이다. 밀애를 나누면서도 부모에게 꾸지람 들을 일을 걱정하는 등 자신 안에 내재된 윤리 의식과의 긴장 속에서 고뇌하는 이생을 달래고 부추긴 것은 최랑이었다. 또한 최랑은 병을 얻고 이를 빌미로 부모를 설득하면서까지 이생과의 결연에 적극적으로 나선다. 이생이 부모의 권유에 못 이겨 멀리 울주로 내려간 것과 대비된다. 당시는 남성 위주의 질서가 지배적이었다는 사실을 염두에 두면 아주 두드러진 주체적 행동이라 할 만하다.

　이와 같은 두 사람의 모습은 만남과 헤어짐이 세 차례 반복되는 전체적인 서사 구조에서 일관되게 유지된다. 우선 그들이 만나고 헤어지는 흐름을 짚어 보자.

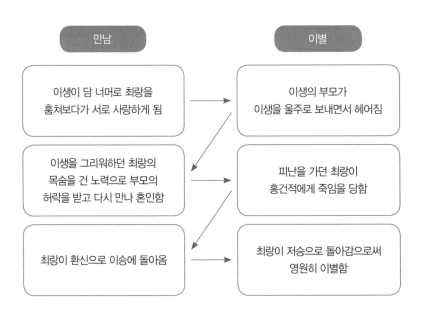

이 작품의 서사 구조는 서로를 향한 남녀 주인공의 욕망이 여인의 주도로 성취에 이르지만 결국 그 욕망이 세 차례에 걸쳐 번번이 꺾이고 마는 흐름으로 요약된다. 그 욕망을 꺾는 것은 차례대로 '윤리(倫理)'라는 사회적 장애물, '난리(亂離)'라는 국가적 장애물, 그리고 '섭리(攝理)'라는 운명적 장애물이다. 제도화된 윤리가 은밀한 행복을 가로막고, 외적의 침입으로 인한 난리가 생명을 위협하며, 생명이 있는 존재라면 피해 갈 수 없는 섭리가 삶과 죽음을 완전히 갈라놓는 셈이다.

세 차례의 만남과 이별 중에서 가장 이목이 집중되는 대목은, 죽었던 최랑의 환신이 나타났을 때 이생이 전혀 주저하지 않고 최랑을 맞아들이는 장면이다. 최랑은 말 그대로 귀신이다. 죽은 사람이 눈앞에 나타났다면 놀라거나 의심을 해 볼 만도 한데, 이생은 마치 잠시 헤어졌던 부인을 만난 듯 자연스럽게 맞아들인다. "그는 그녀를 너무나 사랑하였기에 그녀의 존재를 의심하거나 괴이하게 여기지 않았다"라는 서술자의 말을 굳이 보탠 것도 작가가 이를 의식했기 때문일 것이다. 이런 장면은 현실에서 일어날 수 없는 환상일 따름이다. 즉 간절한 소망이 만들어 낸 신기루와 같다.

그러나 이 대목이 없었다면 「이생규장전」은 그저 그런 평범한 사랑이야기에 불과했을 것이다. 바로 이 장면 때문에 소설이 소설다워졌고, 그래서 많은 독자의 가슴을 울릴 수 있었다. 이승과 저승의 경계도 훌쩍 뛰어넘는 사랑. 사랑이라면 그 정도로 간절해야 진정한 사랑이라 할 수 있지 않겠는가. 이 환상적인 장면에 담긴 메시지는 바로 이것이 아닐까.

💠 「이생규장전」은 과연 비극일까

흔히 이 소설은 권선징악이라는 주제를 담고 있고, 그래서 행복한 결말로 마무리되는 대부분의 옛 소설과 달리 비극적인 결말을 지닌 작품이라고 한다. 그런데 「이생규장전」은 정말로 비극적인 이야기일까? 간절한 사랑을 이루었으나 외부의 횡포로 인해 주인공이 죽음으로 종말을 맞이했다는 점에서는 충분히 비극적이라 할 만하다. 죽음은 대체로 비극을 동반하는 법이기 때문이다.

작가인 김시습의 생애를 대입시켜 읽으면 이 작품의 비극적 색채는 한층 더 강하게 감지된다. 김시습은 세조가 조카 단종을 몰아내고 왕위를 차지하는 계유정난(1453년)을 몸으로 겪었다. 이때 사육신(死六臣)*을 비롯한 수많은 신하가 죽음으로 내몰렸고, 생육신(生六臣)* 등은 벼슬을 버리고 자연에 은둔함으로써 세조에게 등을 돌렸다. 김시습은 생육신 가운데 한 사람으로, 처참하게 죽임을 당해서 버려진 사육신의 시신을 수습한 인물이기도 하다. 김시습에게 사육신이란, 뜻은 같이했으나 생사는 같이하지 못한 동지였던 셈이다.

이런 배경을 염두에 두면 사육신과 비교해 소극적인 저항에 그친 자신의 모습을 주인공 이생에 투영한 것으로 보이기도 한다. 아버지의 명에 따라 울주로 내려가는 장면, 홍건적의 난을 맞아 위기에 처한 최랑을 구하지 못하고 도망가는 장면은 역사의 결정적인 국면에 적극적으로 가담하지 못하고 소극적으로 지켜보기만 했던 작가 자신의 초상이다. 그 연장선상에서 취랑은 단종에 대응되는 인물로 보기도 하지만, 사랑을 위해 목숨을 거는 대담한 성격이나 정조를 지키기 위해 죽음을 택하는 단호한 태도를 보면 오히려 사육신을 대표하는 인물로 보는 것이 더 타당해 보인다. 이처럼 역사적 사건 자체가 비극이었으므로, 이를 반영한 작품 또한 비극이라 하지 않을 수 없다.

그러나 이 작품을 비극이라고만 보는 것은 성급한 단정일 수도 있다. 그것은 두 인물이 생사의 경계를 넘어서 재회하는 장면에 담긴 의미 때문이다. 만일 김시습 개인의 생애를 대입시켜 본다면, 이는 동지들에 대한 책임을 다하지 못한 데 대한 죄책감을 애도로 승화하기 위해 설정한 장면으로 볼 수 있다. 애도가 궁극적으로 도달하는 지점은, 삶과 죽음의 세계가 엄연히 나누어져 있고, 그 경계는 모든 생명체가 존중해야 한다는 깨달음이다.

"당신의 목숨은 아직 남아 있지만, 저는 이미 귀신의 명부에 실려 있답니다. 그래서 더 오래 볼 수가 없지요. 제가 굳이 인간 세상을 그리워하며 미련을 가진다면 명부의 법도를 어기게 되니, 저에게만 죄가 미치는 게 아니라 당신에게도 또한 누가 미치게 된답니다. 저의 유골이 어느 곳에 흩어져 있으니, 만약 은혜를 베풀어 주시려면 그 유골이나 거두어 비바람을 맞지 않게 해 주세요."

저승 세계로 돌아가야 한다는 통보에 더 오래 머물다 함께 가자며 말리는 이생에게 최랑이 하는 말이다. 이승과 저승의 경계를 넘어 함께 살았던 세월로써 모든 원한은 해소된 것 아니냐 하는 반문이나 다름없는 것이다. 어쩌면 이 말은 죽어 간 동지들을 잊지 못한 채 방황하고 있는 김시습 자신을 스스로 위로하는 말일지도 모른다. 이승과 저승을 나누는 담장을 넘어다본 자신을 책망하는 말일 수도 있다.

그런 점에서 본다면 '이생이 담장 너머를 엿보다'라는 뜻을 지닌 이 작품의 제목은, 일차적으로는 집의 안과 밖을 나누는 물리적 담장에 초점이 있겠지만, 삶과 죽음을 갈라놓는 섭리의 담장으로 그 초점을 옮겨서 보아도 무방할 것이다. 그리하여 이제 그런 담장 너머를 엿보는 일은 모든 생명체가 만나고야 마는 생사의 섭리를 어기는 일이라는 깨달음으로 이어지는 것이다. 이야말로 죽음을 죽음답게 승인하는, 살아남은 자의 깨달음일 터, 이 작품을 비극으로만 볼 필요가 없는 까닭이 여기에 있다 하겠다.

이 작품을 역사적 사건과 무관하게 남녀의 사랑 이야기로만 읽더라도 비극성은 부분적인 것에 불과하다. 이생과 최랑은 외부 세계의 횡포로 행복을 유지할 수 없었지만, 끝내 삶과 죽음의 경계를 넘어 섭리가 허락하는 범위 내에서 지속적으로 사랑을 누렸다. 이 정도라면 인간이 누릴 수 있는 최고 수준의 행복이 아니겠는가?

이러한 이유로 「이생규장전」의 결말이 비극적이라는 일반적인 인식은 재고되어야 마땅할 것이다. 이렇게 본다면 이 소설은 죽은 자의 원혼을 부르는 초혼곡(招魂曲)이자 그 원혼을 달래는 진혼곡(鎭魂曲)이라 할 수 있다.

❀ 물리적 담장과 윤리적 담장

이제 '담장'을 중심으로 이 작품을 읽어 보자. 최랑이 거주하고 있던 담장 안은 두 사람의 사랑이 온전히 실현되는 세계다. 그 세계는 봉건적인 윤리와 격리된 공간이다. 하지만 문제는 이생이다. 그는 월담을 통해 그 담장 안에서 행복을 느끼지만 늘 불안하다. 담장 밖을 지배하고 있는 봉건적 윤리의 권위를 떨쳐 내지 못했기 때문이다. 결국 그들의 은밀한 사랑은 이생의 아버지로 대표되는 담장 밖의 윤리에 의해 응징을 당한다. 강제적 격리에 따른 이별이다. 담장 밖으로 끌려 나온 이생은 담장 안으로 들어오려는 어떠한 노력도 하지 못한다.

그를 다시 담장 안으로 불러들인 것은 목숨을 건 최랑의 투쟁이다. 이로 인해 그들은 담장 안에서 부부의 연을 맺고 불안을 잊은 채 행복을 느낀다. 이때 담장은 안온한 공간을 만들어 주는 보호벽이다. 이때도 이생은 최랑이 만들어 놓은 안온한 자리에 와서 슬그머니 안착할 뿐이다. 그러나 이 담장도 오래가지 못한다. 홍건적의 침범으로 완전히 무너지게 된 것이다.

'난리(亂離)'라는 말 자체에 왜 이별(離別)이라는 의미가 함축되어 있는지도 확인할 수 있다. 최랑의 죽음으로 인해 두 사람 사이에는 인력으로는 넘을 수도, 무너뜨릴 수도 없는 담장이 가로놓이게 되었으니, 이것이 곧 이승과 저승을 나누는 경계다. 그러나 최랑은 이 담장마저도 넘어섰다. 환신으로 다시 이생에게 돌아온 것이다. 그리고 그들은 신의 섭리가 허락하는 한도의 끝까지 행복했다.

「이생규장전」의 두 인물 중에서 굳이 주인공을 고르라면 이생보다는 최랑에게 손이 간다. 적극적이고 대담한 성격 때문이다. 남성 중심의 규범이 지배하는 사회였건만 최랑은 남녀 관계를 주도하며 자신의 생각대로 움직인다. 그녀는 자신들의 은밀한 애정 행각이 불러올 결과를 걱정하는 소심한 이생에게 이렇게 말한다.

"저는 평생 당신을 모시며 영원히 함께 기쁨을 누리고자 하건만, 서방님께선 무슨 말씀을 그렇게 하셔요? 여자인 저도 마음을 태연히 먹고 있거늘, 대장부가 그런 말을 하다니요? 훗날 이곳에서 일어난 일이 발각되어 부모님의 질책을 받게 된다 해도 제가 감당하겠어요."

부모님의 질책을 스스로 감당하겠다는 여자의 당당한 선언 앞에서 남자의 소심한 계산은 한순간에 무용지물이 된다. 사실 최랑은 두 사람이 처음 만났을 때부터 적극적이었다. 이생의 시선을 느낀 그녀가 과감하게 호의를 담은 시를 전달하는 장면에서 이를 알 수 있다. 실제로는 이생이 담장 너머의 최랑을 훔쳐보기 전에, 최랑이 길을 오가는 이생을 한동안 눈여겨봤을지도 모를 일이다.

최랑과 달리 이생은 담장을 넘어가면서도 엄격한 가부장적 윤리에 사로잡혀 있다. 최랑의 대담한 성격이 더욱 부각되는 이유도 이처럼 소심한 이생과 비교되기 때문이다.

요컨대 이생은 몸으로는 물리적인 담장을 넘었지만 윤리적인 담장까지는 과감하게 넘어가지 못했고, 최랑은 생을 걸고 윤리적인 담장을

넘어섰다. 따라서 「이생규장전」은 사랑하는 남녀가 물리적 경계선이
자 윤리적 금기인 담장을 넘고, 삶과 죽음을 나누는 경계마저 허물어
뜨리면서 신의 섭리가 허락하는 동안 행복하게 지낸 이야기라고 할 수
있다.

우리는 무수히 많은 종류의 담장으로 둘러싸인 세계에 살고 있다.
세계를 둘러싼 담장은 기본적으로 우리를 보호하는 역할을 한다. 그러므로 우리가 담장들을 무너뜨리는 것은 큰 위험을 자초하는 일일 수 있다.

그런데 우리는 담장 안에서 누리는 안온한 행복으로 인해, 담장 너머의 세계로부터 스스로를 격리시키고 있는 것은 아닐까? 내가 이뤄야 할 꿈이 담장 너머에 있는데 금기가 두려워서 의지를 발휘하지 못하고 주저하고 있다면, 혹은 어쩌다 담장을 넘기는 했지만 부모님의 의견이나 사회적 통념과 같은 강력한 권위에 무릎을 꿇고 다시 담장 안으로 들어가고자 한다면, 그것은 이생의 모습과 닮았다 하겠다.

자신의 욕망을 가로막고 있는 담장이 있다면 과감하게 '월담'에 도전해 볼 필요도 있다. 모든 욕망에 월담이 허용되는 건 아니겠지만, 성공하든 실패하든 도전 자체가 인생의 가치를 높이는 일이다. 담장은 우리를 보호하기도 하지만, 한편으로는 그 힘으로 우리를 억압하기 때문이다. 이는 개인적인 삶에서만이 아니라 우리의 공동체적 삶의 지향에서도 마찬가지일 것이다. 월담하는 자가 세상을 바꾸어 가는 법이다.

「심생전」

　담장을 넘어간 사랑 이야기가 여기 또 있다. 양반의 자제인 심생과 중인층 처녀의 사랑을 다룬 「심생전(沈生傳)」이다. 작가는 조선 후기의 문인 이옥(1760~1815)이다. 그는 정조의 문체반정 때 타락한 문체를 쓴다는 이유로 하루에 50편씩 반성문을 써야 했고 그것으로도 모자라 군역에 강제로 복무하는 '충군(充軍)'의 벌을 두 차례나 받았던 인물이다. 입대를 두 번이나 했다니! 과거에 응시했으나 그 타락한 문체를 버리지 못하여 끝내 낙방을 거듭했다. 그 타락한 문체의 일부를 이루는 것이 바로 금지된 사랑 이야기였다.

　먼저 간략한 줄거리를 확인하기로 한다.

📖 우연히 만난 한 처녀에게 마음을 빼앗긴 심생이 그녀의 집을 알아내고 스무날이 넘도록 계속해서 담장을 넘어가 만남을 고대하다가 마침내 뜻을 이룬다. 심생의 진심을 확인한 처녀는 부모에게 허락을 받고 동침을 한다. 밤마다 외출하는 아들의 행적을 의심하던 심생의 부모는 절로 들어가서 공부하라는 명을 내리고 두 사람은 이별을 맞는다. 절에 들어가 공부를 하던 중에 심생이 받은 것은 뜻밖에도 그녀가 보낸 유서(遺書)와도 같은 편지. 심생을 보내고 병을 앓다가 결국 죽음에 이르게 되었다는 내용이다. 심생은 후에 벼슬도 얻지만 결국 그 슬픔을 이기지 못하고 일찍 죽고 만다.

그녀가 보낸 편지에서 스스로 밝힌 원한은 세 가지이다. 외동딸인 자신이 부모보다 앞서 세상을 하직하게 되었다는 점, 시부모도 모르는 며느리가 되었으니 죽어서 돌아갈 곳도 없는 귀신이 될 것이라는 점, 부인으로서 한 사발의 밥도 지어 바치지 못하고 한 벌의 옷도 입혀 드리지 못했다는 점. 물론 이 모든 원한의 뿌리가 만난 지 얼마 지나지 않아 갑자기 맞이한 영원한 이별에 있음도 밝히고 있다.

심생이 담을 넘어가서 인연을 맺는 이야기인 만큼 '심생규장전'으로 제목을 붙여도 될 만한 이야기이다. 남녀 주인공이 재자가인이라는 인물상의 특성과 남자 쪽 부모의 결정에 따른 이별이 있다는 점도 「이생규장전」과 닮은 부분이다. 또 다른 유사성은 두 사람의 관계를 여자가 주도한다는 것이다. 주인공 여자는 심생이 춘정(春情)◆에 들떠 있음을 짐작하여

춘정
남녀 간의 정욕

그의 무모한 도전을 슬기롭게 거절하기도 하고, 진심을 확신한 이후에 스스로 결정을 내려 사랑을 허락하기도 한다. 이에 비해 심생은 교제가 시작되는 무렵에는 적극적이다가 사랑이 본격적으로 진행되면서 우유부단하고 소극적으로 변한다. 부모에게 사랑하는 처녀에 대해 이야기를 꺼내지도 못한 채 그녀를 버려두고 떠나는 것은 그러한 성격의 절정이다. 「이생규장전」의 이생과 닮은 점이 많다. 「심생전」의 이 처녀는 가히 「이생규장전」의 주인공 최랑의 후계자라 할 만하다.

물론 차이가 없는 것은 아니다. 가장 두드러진 차이라면 그 여인의 신분이 최랑과는 달리 중인이라는 점이다. 그녀는 중인의 신분 때문에 겪은 불우한 현실을 토로하는데, 여기에서도 여성적 주체성의 일면을 엿볼 수 있다. 조선 전기와 조선 후기 사회 질서의 차이가 반영된 결과이기도 하겠다.

「심생전」의 작가 이옥은 이 작품의 말미에서 '매화외사(梅花外史)'라는 이름으로 이 이야기를 어렸을 적 서당에서 스승에게 들었다는 사실을 전하면서 다음과 같은 그 스승의 충고를 인용하였다.

"내가 너희들에게 이 풍류 소년(風流少年)을 본받으라는 것이 아니다. 사람이 일에 당해서 진실로 꼭 이루고야 말겠다는 뜻을 세우면 규중의 처자라도 오히려 감동시킬 수 있거늘, 하물며 문장이나 과거야 왜 안 되겠느냐."

스승은 심생의 진지한 애정 성취에 빗대어 문장에 몰두하고 과거

공부에 열중하면 왜 뜻을 이루지 못하겠는가 하는 충고를 던지고 있다. 파국을 맞은 애정은 도외시한 채로다. 두 사람의 비극적인 사랑 이야기로 시종하던 흐름에 견주어 보면 마무리치고는 돌발적이라 하지 않을 수 없다.

더욱이 이옥이 누구였던가. "천지만물을 보는 데에는 사람을 보는 것만큼 중요한 것이 없으며, 사람을 보는 데에는 정(情)을 보는 것만큼 오묘한 것이 없고, 정을 보는 데에는 남녀의 정을 보는 것만큼 진실한 것이 없다." 여성적 감수성이 듬뿍 담겨 있는 한시를 모아 놓은 그의 문집 『이언(俚諺)』에 실린 주장이다. 남녀의 정은 천하 만물의 씨앗을 담고 있다고 보았던 것이다. 이 정도면 사랑 예찬론자임이 분명하리라.

그런데도 그는 메시지를 생뚱맞은 방향으로 돌린다. 아마도 검열 때문이었으리라. 「심생전」을 포함한 그의 작품들은 한결같이 '타락한 문체'로 일관되어 있었다. 남녀 간의 사랑을 노래하고 성애를 이야기하는 데 어찌 전아하고 진지하며 중후한 문체가 어울릴 수 있었겠는가. 다소 돌발적으로 인용한 듯한 스승의 말은 아마도 이런 혐의를 슬쩍 비껴가려는 의도의 소산이 아니었을까 한다.

그럼에도 불구하고 심생이 담 너머를 엿보다가 끝내 그 담을 넘어가 사랑을 성취했다는 점만은 분명하다. 그러니 진실로 이루고자 하는 뜻이 담장 너머에 있다면, 과감하게 그 담장을 넘어가 볼 필요가 있다는 메시지가 전혀 근거가 없는 것은 아니었던 셈이다.

작품 더 살펴보기

「이생규장전」

「이생규장전」은 이생과 최랑의 만남과 이별을 중심으로 남녀의 애절한 사랑을 그린다. 죽은 최랑이 환신으로 이생과 재회하는 장면에서 전기성이 나타나며, 죽음을 초월한 만남은 두 사람의 사랑에 대한 강한 의지를 부각시킨다. 이 작품을 계유정난에 대한 우의로 보는 견해도 있는데, 현실에서 소외된 지식인이었던 김시습 본인을 주인공 이생에 투영하여 두 사람 모두 죽음을 맞이하는 결말을 통해 자신이 맞닥뜨린 현실의 한계를 보여 주었다고 해석하기도 한다.

「심생전」

「심생전」은 신분적 제약으로 이루어지지 못한 두 남녀의 비극적 사랑 이야기를 다룬다. 작품에서 심생과 소녀가 자신들의 의지에 따라 서로를 사랑하는 장면, 소녀가 자신의 생각을 부모에게 적극적으로 설명하는 모습 등을 통해 자유연애 사상의 등장, 여성 의식의 성장과 같은 조선 후기 사회상을 엿볼 수 있다. 작품 말미에 이야기에 대한 작가의 논평이 덧붙은 점도 특징적이다.

생각해 보기

1. 「이생규장전」과 「심생전」에서는 남성 주인공에 비해 여성 주인공이 더 큰 시련을 겪는다. 남성 중심적인 사회였던 조선 시대의 소설에서 여성 주인공이 시련을 겪는 이야기가 많은 까닭을 추론해 보자.

2. 「이생규장전」의 이생은 아내가 죽은 후 세상일에 대한 관심을 끊고 있다가 환신 상태의 아내를 다시 만나고, 「심생전」의 심생은 과거에 급제하고 벼슬도 얻지만 일찍 죽고 만다. 「심생전」이 심생의 요절로 이야기가 마무리됨으로써 얻는 미적 효과를 「이생규장전」과 비교하여 설명해 보자.

부모를 왜 떠나는가

「주몽 설화」와 「유리 설화」

어머니의 사랑을 예찬하거나 어머니에 대한 그리움을 그린 작품은 많다. 아버지를 대상으로 한 작품보다 훨씬 많을 것임은 통계를 내 보지 않아도 충분히 짐작할 수 있다. 그런데 아버지의 존재가 훨씬 더 큰 비중을 차지하는 이야기가 있으니, 그것은 바로 신화이다. 이번에 읽을 작품은 고구려를 건국한 주몽과 그 아들 유리 이야기이다. 이들이 부자의 인연을 어떻게 맺고 어떻게 이어 갔는지에 주목해 본다.

🌸 아버지라는 존재

버트런드 러셀이라는 철학자는 이렇게 말했다.

"아버지의 생물학적 기능은 아들을 그 무력한 동안에 보호하는 일로서, 그 생물학적 기능이 국가에 계승되고 나면 아버지는 그 존재 이유를 상실하고 만다."

아들이 온전한 성인이 되는 시점에 아버지의 생물학적 기능은 중지되는 것이다. '생물학적 기능'이라고 했으니, 이 말은 인간에 국한된 명제가 아니라 모든 동물의 세계에 두루 적용될 수도 있겠다. 그렇다. 자식이 육체적으로 충분히 성장하지 못했을 때 그를 보호하는 것은 아버지의 가장 중요한 존재 이유임에 틀림없다. 무엇보다 생계를 책임지는 것이 자식을 보호하는 가장 확실한 방법일 것이다.

그러나 아버지의 역할이 자식들의 육체적 성장을 돕는 데만 한정되는 것은 아니다. 우리는 어떤 사람이 육체적으로 성인이 되었다고 해도 정신이 성숙하지 못하면 그를 어른이라고 하지 않는다. 육체적 성장이 어느 정도 자연의 섭리에 기대고 있는 데 비해 정신적 성숙은 오직 인간 세계에서만 고유하게 추구된다는 점에서, 아버지의 역할은 육체적 성장에서보다 정신적 성장에서 오히려 더 중요하다고 할 수 있겠다.

'나'라는 존재는 몸, 정신, 지식, 가치관, 습관, 성격, 사회적 지위, 경제적 조건 등으로 구성된다. '나'를 구성하는 이 모든 것들은 부모 자식 간의 생물학적 인연과 사회적 관계가 낳은 산물이다. 대개의 경우 그 모든 것은 순수하게 물려받은 것만도 아니고 순수하게 자신이 만든 것만도 아니다. 그 두 가지가 합성된 결과물이라 할 것이다.

아버지와 아들의 관계는 인간이 문학 활동을 시작하던 시기부터 중요한 관심사였다. 이는 모든 문학의 시원(始原)◆이라 할 수 있는 신화에서 확인할 수 있다. 많은 신화에서 부자지간의 관계는 매우 빈번하게 등장하는 서사적 레퍼토리였던 것이다. 신화에서 아버지와 아들의 관계는 일률적이지 않다. 아버지는 아들의 가장 믿음직한 조력자이기도 하고, 아들의

시원
사물, 현상 따위가 시작되는 처음

뜻을 꺾는 방해자이기도 하다. 절대적인 권위자로서 아들을 억압하는가 하면, 아무런 존재감을 발휘하지 못한 채 무능력과 무관심으로 일관하는 경우도 있다.

그렇다면 고구려를 건국한 주몽의 영웅적 일대기를 다룬 「주몽 신화(朱蒙神話)」에는 아버지와 아들의 관계가 어떻게 그려지고 있을까? 천상적인 존재의 혈통을 이어받은 영웅들의 이야기인 만큼 우리 평범한 세속의 인간들과는 다르기는 하겠지만, 그래도 이 이야기는 부자지간의 본질적 관계를 알뜰하게 함축하고 있는 것으로 보인다. 그 내막을 구체적으로 살펴보기로 하자.

✤ 아버지를 떠나가는 주몽

신화(神話)◆는 원래 말로 전승되었다. 문자로 정착되지 않았기 때문에 전승되는 동안 전승 집단의 의도에 따라 다양한 모습으로 변화된다. 다른 신화와 합쳐지면서 구조가 복잡해지기도 하고, 어떤 경우에는 아예 사라지기도 한다. 「주몽 신화」는 한동안 말로 전승되다가 한문이 도입된 이후에는 다양한 문헌에 문자로 정착되었다. 「주몽 신화」는 현재 광개토왕릉비와 같이 비석에 새겨져 있는 경우도 있고, 『삼국사기』와 『삼국유사』 같은 역사서에 기록된 경우도 있다. 고려 때의 문인 이규보는 『동국이상국집』에서 「동명왕편(東明王篇)」이라는 제목으로 주몽의 생애를 형상화하기도 했다.

전하는 경로에 따라 이야기는 약간씩 다르다. 여러 기록에 공통된 이야기 줄거리를 바탕으로, 주몽의 어머니인 유화가 금와왕을 만나는 대목부터 소개하면 다음과 같다.

하백의 딸 유화는 북부여의 왕 금와를 만나 자신이 천제의 아들 해모수와 동침하는 바람에 귀양살이하게 되었다고 말한다. 금와는 유화를 이상히 여겨 방 안에 가두었는데, 햇빛이 유화를 쫓아와 비추고 이로 인해 유화가 잉태하여 알을 낳는다. 금와왕이 사람을 시켜 알을 버렸으나 새와 짐승이 보호하고, 깨뜨리려 해도 깨어지지 않는다. 드디어 알에서 한 아이가 나오고 활을 잘 쏘아 주몽이라는 이름을 얻는다. 금와왕은 주몽을 없애자는 태자의 말을 듣지 않고 말 기르는 일을 시킨다. 주몽은 어머니의 도움을 받아 준마(駿馬)를 야위게 만들어 자신의 것으로 얻고는 다시 살찌운다. 위기를 느낀 왕자들이 자신을 죽이려 하자 자신의 말을 타고 도망을 가다가 강(엄수)을 만나지만, 물고기와 자라가 다리를 놓아 주어 강을 건넌다. 주몽은 졸본천에 이르러 도읍을 정하고 나라를 세워 국호를 고구려로 정한다. 이때가 대략 기원전 37년이었다.

주몽의 어머니가 유화라는 점은 확실하다. 이와 달리 주몽의 아버지가 누구인지는 확실하지 않다. 오직 확실한 것은 어머니 유화가 햇빛을 받아 잉태했다는 사실뿐이다. 해모수(解慕漱)와 동침했다는 고백이 있기는 하지만, 그렇다고 해서 그를 아버지라고 단정할 수도 없다. 유화가 금와왕과 동침했다는 내용은 없지만, 금와왕이 주몽을 보호해 주었다는 점을 보면 그의 혈통을 이어받았다고 짐작해도 무리는 아니다. 햇빛을 상징적인 존재로 읽어도 마찬가지다. 한자 표기가 다르긴 하지만 해모수는 말 그대로 '해'를 이름에 달고 있으니 강력한 후보이고, 금와왕 또한 '금'이 빛을 낸다는 점에서 후보로서는 밀리지 않는다.

정작 주몽 자신은 누구를 아버지로 여기고 살았는지를 확인해 보자. 주몽이 왕자들에게 쫓기다가 물을 만나서 긴급하게 구원을 요청하는 대목에서, 주몽이 자신의 신원을 '천제자(天帝子)', 곧 천제의 아들이라고 밝혔다고 『삼국사기』에서는 기록하고 있다. 한편 「동명왕편」에서는 '천제지손(天帝之孫)', 곧 천제의 손자라고 말한 것으로 기록했다. 자신을 천제의 아들이라 한 것은 햇빛이 비추어서 잉태했다고 했으므로 충분히 수긍된다. 손자라고 한 것은 또 어머니 유화가 천제의 아들 해모수와 동침했다는 점을 고려하면 수긍되는 점이다.

어떻게 보거나에 관계없이 주몽은 자신의 혈통을 천상의 존재에서 찾고 있다. 이 점에서 보면 주몽의 아버지는 금와왕보다는 해모수 쪽으로 기운다.

그래도 남는 의문이 있다. 애초에 아버지를 찾아갔다면 금와왕의 왕자들로부터 핍박도, 살해 위협도 받지 않고 천제의 손자로 안락한 삶을 누렸을 텐데, 주몽은 왜 진작부터 아버지 해모수를 찾아 나서지 않았을까? 기껏해야 생명의 위기를 맞닥뜨리고 나서야 부계의 혈통을 내세워 구원을 요청할 뿐이다. 혹 해모수가 자신의 진짜 아버지라는 확신이 없었기에 감히 찾아 나서지 못한 것은 아니었을까? 그렇다면 금와왕의 서자로 태어난 사실을 신화적으로 허구화하여 이런 부계(父系)를 설정한 것은 아니었을까? 이렇게 보면, 그 자신의 태생적 한계로 인해 어쩔 수 없이 그 자리에서 이복형제들의 핍박과 살해 위협을 받을 수밖에 없었던 것으로 이해된다.

주몽의 아버지가 누구였든 간에, 중요한 것은 주몽에게 아버지는 거의 존재감이 없는 존재였다는 점이다. 해모수는 주몽의 생애에 관여한 바가 전혀 없고, 금와왕이 아버지라 하더라도 그는 주몽을 소극적으로 보호는 했을지언정 자신의 혈통으로 인정한 바 없다. 더욱 중요한 것은 주몽이 아버지를 찾아 나서기는커녕 오히려 스스로 아버지를 떠났다는 점이다. 아버지를 떠남으로써 그는 한 국가를 세울 수 있었고 한 국가의 시조가 되었던 것이다.

이 점은 우리의 건국 신화에서 두루 나타나는 현상이기도 하다. 건국 신화의 주인공들은 대체로 아버지가 없거나, 있다고 해도 그 역할은 미미하다. 아버지로부터 버림받거나 잊힌 존재였던 것이다. 다만 그들은 아버지의 존재를 의식하고 이를 건국이라는 위업을 달성하는 밑거름으로 삼을 따름이다. 요컨대 아버지의 존재와 부재를 모두 자신의 정체성으로 수렴한 셈이다.

『삼국유사』의 편찬자인 일연 스님도 아버지의 부재 현상은 우리 시조 신화에 두루 나타난다고 했다. 그리고 이것이 하등 이상할 것이 없다는 점을 중국의 사례에 기대어 설파한다.

제왕이 일어날 때에는 반드시 부명(符命)◆을 얻고 도록(圖錄)◆을 받기 때문에 보통 사람과는 차이가 있게 마련이다. (중략) 무지개가 신모(神母)의 몸을 두르더니 복희(伏羲)를 낳고, 용이 여등(女登)에게 교접하더니 염제(炎帝)를 낳았다. 자칭 백제(白帝)의 아들이라고 하는 신동(神童)이 와서 들판에서 놀고 있는 황아(皇娥)와 교접하더니 소호를 낳았다. 간적(簡狄)은 알 하나를 삼키더니 계(契)를 낳고 강원(姜嫄)은 한 거인의 발자취를 밟고서 기(棄)를 낳았다. (중략) 이 뒤로도 이런 일이 많지만 여기에 다 기록할 수는 없다. 이렇게 볼 때 삼국의 시조가 모두 신비스러운 데서 나왔다고 하는 것이 어찌 괴이할 것이 있으랴.

여기서 소개된 '복희', '염제', '소호', '계', '기'는 모두 중국에서 일어났던 나라들의 건국 영웅이다. 일연 스님의 기록은 아버지의 부재가 아니라 신이한 탄생에 초점을 맞춘 것이긴 하지만, 아들이 인간 세계에서 건국의 위업을 달성하는 동안 아버지들은 한결같이 어떠한 존재감도 발휘하지 않는다는 점도 우리는 확인할 수 있다. 용이나 신동은 살아 움직인다 할지라도 인간 세계에 개입할 여지가 없는 존재이고, 무지개나 알, 거인의 발자취는 기껏해야 아버지의 흔적에 불과하다. 그러니 그들이 아들의 영웅적 행적에 무슨 역할을 할 수 있었겠는가?

아버지의 부재라는 주몽의 결핍 또한 같은 맥락에 놓여 있는 것으로 보인다. 이러한 설정은 당연히 주몽을 영웅화하려는 기획의 산물일

것이다. 신성한 혈통과 남다른 능력이 모두 영웅의 영웅다움을 입증하는 표지이겠지만, 주몽의 신성한 혈통은 주장될 수 있을 뿐 입증될 수는 없었다.

그런 점에서 「주몽 신화」는 신성한 혈통을 배경으로 미루어 두고 남다른 능력을 전경(前景)으로 배치한 것으로 보인다. 아버지라는 강력한 보호벽의 부재는 아들에게 커다란 시련을 초래하는 조건이었던 것이다. 아니 시련을 초래하는 정도가 아니라 시련을 보장했다고 해야 하지 않을까. 주몽은 혈통의 신성성이라는 영웅다움의 조건 하나를 스스로의 선언만으로 확보하기는 어려웠을 테고, 공백을 가진 그 영웅다움은 자신의 탁월한 능력으로 시련을 극복함으로써 입증할 수밖에 없었던 것이다. 이는 오직 천상에 혈통을 대고 있다는 사실만으로 그어떤 시련도 고난도 겪지 않고 고조선을 건국했던 단군과 대비되는 주몽의 위상이기도 하다.

❀ 아버지를 찾아가는 유리

주몽은 영웅답게 시련을 이기고 이제 고구려의 건국 시조로서 완전한 자리를 잡았다. 그런데 주몽에게도 아들이 있었다. 부여를 떠날 때 남겨 두고 왔다. 이름은 유리(琉璃). 우리에게 널리 알려진 〈황조가〉라는 노래를 지은 이로 알려진 바로 그 인물이다.

성장기 때의 유리는 이른바 편모슬하에서 자랐다. 어떤 여자로부터 '애비도 없는 자식'이라는 말을 듣고서야 드디어 아버지의 존재에 대해 궁금증을 갖는다. 건국을 하고 왕이 된 아버지의 존재를 어머니의 말을 통해 알고 천상으로 이어지는 자신의 혈통까지도 확인받는다. 유리가 아버지를 찾아 떠나려는 마음을 가지게 된 것은 당연할 것이다. 그 마음을 유리는 이렇게 표현한다.

"아버지는 사람들의 임금이 되었는데 아들은 남의 신하가 되니 제가 비록 재주는 없으나 어찌 부끄럽지 않겠습니까?"

64

여기에서 남의 신하가 된다는 말은 어떤 벼슬을 한다는 뜻이 아니다. 전통 사회에서 모든 백성은 신민(臣民)으로 간주되었다. 모든 백성이 왕의 권능을 존중해야 한다는 당위를 그렇게 표현한 것이다. 그러니 이 말은 그저 일개 백성으로 평범하게 살아가고 있다는 뜻이다. 아버지를 만나면 왕자로 대접받을 몸이 심지어 여염집 아낙네로부터 '애비 없는 자식'이라는 모욕까지 받으면서 살고 있으니, 아버지를 찾아가고자 하는 의지가 생겨나는 것은 당연하지 않겠는가. 결국 유리는 아버지를 찾아 떠났고, 아버지를 만나고야 말았다. 우리 문학사에서 심심찮게 등장하는 이른바 심부(尋父) 모티프(motif)◆의 원형이고 심부담(尋父談)◆의 기원과도 같은 이야기이다.

그러나 아버지를 찾아간다 한들 자신이 천상의 혈통을 이어받은 당신의 자식임을 무엇으로 증명할 것인가? 이에 신화에서는 서사적 장치 두 가지를 마련해 두고 있다.

하나는 일곱 고개 일곱 골짜기 돌 위 소나무에 감춘 물건을 찾아야 한다는 수수께끼다. 우여곡절 끝에 유리는 그것이 일곱 모가 난 주춧돌 위에 서 있는 소나무 기둥임을 알아내고, 거기에서 부러진 칼 한 조각을 얻는다. 유리가 고구려로 가서 이 칼 한 조각을 왕에게 바치자, 왕은 자기가 지니고 있던 칼 한 조각과 맞댄다. 합쳐져서 하나의 완전한 칼이 되었으니, 이로써 부자의 연은 확인된 셈이다.

그러나 이것만으로는 안 된다. 유리가 혈통으로는 왕자라 해도 왕위를 물려받을 만한 능력이 있는지를 입증해야 했던 것이다. 이 시험이 두 번째 서사적 장치이다. 이 시험은 유리가 공중으로 솟아올라 창을 타고 해에 닿았다가 돌아온 것으로 해결한다. 이로써 아버지로부터 능력을 인정받고 드디어 왕위에 오르니, 이때가 기원전 19년이었다.

❀ 주몽과 유리 사이

주몽과 유리. 신성한 혈통을 가진 두 영웅은 닮은 점이 많다. 아버지의 보호가 필요한 성장기 내내 아버지에 기댈 수 없었으며, 시련을 이겨 내고 왕이라는 절대 권력자로 등극했다. 주몽은 국가의 기틀을 만들었다. 유리왕은 기원후 4년 왕자 해명(解明)을 태자로 삼았으나 해명이 외교적 문제를 일으키자 자결하게 했다. 13년에 부여가 침입하자 또 다른 왕자 무휼(無恤)에게 나가 싸우게 하여 이겼다. 이에 무휼을 태자로 책봉했다. 유리 또한 철저하게 왕자의 능력을 검증한 후 왕권을 물려주었던 것이다. 유리는 건국 초기의 불안정한 기반을 어느 정도 안정화했다는 평가도 받는다.

그러나 둘의 차이는 만만치 않다. 주몽은 아버지를 찾아가지 않았을 뿐 아니라 아예 떠나갔다. 그리고 스스로 왕의 자리를 만들어 냈다. 반면에 유리는 아버지를 찾아갔고, 아버지가 마련해 둔 왕좌를 물려받았다. 아버지를 찾아가고 아버지로부터 왕위까지 물려받았으니,

유리는 스스로 왕의 지위에 오른 아버지 주몽과는 많이 다르다. 사랑하는 여인 치희를 잃고 〈황조가〉라는 애상적인 노래를 부르는 것은 이미 신성한 혈통에서 멀어진 평범한 한 남자의 모습이다. 아버지 주몽의 이야기를 '신화'라고 부르는 것과 달리 아들 유리의 이야기를 '설화'라는 범칭으로 부르는 이유도 여기에 있다.

그렇다면 평범한 삶을 누리는 우리는 주몽보다는 유리에 가깝다 할 것이다. 사실 주몽은 신화 시대에서 역사 시대로 넘어가는 시기에 걸쳐 있는 인물이고, 유리는 완전한 역사 시대의 인물이니 둘을 비교하는 것 자체가 불가능할지도 모른다. 역사 시대 이후 인간의 삶은 대체로 유리의 삶의 궤적을 따라갈 수밖에 없다. 신화 시대의 영웅이 영위했던 삶과는 유리될 수밖에 없었던 것이다.

아버지 찾기를 모티프로 삼는 심부담이 가문과 혈통을 중시하던 전근대는 물론 근대 이후까지도 매우 광범위하게 전승되고 향유되었던 이유도 여기에 있을 것이다. 이들 이야기에서 아버지와 아들은 개인사적인 이유로 헤어지기도 하고, 전쟁과 같은 사회적 환란 때문에 이산의 아픔을 겪기도 한다. 아버지가 아들을 애타게 찾기도 하고, 반대로 아들이 아버지를 찾아 나서기도 하며, 그러다가 우연한 기회에 부자 상봉이 이루어지기도 한다. 그 과정에서 초월적 존재의 계시를 받기도 하고, 위험에 처한 사람에게 은혜를 베풀어 준 대가로 아버지나 아들의 소재에 대한 중요한 정보를 얻기도 한다.

독자의 입장에서 이러한 심부담의 매력은 일차적으로 혈육을 찾아 나서는 시점에서부터 닥쳐오는 온갖 고난, 그리고 그 앞에서 발휘되는

신표
뒷날에 보고 증거가 되게
하기 위하여 서로 주고받
는 물건

주인공의 탁월한 능력을 확인하는 데서 온다. 여기에 더하여 어떤 징표로써 서로가 부자지간임을 입증하는 대목은 또 하나의 매력적인 서사적 계기로 작동한다. 유리왕 설화의 부러진 칼처럼 아버지가 미리 예비해 두었던 신표(信標)*, 부자가 공유하고 있던 과거의 기억, 점이나 사마귀 등과 같은 신체상의 특징이 그러한 징표 역할을 하고는 한다.

이러한 서사 전개가 독자들에게 매력을 발휘할 수 있었던 것은 아버지와의 분리, 아버지의 부재에 대한 두려움이 그만큼 컸기 때문은 아니었을까. 아버지와의 분리, 그리고 아버지의 부재는 일상생활에서 자주 일어나는 일은 아니지만, 혹시라도 있게 될 그 사태는 그만큼 큰 불운과 불행을 불러오는 것이 일반적이기 때문이다. 대체로 우리의 삶이 주몽보다는 유리 쪽에 더 가까이 가 있기에 주몽의 신화적 활약보다 유리의 아버지 찾기 이야기에 우리가 더 큰 매력을 느끼는 것은 당연하다 하겠다.

그렇지만 유리에게는 주몽의 모습도 얼마간 있다. 그것은 바로 아버지로부터 과감하게 분리하는 모습이다. 무력한 아들을 보호하는 아버지의 생물학적 기능이 언제까지고 유효할 수 없다. 보호받기만 하고 스스로를 보호하지 못하면 어른이 될 수 없다. 스스로를 보호할 수 있는 힘이 있다면 아버지로부터 분리되어야 한다. 그때부터는 어른이다.

어른이 된다는 것은 곧 아버지로부터 분리된다는 것이기도 하다. 유리가 스스로를 보호하고 자신의 것을 만들어 내는 능력을 입증하고 아버지로부터 왕위를 물려받았던 것, 유리 또한 자신의 아들 무휼이 가진 그런 능력을 확인하고 왕위를 물려주었던 것, 이 모두가 어른 됨의 승인이라 할 것이다. 유리는 아버지를 찾아갔을 뿐만 아니라, 아버지로부터 '아버지 떠나기'를 배워 이를 몸소 실천한 것은 아니었을까?

우리는 과연 어떤가? 청소년기에는 입시 경쟁, 청년기에는 취업 경쟁, 장년기나 노년기에는 퇴출의 공포에 맞서는 생존 경쟁이 우리 시대의 삶을 견인한다. 우리는 그 경쟁을 즐기기도 하지만 대부분은 거기에 압도당한다. 이러한 경쟁의 연속선상에서 혹 우리는 보호받아야 하는 시기를 최대한으로 늘리고자 하지는 않는지? 꾸준히 아버지로부터 물려받으려고만 하는 것은 아닌지? 귀속 지위에 의존하여 성취의 보람을 손쉽게 포기하는 것은 아닌지? 아버지를 영원히 떠나지 못하고 있는 것은 아닌지?

아무리 가혹한 경쟁이라고 해도 아버지 찾기가 이를 정당화해 주지는 못한다는 점만은 분명하다. 언젠가는 스스로 아버지가 되어야 하는 것이 생명체로서의 운명이고 자연의 섭리이기 때문이다.

견주어 읽기

「심청전」

  아버지가 하늘의 혈통을 이어받아서 그 자신이 스스로 나라를 세우고 왕이 된 주몽, 그리고 그 아들 유리는 그 차이에도 불구하고 결국 아버지 덕택으로 권능을 얻었다고 할 수 있다. 그런데 평범하지도 않은, 아니 평범 이하의 아버지를 두고 있다면? 우리에게 친숙한 작품 「심청전(沈淸傳)」은 어머니도 없이 시각장애인 아버지와 함께 살게 된 '효녀'를 주인공으로 내세운 소설이다. 이본(異本)＊에 따라 크고 작은 차이가 있지만 그 대략의 줄거리는 다음과 같다.

  📖 황주 땅 도화동에 양반가의 자손 심학규와 그 부인은 뒤늦게 딸 청을 낳지만 며칠 만에 부인은 죽는다. 동냥젖을 먹여 키운 심청이는 나

이가 들자 동냥을 하여 아버지를 봉양한다. 어느 날 동냥 나간 딸을 기다리던 아버지가 물에 빠지고, 이를 구해 준 화주승에게 공양미 삼백 석을 시주하기로 약속한다. 심청은 남경 상인에게 공양미 삼백 석을 받고 자신의 몸을 팔아 인당수에 몸을 던진다. 남경 상인들이 돌아오는 길에 인당수에 들렀더니 기이한 연꽃이 떠 있기에 왕에게 바친다. 꽃에서 심청을 발견한 왕은 그녀를 새 왕비로 맞아들인다. 심청은 왕에게 전국의 맹인들을 불러 모아 잔치를 열도록 권한다. 그동안 뺑덕어멈과 함께 살던 심학규는 이 잔치에 참석하여 딸과 재회하고 그 기쁨에 눈을 뜬다.

심청은 환생을 했고 왕후가 됨으로써 보상을 받았다. 뿐만 아니라 맹인이었던 아버지가 개안(開眼)◆까지 했다. 목숨마저 버리는 희생에 대해 보상의 한계치를 정하기는 어렵겠지만, 충분히 넉넉한 보상이라 할 수 있을 것이다.

그러나 좀 냉정하게 숨을 고르며 살펴보자. 심청이 동냥으로 아버지를 봉양하는 일이 쉽지는 않았을 것이다. 그렇다고 해도 자식 된 도리로서 감당할 수는 있는 일이다. 이에 비해 자신의 몸을 스스로 팔아 인당수에 빠져 죽는 일은 현실에서는 일어나기 어려운 일이다. 이 정도면 아버지라는 존재는 극단적인 억압 그 자체라 할 만하다.

어떤 이는 심청이 인당수행을 결정한 동기를 여기에서 찾기도 한다. 아버지를 봉양해야 하는 의무감

> **이본**
> 문학 작품 따위에서 기본적인 내용은 같으나 부분적으로 차이가 있는 책

> **개안**
> 앞을 볼 수 없던 사람이 어떤 일을 계기로 눈을 뜬다는 것으로, 이와 같은 내용을 가진 설화를 개안 설화라고 한다.

의 무게를 견디지 못하고 스스로 인당수행을 결심하지 않았겠느냐는 것이다. 과도한 해석일 수도 있으나 근거가 전혀 없는 것은 아니다. 완판 계열 이본에 등장하는 장 승상 댁 부인의 존재가 그 근거 중의 하나이다.

남편인 장 승상은 죽고 아들은 서울로 벼슬하러 떠난 부인은 심청의 효성과 미모, 인간됨에 감동하여 수양딸로 삼는다. 더욱이 공양미 삼백 석 때문에 심청이 팔려 가야 한다는 사실을 뒤늦게 알고 그 쌀마저도 대신 내주겠다고 공언한다. 그러나 심청은 거절한다. 거절의 이유는 이렇다.

"당초에 말씀 못 드린 것을 이제야 후회한들 무엇 하겠습니까? 또한 부모를 위해 공을 드릴 양이면 어찌 남의 명분 없는 재물을 바라며, 쌀 삼백 석을 도로 내주면 뱃사람들 일이 낭패이니 그도 또한 어렵고, 남에게 몸을 허락하여 약속을 정한 뒤에 다시 약속을 어기면 못난 사람들 하는 짓이니, 그 말씀을 따르지 못하겠습니다. 하물며 값을 받고 몇 달이 지난 뒤에 차마 어찌 낯을 들어 무슨 말을 하겠습니까? 부인의 하늘 같은 은혜와 착하신 말씀은 저승으로 돌아가서 결초보은하겠습니다."(완판본 71장)

명분 없이 남의 재물로 부처님을 공양할 수는 없다는 것, 행선(行船)을 목전에 둔 시점에 약속을 깨게 되면 상대방에게 폐를 끼친다는 것. 이것이 심청이 내세운 이유이다. 말인즉슨 옳다. 그러나 사람의 생명과 맞바꿀 만한 약속이 어디 있겠는가? 심청과 같은 이런 행위는 다양한 전설에서도 드물지 않게 나타난다. 이런 종류의 이야기들에서 나타나는 자식들의 극단적 선택에 효와 불효의 양면이 있었음은 일찍부터 주목을 받아 오기도 했다. 자신이 봉양하던 아버지의 앞날에 다가올 고난을 고려한다면 아버지를 떠나는 것 자체가 이미 불효 중의 불효 아니겠는가.

그렇다면 심청이 스스로 아버지를 떠나기로 결심한 것으로 보는 시각이 불경스럽지만은 않을 것이다. 아니, 차라리 노골적으로 불경스럽게 말한다면 아버지를 버리기로 한 것은 아니었을까. 효심의 발로가 아닐 수도 있다는 것이다.

주몽이 스스로 아버지를 떠나 왕이 되었다면, 심청은 아버지를 스스로 떠나 왕후가 되었다. 주몽이 건넜던 엄수라는 강이 익숙한 세계를 탈출하는 출구이자 낯선 세계로 들어가는 입구였다면, 인당수의 검고 푸른 심해(深海)는 심청이 익숙한 세계를 버리기 위해 선택한 무덤이자 새로운 탄생을 예비하는 또 하나의 자궁이었던 것이다.

「주몽 신화」

「주몽 신화」는 고구려 건국 신화로, '고귀한 혈통-기이한 출생-비범한 능력-기아와 구출-성장 후 시련-시련의 극복과 위업 달성'이라는 영웅의 일대기 구조를 띤다. 주몽이 천제의 아들인 해모수와 하백의 딸인 유화 사이에서 태어났다는 점과 골격과 외모가 영특하고 기이하며 활을 잘 쏘는 능력을 지녔다는 점 등은 주몽을 신성한 존재로 묘사하는 동시에 이야기에 신성성을 부여하는 역할을 한다. 또한 주몽의 모습을 통해 천신과 수신을 숭배했다는 점, 활을 사용하는 유목 생활을 했다는 점 등 신화를 창작하고 향유한 집단의 문화를 살펴볼 수 있다.

「심청전」

「심청전」은 여러 가지 설화를 원천으로 하여 구성된 작품으로서, 판소리로 불리다가 소설로 출판, 유통된 조선 후기 판소리계 소설이다. 유교적 가치인 '효'를 형상화한 작품이라고 보는 견해도 있고, 주인공 심청의 자기실현을 보여 주는 작품이라고 해석하기도 하며, 현실의 가혹함을 극복하고자 하는 민중의 염원을 표현한 작품으로 보기도 한다.

생각해 보기

1. 「주몽 신화」에서 주몽은 건국 영웅으로, 「심청전」에서 심청은 윤리적 영웅으로 그려진다. 평범한 사람들이 아닌 영웅들에 대한 이야기가 독자들의 관심을 받는 이유를 말해 보자.

2. 「주몽 신화」는 고구려 건국 신화이고, 「심청전」은 조선 시대의 소설이다. 두 작품이 고구려와 조선의 백성들에게 어떤 사회적 역할을 했을지 추측해 보자.

2장

인간 본성의
모습들

사랑과 이별, 그 영원한 주제

「운영전」

사랑은 인간을 움직이는 숭고한 감각이고 아름다운 마음이다. 특히 연인 사이의 성애는 동서고금을 초월하여 인간의 감정이 가장 극단적으로 발휘되는 국면을 낳는다. 우리 옛 소설에서도 예외는 아니다. 그 한가운데에 우뚝 서 있는 작품이 바로 「운영전」이다. 「운영전」이 그려 내는 조선 시대 사랑의 형상을 엿보기로 하자.

❖ 도처에 넘치는 사랑

곳곳에 사랑이 넘친다. 영화와 드라마에서 연인 간의 사랑이 서사를 이끌어 가는 중요한 동력이 되는 경우는 흔하다 못해 상투적이다. 소설이나 시에서도 사랑 이야기를 빼놓을 수 없다. 대중가요의 노랫말은 이별로 인한 눈물, 이별 뒤에 이어지는 사랑으로 도배되어 있다. 사랑을 다루는 대부분의 작품은 목숨까지 거는 지고지순한 사랑을 그려 낸다. 사랑하는 사람을 목숨보다 소중하게 여기고, 그 사람과 이별한 고통에 세상을 다 잃은 듯 낙망한다. 심지어 이별 이후에도 언젠가 돌아와 주기를 바라며 영원히 기다리겠다고 약속하는 순애보를 보여 준다. 목숨과 영원을 내세우며 지키고 싶은 사랑, 그보다 지고지순한 것이 또 있을까.

누군가는 대중문화에서 지고지순한 사랑이 드러나는 현상을 가리켜 체면과 과시를 중시하는 우리나라 특유의 문화를 거꾸로 비추는 거울이라고 말한다. 남녀 한 쌍의 제도적 결합이라 할 수 있는 결혼이 한 집안의 경제적 정체성을 과시적으로 보여 주는 의식(儀式)으로 자리 잡고 있는 사회적 분위기와 지고지순한 사랑은 이율배반적이라는 것이다. 달리 말하면 체면과 과시를 중시하는 의식(意識)을 지고지순한 사랑으로 포장한다는 것이다.

그렇다면 조선 시대에는 어땠을까? 자본주의적 욕망의 덫에 빠지지 않았던 조선 시대에는 지금보다 더 순수한 사랑이 가능하지 않았을까? 아니면 유교적 이데올로기를 철저히 숭상하는 가부장적 사회 분위기 때문에 가문의 체면을 더 중시했을까? 남녀 간의 자유연애마저 철저히 금기시했던 시대, 그리하여 남녀 간의 자유로운 사랑 자체가 인간의 규범에 어긋난 것처럼 간주되던 시대의 사랑은 어떤 모습이었을까?

우리 옛 소설에서는 이런 다양한 모습을 확인할 수 있다. 특히 「운영전」은 이러한 사회 규범을 비웃기라도 하듯 남녀 간의 자유롭고 자연스러운 성애(性愛)를 그려 낸 작품이다. 과연 한 인간의 의지가 사회적 규범을 넘어설 수 있을까?

✿ 운영과 김 진사, 그 사랑의 내막

「운영전」은 「수성궁몽유록」 또는 「유영전」으로도 불린다. '수성궁'은 안평 대군이 풍류를 즐겼던 사저로서 이 작품의 배경이 되는 공간이고, '유영'은 운영과 김 진사라는 남녀 주인공의 사연을 세상에 전하는 인물이다. 운영과 김 진사의 사랑 이야기를 음미해 보자.

📖 선비 유영은 안평 대군의 옛집인 수성궁에 놀러가 홀로 술을 마시다 잠이 들고, 취몽 중에 김 진사와 운영을 만나 그들의 비극적인 사연을 듣게 된다. 운영이 말하고 김 진사는 이를 글로 기록한다. 어느 해 가을, 운영은 수성궁으로 대군을 찾아온 김 진사를 보고 사랑에 빠진다. 그러나 운영은 안평 대군의 궁녀이기 때문에 이들의 사랑은 제도적으로 승인될 수 없다. 하지만 둘은 죽음을 무릅쓰고 편지를 주고받기도 하고 노비인 특의 도움을 받아 담을 넘어 만나며 밀애를 나눈다. 결국 김 진사는 운영과 둘이 도망칠 계획을 세우지만, 노비인 특의 계략으로 궁녀가 외부인과 내통한다는 소문을 들은 안평 대군이 크게 노하여 궁녀들을 문책한다. 운영은 자책감 때문에 자결하고, 이에 슬픔을 이기지 못한 김 진사 또한 세상을 떠난다. 그들은 유영에게 자신들의 이야기를 적은 책을 전하며 세상 사람들에게 알려 달라고 부탁한다. 유영이 깨어 보니, 김 진사와 운영의 일을 기록한 책이 놓여 있다. 유영은 그것을 가지고 돌아와 장 속에 감추어 두고 때때로 꺼내 보면서 망연자실한다. 나중에 그는 명산을 두루 찾아다니다가 아무도 모르게 생을 마친다.

내부 그림
운영과 김 진사가 사랑을 하다가 죽음을 맞다.

내부 액자
유영이 꿈속에서 운영과 김 진사를 만나서 이야기를 듣다.

바깥 액자
수성궁을 방문한 유영이 술을 마시다 잠이 들다.

　이 소설은 몽유록(夢遊錄)*에서 공통적으로 나타나는 액자형 구조*를 취하고 있다. 그런데 보통의 몽유록과는 다른 점이 있으니, 그것은 이중 액자 구조라는 점이다. 유영이 수성궁을 방문한 외부 이야기가 바깥의 액자라면, 유영이 운영과 김 진사를 만난 이야기가 액자 속의 액자이고, 운영과 김 진사의 비극적 사랑을 다룬 내부 이야기가 그림에 해당된다.

　여기에서 수성궁은 세 이야기의 공통된 공간적 배경이 되고, 김 진

사가 기록한 책 또한 세 이야기를 매개하는 소재라
는 점에서 「운영전」은 매우 치밀한 구성을 지닌 소
설이라고 할 수 있다. 이 작품에서 그려 내는 사랑은
옛 소설에서는 보기 드물게 비극적 결말을 맞는다.
이들의 사랑이 비극으로 끝나는 이유는 신분적 제
약을 극복하지 못했기 때문이다. 이 점에 비추어 보
면 「운영전」은 인간의 본연적 욕망을 억압하는 당대
신분 제도의 모순을 비판한다고 이해될 수 있다.

> **몽유록**
> '꿈속에서 노닐었던 일에
> 대한 기록'이라는 뜻으로,
> 꿈속에서 일어난 사건을
> 내용으로 하는 문학 작품
> 을 가리킨다.
>
> **액자형 구조**
> 이야기 속에 또 하나의 이
> 야기가 들어 있는 구조.
> 이러한 구조로 이루어진
> 소설을 액자 소설이라고
> 한다.

✤ 사랑의 감각이라는 형벌

「운영전」은 신분을 초월한 남녀 간의 비극적 사랑에 초점을 맞추고
있다. 정확히 말하면 그 사랑의 정체는 '성애'에 해당된다. '남녀 사이에
일어나는 성적 본능에 의한 애욕(愛慾)'으로 풀이되는 '성애'의 뜻에 충
실히 부합하는 사랑 이야기다. 그런데 이들의 비극적 성애에는 특별한
계기가 있다. 이야기를 모두 마치고 난 뒤 김 진사가 눈물을 흘리면서
유영에게 전한 말 속에서 그 계기를 찾을 수 있다.

"우리 양인이 본디 선인(仙人)으로 길이 옥황 향안전에 뫼셨더니 일일은
상제가 대청궁에 어좌하시고 나를 명하사 옥원(玉園)에 가 과실을 따 오
라 하시거늘 내가 반도경실◆을 많이 따 먹고, 사사로이 운영을 주었더

반도경실
3천 년에 한 번 열린다는
신선의 복숭아

적강하다
신선이 유배를 당하여 인
간 세상에 내려오거나 사
람으로 태어난다는 뜻

진세
티끌과 같은 세상이라는
뜻으로 인간이 사는 세상
을 가리킨다.

니 그 죄는 둘이라. 인간 세상에 적강(謫降)하여◆ 인
간 괴로움을 고루 겪게 함이더니 이제는 옥황상제 이
미 전 허물을 용서하시고, 하여금 삼청궁에 올리사
다시 향안전에 모시게 하신지라 때를 타 바람을 인
하여 진세(塵世)◆에 와 옛날 놀던 곳을 다시 찾아보
노라."

운영과 김 진사는 본래 하늘나라에서 옥황상제
를 모시던 선녀와 신선이었는데, 김 진사가 두 가지
죄를 지은 것이다. 반도경실을 옥황상제의 허락도 없이 따 먹은 것이
첫째이고, 사사로운 정에 이끌려 그것을 운영에게 준 것이 둘째이다.
이 정도 죄라면 대역죄에 가까울 테고, 당연히 죄에 대한 벌을 받아야
한다. 옥황상제가 내린 형벌은 유배형이었다. 인간 세상으로 내려보내
인간의 괴로움을 고루 겪도록 한 것이다.

유배형은 아마도 첫 번째 죄에 대한 형벌이라 할 것이다. 흥미로운
것은 두 번째 죄에 대한 형벌이다. 옥황상제가 두 사람에게 내린 형벌
이 '사랑'과 '파탄'이라는 운명이라니! 옥황상제는 두 사람이 우연히
사랑에 빠지도록 한 후에 장애물을 마련함으로써 끝내 파탄을 맞이
하도록 했다. 그것이야말로 인간이 겪을 수 있는 가장 고통스러운 형
벌이라 판단한 것이다.

여기에는 사랑을 느끼는 감각이 극단의 쾌락이라면, 사랑의 파탄을
맞이하는 것은 극단의 고통이라는 생각이 깔려 있다. 어떤 면에서 옥

82

황상제는 참으로 심술궂은 인물이라 하지 않을 수 없다. 인간이 지닌 사랑의 감각을 형벌에 이용하다니! 아니 악용하다니!

✿ 사랑의 파탄이 형벌이 되는 까닭

사랑하는 두 사람에게 상대방은 절대적인 존재다. 그의 존재감은 우주의 무게와 맞먹고, 그의 부재는 우주의 상실에 버금간다. 이는 수학으로나 물리학으로는 절대로 설명될 수 없는 인간사의 이치다. 대중가요의 노랫말 한 대목을 잠깐 인용해 보기로 한다.

> 인연이라고 하죠. 거부할 수가 없죠. 내 생에 이처럼 아름다운 날 또다시 올 수 있을까요. 고달픈 삶의 길에 당신은 선물인걸. 이 사랑이 녹슬지 않도록 늘 닦아 비출게요.
>
> ─이선희 작사·작곡, 〈인연〉 중에서

노랫말을 보면 두 사람의 관계는 거부할 수 없는 인연이고, 그들의 사랑이 지속되는 시간은 생애 가장 아름다운 나날로 채워진다. 사랑하는 사람은 고달픈 삶에 주어진 최고의 선물이며, 그런 만큼 그 사랑은 정성껏 닦아서 소중하게 간직해야 한다.

이 노래뿐 아니라 대부분의 대중가요에서 사랑은 대개 이런 식으로 지고지순을 내세운다. 대중가요가 말 그대로 대중에게 널리 향유되는 이유 가운데 하나는 그 노랫말이 공감대를 형성하기 때문이다. 그렇다면 우리가 나누고 있는 사랑, 적어도 우리가 추구하는 사랑은 노랫말에서 그려 내는 지고지순한 사랑을 매우 닮아 있다고 할 수 있다.

「운영전」에서 옥황상제는 운영과 김 진사에게 사랑으로 인한 쾌락의 극치를 맛보게 한 뒤, 또 사랑을 파탄 나게 함으로써 고통을 주었다. 일부러 고통을 겪게 한 뒤 그들이 지은 모든 죄를 사(赦)해 준 것이다. 그 고통의 강도가 얼마나 센지 짐작할 수 있는 대목이다.

사랑의 파탄이 형벌이 될 수 있는 까닭은 무엇이겠는가? 이는 위치 에너지가 높은 물체일수록 그 추락의 강도가 세다는 물리적 법칙에 기대어 보면 지극히 자명한 이치다. 사랑이 인간으로서 겪을 수 있는 최고치의 쾌락이라면, 사랑의 파탄은 그에 대응되어 최고치의 형벌이 될 수밖에 없다. 운영과 김 진사의 사랑은 이처럼 사랑의 가혹한 이치를 보여 주고 있다.

❁ 막을 수 없는 사랑과 세월

재채기와 사랑은 숨길 수 없다고 했다. 재채기가 어느 순간 튀어나오는 것처럼, 사랑도 반드시 어느 순간 드러나게 마련이다. 사랑을 하면 표정과 가치관뿐 아니라, 자신의 정체성마저 바뀌는 경우가 허다하다. 크고 작은 변화들이 자연스럽게 겉으로 드러나면서 그들의 사랑이 세상에 알려지게 된다.

사랑을 나누는 사람들은 본인들의 사랑을 널리 알리고 싶어 한다. 그 이유는 〈인연〉의 노랫말로도 충분히 짐작된다. 사랑이 생애를 가장 아름답게 만드는 일이라고 믿기 때문이다. 우주의 무게와 맞먹는 한 인간이 눈앞에 있으니, 그렇게 믿는 것이 당연하다. 사랑이 생애 그 자체를 빛나게 한다는 믿음, 당사자들에게는 올곧은 진실이다. 그래서 그들은 강렬한 사랑의 경험을 세상에 보여 주고 싶고, 그 과정에서 다른 사람들에게 사랑에 대한 동의를 얻고 싶어 한다.

그러나 그 사랑을 숨겨야 하는 처지에 놓인 사람들이 있다. 그들은 사랑이 드러나는 순간 곧 파탄에 이르는 가혹한 운명을 안고 있다. 운영과 김 진사의 사랑이 바로 이런 경우이다. 궁녀는 본래부터 왕족의 생활을 돕는 역할만 해야 한다. 자신의 정욕이나 애욕의 발산도 금지되는, 무성적(無性的) 존재에 가까운 여인이어야 한다. 김 진사 또한 애초에 안평 대군의 일개 문객(門客)◆에 불과하다. 적어도 궁궐 내에서는 애욕을 드러낼 수 없다. 그런 상황에 처한 두 사람이 사랑을 나누었으니, 그야말로 '금지된 장난'을 벌인 셈이 된다. 그들의 성애가 '밀애'일 수밖에 없는 이유다.

여기까지만 놓고 보면 그들의 사랑은 비극으로 종결된다. 하지만 두 사람은 죽은 뒤 다시 선계에서 만나 모든 죄를 용서받는다. 물론 그것이 곧 사랑의 완성을 의미하지는 않는다. 처음부터 그들은 사랑을 할 수 없는 운명을 가지고 있었기 때문이다. 그럼에도 그들의 사랑은 행복으로 완결되었다고 보는 것이 좋을 듯하다. 다

문객
세력 있는 집에 머물면서 밥을 얻어먹고 지내는 사람. 또는 덕을 볼까 하고 수시로 그 집에 드나드는 사람

만 운명이 허락하는 범위 안에서 말이다.

이런 관점에서 보면 운영과 김 진사가 세상을 떠난 뒤에 유영을 통해 자신들의 사랑 이야기를 굳이 세상 사람들에게 알리고 싶어 했던 이유도 추측해 볼 수 있다. 살아서는 사랑의 정체를 숨긴 채 살아가야 했던 그들이기에, 죽어서라도 사랑의 완결을 진세의 인간들에게 알리고 싶었던 것이다.

그들의 사랑을 비극으로만 볼 수 없는 이유는 또 있다. 이야기를 마친 두 사람에게 유영은 묻는다. 두 사람의 사랑이 파탄에 이르는 데 결정적 역할을 했던 특이 죽었으니 원수도 갚았는데 왜 이처럼 비통해하는가. 혹 인간 세상에 태어나지 못함을 슬퍼하는 것인가. 이에 대한 김 진사의 대답은 이렇다.

"우리 두 사람은 모두 원한을 품고 죽었습니다. 하지만 지하의 낙이 인간의 낙과 같지 않습니다. 하물며 천상의 낙을 누리고 출세함을 원한 바는 아닙니다. 다만 오늘밤에 비통해함은 대군의 옛 궁에 주인이 없고 오작(烏鵲)이 슬피 울며 인적이 끊어졌으니 나의 슬픔이 지극함이요 또한 전란의 변을 당한 후 화려한 가옥은 재가 되고 담장은 무너졌는데, 다만 계단에는 꽃과 풀이 향기롭고 뜨락에는 풀과 숲이 영화로워 봄빛이 옛날의 경치와 다르지 않으나 인사(人事)가 변하기 쉬움을 생각하고 슬픔을 이기지 못하나이다."

요지는 이것이다. 천상에서 복락을 누리고 있는데 굳이 인간 세상에 다시 태어날 이유도 없거니와, 옛날의 그 영화로운 궁은 재가 되어 사라졌고 사람의 일은 변하였으니, 다만 그것이 슬퍼서 비통해할 따름이라는 것이다. 김 진사와 운영이 그들이 겪었던 과거사를 인간들의 일로 치부하고 지금의 복락에 충분히 만족하고 있다고 볼 수 있는 근거이다. 이런 점에서도 그 사랑의 파탄을 비극으로만 몰고 갈 필요는 없어 보인다.

더욱이 그들이 슬퍼하는 이유가 사랑의 파탄이 아니라 인간사의 유한함, 즉 인생무상에 대한 깨달음에 있음을 천명한다. 수성궁에서 풍류를 즐겼던 안평 대군은 세종의 셋째 아들이다. 그는 정치적 긴장 관계에 있던 둘째 형 수양 대군의 견제를 받아 계유정난을 계기로 강화로 유배되었다가 교동으로 옮겨져 사약을 받은 인물이다. 안평 대군이나 수성궁의 흥망성쇠와 마찬가지로, 사랑도 그 파탄도 그것이 인간의 일인 한은 영원할 수 없다고 보고 있었던 것은 아니었을까?

마지막으로 단순한 질문을 하나 던져 본다. 신분을 초월한 그들의 사랑은 과연 조선 시대 현실을 그대로 반영한 것일까, 아니면 현실에서 실현될 수 없는 지고지순한 사랑을 거꾸로 비추어 낭만적으로 그려 낸 것일까? 질문은 단순하지만 대답은 단순할 수 없다. 그러나 확실하게 말할 수 있는 것은, 사랑을 나누는 두 남녀의 지극한 마음만은 시대를 초월해 오늘날의 우리에게도 깊은 울림을 준다는 점이다. 또 우리도 사랑에 빠져 있는 동안에는 그들과 똑같은 마음으로 상대방을 우주와 같은 존재로 받아들이고 있다는 사실이다.

견주어 읽기

「춘향전」

한국인이라면 누구나 알고 있는 고전 소설 「춘향전(春香傳)」. 기억을 상기할 겸 간략한 줄거리를 소개한다.

📖 전라도 남원에 살던 기생의 딸 춘향이 광한루에 그네를 타러 나갔다가 사또의 아들 이몽룡을 만나 인연을 맺는다. 두 사람이 밀애를 나누던 중 사또가 다른 벼슬을 얻어 한양으로 가게 되면서 둘은 이별을 맞는다. 춘향에 대한 소문을 듣고 부임한 후임 변 사또는 춘향에게 수청을 강요한다. 춘향은 사또의 요구에 항거하다가 옥에 갇혀 죽을 위험에 처한다. 이때 암행어사 신분으로 내려온 이몽룡이 변 사또를 응징하고 춘향을 구해 낸다. 둘은 함께 한양으로 올라가 평생을 행복하게 산다.

「춘향전」의 주제는 보는 시각에 따라 다양하다. 여인의 정절 의식에 대한 찬양으로 보기도 하고, 탐관오리에 대한 민중의 저항으로 보기도 하며, 남녀 간의 지고지순한 사랑으로 보기도 한다. 이러한 차이는 판소리 창본을 포함하여 거의 100종에 이르는 다양한 이본 간의 차이에서 비롯되기도 한다. 이본은 다양하지만 재자가인의 우연한 만남과 이별, 연적(戀敵)을 대신하는 방해자의 등장, 그에 대한 징치와 남녀 주인공의 상봉으로 이어지는 이야기는 전형적인 대중소설의 흥미 요소를 골고루 갖춘 셈이다.

그러나 「춘향전」이 대중들의 인기를 얻은 요인은 이러한 흥미 요소 외에도 무수히 많다. 이본에 따라 그것은 다양하게 나타나지만, 특히 춘향과 몽룡의 인연이 전생에서부터 예정되어 있었다는 설정이 눈길을 끈다. 신재효가 새로 엮은 〈춘향가〉에 나오는 대목이다. 옥에 갇혀 있던 춘향이 꾼 꿈에서 직녀성이라는 이름을 가진 이가 춘향을 위로하며 '출생의 비밀'을 알려 준다.

네가 나의 시녀로서 서왕모의 반도회(蟠桃會)에 내가 잔치 참예 갈 제 네가 나를 따라왔다 태을선군 너를 보고 애정을 못 이기어 반도 던져 희롱하니 네가 보고 웃은 죄로 옥황이 진노하사 둘이 다 적하(謫下)◆ 인간 하였으니, 너의 낭군 이 도령이 태을의 전신(轉身)◆이라 전생의 연분으로 이생 부부 되었으나 고생을 많이 시켜 웃은 죄를 다스리자 하여 이 액회(厄會)◆를 만났으니 감심(甘心)◆하고 지내면 후일에 부귀영화 측량이 없을 것을……

적하
귀양을 살러 내려감

전신
다른 곳으로 몸을 옮김. 태
을이 이 도령이라는 뜻이다.

액회
재앙이 닥치는 불행한 고비

감심
괴로움이나 책망 따위를
기꺼이 받아들임. 또는 그
런 마음

「운영전」의 김 진사와 운영이 그러했던 것처럼 「춘향전」의 몽룡과 춘향도 초월적 존재에 의해 운명이 예정되어 있었던 것이다. 김 진사와 운영은 짧은 시간 동안 극심한 고통이 동반된 황홀한 사랑과 예기치 않은 종말로, 몽룡과 춘향은 생이별과 오랜 기다림, 하옥의 세월이라는 많은 고생으로 각각 죗값을 치른 셈이다. 이처럼 죗값을 치르는 데 이용될 정도로 사랑이라는 감각은 치명적인 것이다.

운영과 김 진사와 달리 춘향과 몽룡은 죗값을 치른 후에 이생에서 오래도록 복락을 누리는 것으로 이야기는 마무리된다. 낭만적 결말이다. 그러나 정말 그러했을까? 춘향은 양반 출신이 아니라 천민에 해당되는 기생의 딸이었다. 그런 춘향을 양반 사대부가에서 순순히 받아들였을 리 있겠는가? 춘향이 이씨 가문의 며느리로 들어갔다 하더라도 그 과정이 순순했을 리 없다. 오히려 한양으로 올라간 두 사람에게 다가올 시련이야말로 또 다른 형벌일지 모른다.

남녀가 만나 사랑을 시작할 때는 누구나 자신들의 인연이 운명적 만남이라고 믿는다. 여기에 지고지순한 사랑에 대한 다짐도 동반된다. 다만 어느 순간에 이르러 지고지순한 사랑이 그렇지 않은 사랑을 포장하는 수사로 타락하는 사태도 누구나 겪을 수 있는 것이 인간사이다. 화려했던 수성궁이 담장만 남은 채로 재로 바뀌듯이.

「운영전」

「운영전」은 안평 대군의 궁녀인 운영과 김 진사의 애절한 사랑 이야기를 담은 애정 소설로, 임진왜란이 끝난 직후에 지어진 것으로 추정된다. 「운영전」은 남성과 여성의 구분 없이 인간의 본성과 생의 가치를 적극적으로 옹호하고 있다는 점에서 독창적인 주제 의식을 다루었다고 평가된다. 이는 다른 궁녀들이 안평 대군에게 운영을 옹호하는 초사를 올린 장면에서 구체적으로 확인할 수 있다.

「춘향전」

「춘향전」은 신분 차이가 있는 춘향과 이몽룡의 사랑 이야기를 그린 작품으로, 서술자의 편집자적 논평, 운문체와 산문체의 혼합 등 판소리계 소설의 특징이 고스란히 드러난다. 소설 이본이 120여 종이나 되고, 이본에 따라 제목, 주제, 구성이 다른 경우도 많아 단일 작품이 아닌 작품의 군집, 즉 '춘향전군(春香傳群)'으로 보아야 한다. 이는 공연 예술이 기록문학으로 정착되는 과정에서 다양한 작가들과 독자들의 의식이 반영된 결과이다. 판소리 〈춘향가〉와 판소리계 소설 「춘향전」은 이처럼 유구한 적층성과 넉넉한 개방성을 보여 주는 대표적인 작품이다.

생각해 보기

1. 「운영전」과 「춘향전」의 여성 주인공이 자신들에게 닥친 운명적 시련에 대처하는 태도의 차이를 구체적인 사건을 근거로 들어 설명해 보자.

2. 신분을 초월한 사랑을 그려 내고 있는 「운영전」과 「춘향전」은 당대에 많은 독자들의 인기를 얻었다. 이러한 사랑 이야기가 신분제 사회였던 당대에 왜 많은 인기를 누렸을지 설명해 보자.

착하다는 말의 본뜻을 찾아서

「창선감의록」

대부분의 옛 소설은 '권선징악'이라는 주제를 지니고 있다. 선을 권장하고 악을 징벌한다는 의미다. 이러한 주제를 가진 소설들은 착한 성품을 지닌 주인공이 결말 부분에서 결국 복을 받는 것으로 마무리된다. 착한 성품이란 무엇일까? 과연 '착함'이 항상 바람직한 것일까?

❀ '착하다'라는 말의 쓰임

한때 '착하다'라는 말이 곳곳에서 쓰인 적이 있다. '착한 얼굴', '착한 몸매'처럼 사람의 신체와 결합해 쓰기도 하고, '착한 가격', '착한 소비', '착한 가게' 등 경제 활동과 관련된 단어와 엮어서 쓰기도 한다. '착하다'는 신체와 결합하면 '보기 좋은'이라는 의미를 갖게 되고, 경제 활동과 관련된 단어와 결합하면 '윤리적으로 바람직한'이라는 뜻을 갖는다.

본래 '착하다'는 말은 마음이 어질고 곱다는 뜻으로, 주로 사람의 성품을 표현할 때 쓴다. '착한 몸매'나 '착한 가격'이 한편으로는 어색한 인상을 주는 것도 이 때문이다. 워낙 많이 쓰는 말들이다 보니 어느 정도 익숙해진 것뿐이지, 말 자체가 어색한 것은 부인할 수 없다.

옛 소설에서는 착한 인물들을 쉽게 만날 수 있다. 앞을 못 보는 아버지를 위해 인당수에 몸을 던진 '심청'이나 자신을 내쫓은 형을 도와주는 '흥부' 등 착한 인물은 셀 수 없이 많다. 당돌하기는 하나 사랑하는 사람을 위해 불의한 권력에 저항하는 '춘향'도 착한 인물이라 할 수 있다.

여기, 널리 알려지지는 않았지만 이들 못지않게 착한 인물이 하나 있다. 바로 「창선감의록(彰善感義錄)」에 등장하는 '화진'이다. 화진은 형제간에 갈등을 겪는다는 점에서 「흥부전」의 흥부와 유사하지만, 그보다 훨씬 입체적이고도 반복적으로 고난을 겪는 인물이다. 이 화진을 중심으로 성품이 착하다는 것은 어떤 의미인지, 착한 성품은 항상 바람직한지에 대해 살펴보기로 하자.

❁ 화진 vs 화춘

「창선감의록」의 저자가 누구인지에 대해서는 여전히 논란이 있지만, 대체로 17세기 선비인 조성기가 모친을 위로하기 위해 지었다는 데로 의견이 모이고 있다. 제목의 '창선(彰善)'은 '선을 드러내다' 혹은 '선을 밝히다'라는 뜻이다. 이본에 따라 '창'에 해당되는 한자로 '創(만들다)', '昌(창성하다)', '倡(번창하다)'이 쓰이기도 한다. 그러나 그 뜻은 크게 다르지 않다. 제목부터 권선징악이라는 주제를 함축하고 있는 셈이다. 그만큼 이 소설은 선과 악에 대한 분별 의식이 뚜렷하게 드러나 있다.

「창선감의록」은 그 분량이 방대하여 줄거리를 통해 전체 이야기를 이해하기는 어렵다. 여기에서는 동생 '화진'과 형 '화춘'의 대비되는 모습을 중심으로 줄거리를 살펴보며, 선과 악이 어떻게 드러나는지 파악해 보자.

병부상서라는 높은 관직을 가진 '화욱(花郁)'에게는 세 부인이 있다. 심 부인(沈夫人)·요 부인(姚夫人)·정 부인(鄭夫人)이 그들이다. 심 부인은 아들 '춘(瑃)'을 낳고, 요 부인은 딸 '태강(太姜)'을 낳았으며, 정 부인은 아들 '진(珍)'을 낳았다. 그러나 요 부인과 정 부인은 모두 일찍 죽게 된다. 화춘은 맏이이면서도 사람됨이 용렬하기 짝이 없어서 아버지로부터 신망을 얻지 못하고, 반대로 화진은 매우 영특하여 아버지의 사랑을 받는다. 화진에 대한 아버지의 사랑이 클수록 심 부인과 화춘의 불만도 더 커져 간다.

화욱은 간신이 득세하는 조정을 떠나 고향으로 돌아와 맏아들 화춘을 성혼시키고 딸 태강과 아들 진의 혼처만 정한 채 죽는다. 화욱이 죽은 뒤로 심 부인과 화춘은 더욱 악랄하게 화진을 학대한다. 그 사이에 화태강과 화진은 고모의 도움으로 각각 혼인을 한다.

화진은 과거에 장원 급제하여 관직으로 나아가지만, 동생의 출세를 시기하던 화춘은 불량배와 결탁하여 동생을 모함한다. 이에 화진은 유배를 가게 되고, 화진의 아내도 집안에서 쫓겨난다. 하지만 그는 화춘과 심 부인을 전혀 원망하지 않는다.

유배지에서 한 도사를 만나 병서(兵書)◆를 배우고 있던 화진은 해적 떼가 변방을 소란스럽게 하고 노략질을 일삼는다는 정보를 접하고, 백의종군하여 해적 토벌에 큰 공을 세운다. 조정에서는 화진의 능력을 인정하여 큰 벼슬을 내리고, 화진은 다시 한 번 큰 난리를 평정하고 더 높은 벼슬을 얻는다. 그 와중에 화춘이 부정과 죄악으로 감옥에 갇히자, 화진은 형 대신 자신이 벌을 받겠다고 간청하고 화춘은 풀려난다. 이후 심 부인과 화춘은 개과천선하고, 집안에서 내쫓겨 종적을 감추었던 화진의 아내도 돌아와 심 부인을 지성으로 섬겨 가정의 화목을 이룬다.

병서
병법에 대하여 쓴 책

한림
한림학사. 여기에서는 화진의 벼슬 이름으로 화진을 의미한다.

화진은 끊임없이 의붓어머니와 이복형으로부터 괴롭힘을 당하면서도 그들을 징치하기는커녕 대응조차 하지 않는다. 건조한 줄거리를 통해서는 잘 확인되지 않지만 그의 성품은 '착하다'라는 형용사 외에 별다른 수식이 필요치 않을 정도이다.

이상하리만치 착한 성품이 드러나는 한 대목을 보기로 하자. 화진은 살인을 했다는 모함을 받고 관아에 끌려가 심문을 받는다. 그런 상황에서 화진의 고민과 대응은 다음과 같다.

한림(翰林)◆은 자신이 모함에 빠진 것을 알고는 마음이 아팠다.

'이건 운명이야, 운명! 내가 허위로 자백하지 않으면 어머니와 형이 어떻게 되겠는가?'

한림은 마침내 고개를 들고 대답했다.

"참으로 그런 일이 있었습니다. 죄가 이미 모두 드러났으니 죽을 수밖에 없습니다."

이처럼 화진은 자신이 모함을 받았다는 사실을 밝히면, 결국 어머니 심 부인(친모도 아니다!)과 형(그것도 이복형제다!) 화춘이 무고죄를 저질렀다는 사실이 드러나 위험에 처할까 봐 걱정을 한다.

그전의 사건에서도 화진의 착한 성품은 일관되게 나타난다. 적장자(嫡長子)*의 자리를 빼앗으려 했다며 화춘이 화진에게 모진 매질을 가하자, 화진은 이에 대해 해명을 하다 포기하고 스무 대를 맞은 뒤 기절하고 만다. 더욱 놀라운 모습은 화진이 기절해서 깨어난 뒤 화춘이 오자 기쁜 마음으로 눈물을 흘리며 모든 것을 자신의 탓으로 돌린다는 점이다. 제법 세월이 흐른 뒤에는 범죄 행위가 드러나 감옥에 갇힌 형을 위해 대신 벌을 받겠다고 간청한다. 도대체 세상에 이런 사람이 어디에 있기는 한 걸까?

❀ 착한 사람은 유능하다?

'착하다'는 말은 조선 시대에도 있었는데, 그때의 뜻과 오늘날의 뜻이 크게 다르지 않다. 다만 조선 시대에는 경우에 따라 '위대하다'나

'유능하다'는 뜻으로 쓰이기도 했다. '착하다'가 지극히 개인적인 인성을 가리킨다면, '위대하다'나 '유능하다'는 사회적인 능력을 지칭하는 말이다. 따라서 조선 시대의 '착하다'라는 말은 한 인간이 지닌 자질의 개인적 수준과 사회적 수준을 두루 포괄하고 있는 것으로 이해된다. 흥미로운 것은 화진이라는 인물이 '착하다'의 여러 가지 의미에 모두 부합한다는 점이다.

장성한 화진은 병법을 익히고 난리를 평정하여 공적을 세운다. 이런 모습을 보면 그는 위대하고 유능한 영웅이다. 화진이 아홉 살 무렵에 있었던 일화를 통해서도 이러한 천부적인 자질이 드러난다.

하루는 화공이 조회를 마치고 돌아와 정 부인 방으로 들어왔는데, 미간에 근심이 어려 있었다. 정 부인이 옷깃을 바로 하고 물었다.

"나리, 무슨 언짢은 일이라도 있으십니까?"

공은 한동안 긴 한숨만 내쉬더니 말했다.

"황상께서는 원래 어질고 사리에 밝으셨소. 그런데 엄숭이 정권을 잡은 뒤로 날이 갈수록 나랏일이 어그러지고 있소. 그래서 어사 남표가 언관으로서 상소를 올렸는데, 상소는 받아들여지지 않고 도리어 멀리 귀양을 가게 되었다오. 언관은 나라의 눈과 귀인데, 눈과 귀를 막고서도 망하지 않은 자는 거의 없었소."

부인은 듣고 아무 말 없이 탄식만 할 뿐이었는데, 이때 화진 공자가 앞으로 나서더니 무릎을 꿇고 말했다.

"『시경(詩經)』*에 '무지개가 동쪽에 있으니 사람들이 감히 말하지 못

『시경』
춘추 시대의 민요를 중심
으로 하여 모은, 중국에서
가장 오래된 시집

한다[蝃蝀在東 莫之敢指]'는 말이 있습니다. 또한 공자(孔子)께서는 '조짐을 보고 떠난다[色斯擧矣]'고 하셨습니다. 남 어사가 소인배의 잘못을 비판하다가 스스로 화를 입게 되었으니, 지금이 바로 그때입니다."

화공이 크게 놀라 공자의 손을 잡고 부인을 돌아보며 말했다.

"이 아이의 말은 내가 미처 생각지 못했던 바요. 부인은 무슨 복으로 이처럼 기특한 아이를 낳았소?"

간신이 권력을 휘두르고 충신이 곧은 목소리를 내면 유배를 가던 시절, 부친이 조정을 걱정하니 아홉 살 무렵의 어린 화진이 충고를 한다. 그것도 『시경』을 인용하여 근거를 갖추기까지 한다. 다소 장황하지만 그 의미를 들추어 보자.

'체동재동(蝃蝀在東)'은 무지개가 동쪽에 있다는 뜻이고, '막지감지(莫之敢指)'는 감히 가리키지 않는다는 뜻이다. 무지개는 해의 반대편에 생기기 때문에 무지개가 동쪽에 있다는 것은 곧 저녁이 된다는 뜻이다. 그리고 무지개는 본래 해와 비가 사귀어서 생겨난 것이라 남녀 간의 음탕한 기운을 상징한다. 그러니 이 말은 남녀 간의 음분(淫奔)을 보고도 사람들이 말할 수 없음을 비유한 것이다.

'색사거의(色斯擧矣)'는 남의 얼굴빛이 좋지 못함을 보고 떠난다는 의미이다. 그렇다면 요지는 이러하다. 조정에서 행해지는 권력의 횡포에 대해 누구도 말할 수 없다. 말을 하더라도 기대하는 반응은 일어날 수 없다. 그러니 군자라면 차라리 조정을 떠나는 것이 현명하다.

이 정도면 세사에 통달한 이의 식견에 맞먹는다 할 것이다. 『시경』의 한 구절을 골라내어 인용하는 것도 그렇지만, 남녀 간 음분을 조정에서 일어나는 일에 유추하는 능력도 상상을 뛰어넘는다. 좀 더 확장하면 정세 판단이 뛰어나서 어지러운 조정의 판세를 읽어 낸 것이다. 어린아이의 명민함에 감동을 한 화욱은 그 말을 믿고 관직을 사직한 뒤 낙향한다. 화진이 부친의 신망을 얻은 결정적인 계기다.

화진은 문재(文才) 또한 뛰어나다. 어느 날 낙향한 화욱이 화춘과 화진, 조카인 성준에게 한시를 지으라고 명한다. 그 자리에서 화욱은 시를 평하며 "우리 집안을 망칠 아이는 춘이고, 집안을 일으킬 아이는 진이다"라고 하면서 화진의 문재를 칭찬한다. 어렸을 때부터 이토록 유능했던 화진이 종래에 위대한 공적을 세운 건 어찌 보면 당연한 일이 아니겠는가.

조선 시대의 '착하다'에 포함된 뜻을 고려해 보면, 당대에는 '위대하거나 유능한 인물=착한 인물'이라는 등식으로 사람됨을 평가했을 것이라는 추측이 가능하다. 그런데 오늘날에 이 두 뜻은 결별했다. 이에 대해서는 또 다른 추측이 뒤따른다. 오늘날 '착하다'라는 말과 '위대하다' 혹은 '유능하다'라는 말이 별도의 의미를 가진 채 갈라진 이유는, 두 자질이 서로 다르다는 사실을 파악한 결과가 아닐까 하는 것이다. 우리 주변에 유능한 능력으로 위대한 업적을 이룬 사람들이 착하기까지 한 경우가 일반적이지는 않다는 사실을 떠올리면, 이러한 추측이 억측만은 아닌 것으로 보인다.

뉴스에서 접하는 우리 시대의 인물 군상을 떠올려 보라. 세속적인 기준에서 출세했다고 하는 사람들이 어떤 의혹이 제기되었을 때 흔히 하는 말은 '기억이 없다'와 '송구스럽다'이다. 전자는 부끄러운 과거를 부인하고 싶을 때 하는 거짓말이고, 후자는 과거를 인정하되 크게 문제시되지 않았으면 좋겠다는 소망을 완곡하게 표현한 말이다. 유능해서 요직에 발탁되었을 텐데, 그들의 말을 들어 보면 착함과는 거리가 먼 듯 보인다. 잘못에 대한 최소한의 염치가 깔려 있는 말이니 그나마 다행이라면 다행이겠다. 그들이라고 왜 변명의 여지가 없겠는가. 한 점 부끄러움도 없는 완벽한 성인군자가 어디 있겠는가?

그래도 이런 사정을 뒤집어 보면 진짜로 착한 사람들은 사회적으로 성공하기가 좀처럼 어렵다는 쓸쓸한 역설이 발견된다. 오늘날 착하면서도 유능하고 위대한 인물이 있다면, 그야말로 사회적으로 영웅 대접을 받아 마땅하다. 물론 그런 사람들이 존재하기는 한다. 다만 우리 시대의 사회적 스포트라이트가 그들을 피해 갈 뿐이다. 현대는 사회적 영웅이 사라진 시대이다. 각종 미디어를 통해 상품화된 사람들의 이미지가 영웅의 자리를 채우고 있다.

✿ 착하다는 말의 함정

거듭 말한 대로 화진은 착하다. 답답할 정도로 착해 빠진 인간이다. 「창선감의록」이 악인은 징치를 받고 선인은 크게 성공하는 것으로 마무리되었다고 해도 권선징악이라는 주제의식은 독자들에게 충분히 전달되었을 것이다. 그런데 악인이었던 심 부인과 화춘이 징치를 받는 데서 끝나지 않고 개과천선하는 모습까지 보여 주고 있다. 그 이유가 무엇일까?

바로 화진의 착한 성품을 더욱 강조하기 위한 장치라고 볼 수 있다. 즉 그들이 미워하고 모함했던 인간 화진이 그들을 대신하여 죗값을 치르려고 하는 데에서 독자가 감화를 받게 함으로써, 악인을 개과천선으로 이끄는 착한 성품의 위력을 보여 주고 싶었던 것이다. 이것이 바로 이른바 '선한 영향력'이다. 이로써 작가의 의도는 어느 정도 성공을 거두었다고 하겠다.

그런데 삐딱한 시선으로 화진을 바라보기로 하자. 과연 화진의 착한 품성을 무조건적으로 미덕이라고 할 수 있을까? 화진이 적장자의 자리를 노리고 있다고 억울하게 모함을 받고 매질을 당할 때 강력하게 저항을 했다면, 또는 그 후에 다른 방법으로라도 그들의 죄상을 세상에 알렸다면 어땠을까? 만일 화진이 이런 규범을 따라 행동했다면 그들의 악행이 커지지 않도록 미리 견제하는 효과가 있었을지도 모른다. 물론 이와 같은 소설적 설정이 형제간의 우애와 부모에 대한 효성을 강조하고 싶은 작가의 의도였겠지만 말이다.

그런데 이러한 상상이라고 해서 당대의 윤리 규범에 어긋나는 것은 아니다. 율곡 이이의 글 『격몽요결(擊蒙要訣)』*의 한 대목을 보자.

부모의 뜻이 의리(義理)에 해가 되지 않는다면 마땅히 먼저 그 뜻을 받들어 따르고 조금이라도 소홀히 하여 어긋나서는 안 된다. 그 뜻이

『격몽요결』

전체 10장으로 이루어져 있다. 제1장 입지(立志)에서는 학문에 뜻을 두고 성인(聖人)이 되기를 목표로 하라고 하였고, 제2장 혁구습(革舊習)에서는 학문 성취를 향해 떨쳐 버려야 할 조항을 나열하였으며, 제3장 지신(持身)에서는 몸을 지키는 방도를 제시하였다. 제4장 독서(讀書)에서는 독서의 방법과 읽을 책의 순서를, 제5장 사친(事親)에서는 부모를 섬기는 도리를 제시하였다. 제6장 상제(喪祭)와 제7장 제례(祭禮)에서는 각각 초상을 치르고 제사를 지내는 방도를, 제8장 거가(居家)에서는 집안을 다스리는 방법을, 제9장 접인(接人)에는 사회생활을 하는 데 필요한 소양을, 제10장 처세(處世)에는 벼슬생활을 하는 데 필요한 자세를 제시하였다.

간하다

웃어른이나 임금에게 옳지 못하거나 잘못된 일을 고치도록 말하다.

만약 이치를 해치는 것이라면 곧 기운을 화평하게 하고 얼굴빛을 온화하게 하여 부드러운 음성으로 간(諫)하여◆ 반복 개진(開陳)함으로써 끝내는 이치에 따르도록 할 것이다.

『격몽요결』은 이이가 이제 곧 학문에 입문하는 이들을 가르치기 위해 10개의 장으로 구성하여 편찬한 책이다. 인용된 글은 제5장의 '사친(事親)' 중 한 대목이다. 이 책은 1635년(인조 13년) 유생들이 이이를 문묘에 종사할 것을 건의하면서 그의 또 다른 저서 『성학집요』와 함께 대표적인 저술로 꼽았다. 그런만큼 조선 후기 사회에 미친 영향력이 상당했음을 짐작할 수 있다.

그런 책에서도 부모의 뜻이 이치를 해칠 수 있는 가능성을 염두에 두고 있고, 이에 대해 간하는 것이 자식으로서의 도리임을 강조하고 있다. 「창선감의록」이 『격몽요결』의 사회적 영향력이 확산된 이후에 나온 점을 고려해 보아도, 화진의 착함이 윤리적 정당성이나 사회적 합리성을 가지는 것은 아님을 확인할 수 있다.

착하다는 말은 맥락에 따라 얼마든지 위험한 의미를 가질 수 있다. 가장 위험한 경우는 권력을 쥐고 있는 자들이 권력의 사정권 안에 있

는 다른 사람을 억압하기 위한 목적으로 그 착함을 강요할 때다. 부모
가 자식에게, 교사가 학생에게 "넌 참 착해"라고 말할 때가 언제인지
떠올려 보자. 시키는 대로 말을 잘 듣는 자식에게, 불만이 있어도 참고
있는 학생에게 칭찬 삼아 하는 말이 바로 이 말 아닌가.

그러나 이런 태도는 정치적으로도, 윤리적으로도 바람직하지 못하
다. 저항을 하거나 이의를 제기하면 바로 불손한 자식이 되고, 불순한
학생이 된다. 직장에서도, 국가에서도 마찬가지다. 권력을 쥔 자가 '갑'
이 되어 '을'에게 강요하는 착함이 있다. 그 강요에 저항하거나 이의를

제기하면 불손한 노동자가 되고 불순한 국민이 된
다. 이때 쓰이는 착하다는 말이야말로 자신의 권력
을 영원히 누리고자 하는 속셈에서 나온 불손하고
불순한 전략에 불과하다.

착한 화진의 성품은 오히려 악인에게 독이 되었다. 그들의 악행을
막고 한시라도 빨리 죄를 뉘우칠 수 있는 기회를 앗아 간 셈이다. 정치
적으로도, 윤리적으로도 바람직하지 않은 행태에 침묵하다 보면 그것이
관행이 되고, 관행이 쌓이면 적폐가 된다. 세상을 바꾸어 가는 것은 「창
선감의록」의 화진처럼 맹목적으로 착한 사람이 아니다. 정의(正義)와
불의(不義)를 분별하는 감각, 그리고 불의에 저항하는 태도를 가진 사
람이 세상을 바꾸어 간다. 이것이 없으면 착함은 순응이나 굴종*으로
흐르기 쉽다.

「광문자전」

역사서에는 보통 열전(列傳)이 있다. 여러 인물들의 전(傳)을 나란히 나열해 두었다는 뜻이다. 흔히 전기(傳記)로도 알려진 전이라는 문학적 갈래는 본래 이러한 역사 기록의 양식에 뿌리를 두고 있다. 조선 시대에는 전이 문학의 한 갈래로 자리를 잡았다. 제목에 '전'이 붙어 있는 소설들은 대부분 재자가인이나 영웅의 일대기를 문학적으로 구조화한 것이다.

그런데 조선 후기에는 '전'을 제목에 품고 있으면서도 이들 소설들과는 결이 다른 일군의 문학 작품들이 있었다. 실존 인물들의 삶을 다룬다는 점에서는 역사서의 전과 비슷한 성격이지만, 문학적인 가공이 뒤따른다는 점에서는 소설에 가깝다. 그래서 이들 작품을 전계(傳

전계 소설

역사적 실존 인물의 행적을 평하는 '전'의 방식을 취해 만든 한문 소설의 하나이다. '가계-행적-평결'이라는 전의 구성 방식을 통해 인물의 행적을 평하되, 허구적 요소와 흥미로운 요소를 가미해 허구적 진실성을 드러냄으로써 현실 세계와의 갈등 국면을 보여 주는 일련의 작품군을 가리킨다.

系) 소설*이라고 한다. 당대에 전 작품을 가장 많이 남긴 작가는 단연 연암 박지원이다. 역사서에서 전의 주인공들은 대체로 충신이나 효자, 열녀 등이었으나, 박지원은 대체로 비주류 혹은 아웃사이더의 삶을 살았던 인물들을 주인공으로 삼았다. 「광문자전(廣文者傳)」은 착한 성품을 지닌 한 아웃사이더를 주인공으로 입전한 대표적인 경우이다.

거지 떼의 우두머리 광문은 거지들이 구걸하러 나간 사이에 병든 아이를 돌보다가 그 아이가 죽자 뭇매질을 당하고 쫓겨난다. 마을 안의 어떤 집으로 들어갔다가 집주인으로부터 도둑으로 오해를 받고 묶였다가 풀려난 광문은 거지 떼가 죽은 아이를 다리 아래로 버리자 거적때기에 싸서 서쪽 교외에 묻어 준다. 이를 목격한 집주인은 사정을 알게 되고 그를 의로운 사람이라 생각하여 약방에 일자리를 주선해 준다. 어느 날에는 약방 주인에게 돈을 훔쳤다는 오해를 받지만 곧 오해가 풀리고, 약방 주인은 주변 사람들에게 두루두루 광문이 의로운 사람이라고 소문을 낸다. 생김새가 추하고 말도 잘하지 못했던 광문에게 누군가 장가를 들라고 하면 자신과 같이 누추한 사람을 좋아할 여자가 없다면서 사양하고, 집을 사라고 하면 곳곳이 자신의 거처이니 집이 필요 없다고 응대한다. 광문은 기생들과도 잘 어울렸는데, 기생들이 광문의 호응이 없으면 손님들과 어울리는 것을 거절하자 지체 높은 사람들도 광문과 친구 되기를 청한다.

이 작품은 박지원이 18세 때 창작한 것으로 기록되어 있다. 크게 두 개의 이야기가 전체 서사를 이룬다. 오해나 의심을 받다가 그것이 해소되는 과정을 통해 광문의 정성이나 진심이 널리 알려지는 이야기가 그 하나이고, 결혼을 하라거나 집을 얻으라는 주변 사람들의 권유를 거절하면서 광문의 겸손함이 드러나는 이야기가 또 다른 하나이다.

첫 번째 이야기에 초점을 맞춰 보자. 광문은 오해를 받아도 의심을 받아도 적극적으로 변명하지 않는다. 그저 일이 흘러가는 대로 방치하고 있다가 우연한 계기를 얻어 그 오해나 의심을 풀게 되는 것이다. 「창선감의록」의 화진 못지않게 착한 성품이다. 두 인물 모두 자신이 입은 피해를 오롯이 받아들이고 묵묵히 감수한다.

그러나 화진과 광문 사이에는 차이가 있다. 악인의 협박, 행패, 흉계를 순순히 받아들이는 화진의 착함이 악인들의 악행에 비례하면서 드러나는 데 비해, 광문의 착함은 스스로 드러난다는 점이다. 거지 떼가 자신을 살인 혐의로 몰아치고 내쫓기는 했지만, 그것은 오해에 따른 행위이기에 악인으로 보기는 어렵다. 오해가 풀리는 순간 그들은 오히려 민망해지는 순간을 경험하게 되는 것이다.

이 점은 약방 주인도 마찬가지다. 광문이 돈을 훔친 것으로 오해하고 있던 약방 주인이 그 의심을 풀면서 다음과 같이 사과한다.

"내가 소인(小人)일세. 장자(長者)*의 마음을 상하게 했으니, 내 장차 무슨 면목으로 자네를 대한단 말인가."

> **장자**
> 점잖은 사람 혹은 대인의 풍모를 가진 사람

겸손을 드러내는 이야기에 초점을 맞춰 보면 화진과 광문의 차이는 더욱 확연해진다. 이 이야기는 광문이 욕심을 부리지 않고 분수를 알며 주제 파악을 잘하고 있다는 점을 드러낸다. 그런데 이 이야기를 이렇게만 읽으면 허전하다. 깊이 있는 읽기를 위해서 결혼을 하라는 주변 사람들의 권유를 거절하는 광문의 말을 보기로 하자.

　"무릇 아름다운 여인이란 모든 남자들이 좋아하는 것입니다. 그런데 이것은 남자뿐 아니라 여자도 마찬가지일 테니, 나같이 누추한 사람은 스스로도 용납할 수 없는데 어떻게 결혼을 하겠습니까?"

광문의 이 말에서 외모 지상주의를 읽어 냈다면 그것은 심각한 오독이다. 남녀 간 애욕의 평등을 과감하게 주창하고 있는 말로 읽어야 마땅하다. 신분이 아무리 미천하다고 하더라도 남존여비 사상이 강하게 남아 있던 시대임을 감안하면 대단히 선구적인 선언이라 하지 않을 수 없다.

무릇 착함이란 이런 것이어야 한다. 자신이 부당하게 입는 피해를 묵묵히 감수하는 착함이 아니라 자신으로 인해 상대방이 부당하게 입을 피해를 고려해서 행동을 삼가는 착함 말이다. 이것이 「창선감의록」의 화진과 「광문자전」의 광문이 가진 결정적 차이라 하겠다.

「창선감의록」

「창선감의록」은 사대부 가문의 이야기를 중심으로 한 가정 소설로, '충효 의식'의 고취를 목적으로 저술된 작품이다. 각각의 개성을 지닌 인물이 다채롭게 등장하며, 인물 간의 갈등도 부자 갈등, 형제 갈등, 모자 갈등, 처첩 갈등 등 다양한 형태로 나타난다는 점이 특징적이다. 권선징악을 주제로 하지만, 악행을 저지른 인물들이 결국 개과천선하는 결말로 마무리된다.

「광문자전」

「광문자전」은 재자가인형의 인물을 주인공으로 하는 여타의 고전 소설과 달리, 미천한 신분의 실존 인물인 광문을 주인공으로 설정한 전계 소설이다. 광문의 됨됨이를 예찬함으로써 당시의 타락한 세태를 풍자하고, 지위나 겉모습과 관계없이 '사람다움'이 중요하다는 주제를 전달한다. 아울러 성별, 신분과 무관하게 모든 인간은 평등하다는 박지원의 근대적 가치관도 확인할 수 있다.

생각해 보기

1. 「창선감의록」과 「광문자전」의 주인공들은 결국 모두 주변 사람들로부터 인정을 받는다. 이를 현실의 정직한 반영이라 할 수 있는지 판단해 보자.

2. 「창선감의록」의 화진이 평범 이상의 재능을 가진 것과 달리 「광문자전」의 광문은 평범 이하의 인간으로 그려지고 있다. 평범 이하의 인물을 주인공으로 내세운 작가의 의도를 추측해 보자.

욕망의 크기, 욕망의 속도

「흥부전」

어렸을 때 듣거나 읽었던 옛날이야기 목록에서 「흥부전」은 빠지지 않았다. 그만큼 「흥부전」은 우리에게 매우 익숙한 고전 소설이다. 흥부가 탄 박에서 쌀과 비단과 돈이 나오고, 놀부가 탄 박에서 온갖 놀이패가 나와 놀부를 징치하는 장면은 모두 독자들에게 묘한 쾌감을 제공한다. 흥부 박과 놀부 박에 담긴 진실은 과연 무엇일까?

✿ 박타기에 담긴 의미

'대박'이라는 말이 있다. 어떤 일이 크게 이루어짐을 비유적으로 이르는 말이다. 원래는 명사였으나 이제는 대개 감탄사로 쓰이는 신조어라 할 수 있다. 주로 놀라움을 표할 때 쓰이면서 다른 감탄사를 대체할 수 있는 의미의 자장도 넓다. 긍정적인 의미로도 부정적인 의미로도 두루 쓰이는 걸 보면 이 점을 알 수 있다.

그런데 이 말의 뿌리를 「흥부전」에서 찾는 견해가 있다. 이 이야기의 핵심 사건이 흥부가 박을 타서 온갖 금은보화를 비롯한 재물들을 얻은 것, 곧 흥부의 횡재(橫財)에 있다는 점에서 충분히 수긍할 만한 견해라 하겠다. 횡재란 뜻밖의 재물을 얻는 일을 뜻한다. 흥부 입장에서는 명실상부한 '대박'인 셈이다.

그런데 「흥부전」에서 흥부와 놀부 가운데 누가 박을 더 많이 탈까? 「흥부전」이 널리 알려져 있기는 하지만 이 질문에 답하기는 쉽지 않을 것이다. 이 질문은 「흥부전」에서 인간의 욕망이 어떻게 드러나고 있는지를 보여 주는 아주 중요한 지점이다.

정신 분석학자들이나 심리학자들은 말한다. 인간의 욕망이 끝나는 순간이 바로 죽음의 순간이라고. 인간이라면 누구나 죽는 순간까지 욕망을 품고 있다는 뜻이다. 달리 말하면 욕망이 삶의 동력이고 추진력이라는 것이다. 그래서 욕망은 긍정적으로 비춰지기도 한다. 하지만 부정적인 측면이 강조될 때가 압도적으로 더 많은 것이 우리의 경험적 판단이다. 인간이 가진 욕망의 가치를 판단하는 일반적인 기준이 윤리라고 할 때, 욕망이 윤리적으로 정당성을 갖는 경우가 흔하지 않기 때문이다.

자본주의 사회에서 현대인이 가진 욕망의 화살은 대부분 돈으로 대표되는 물질적 부(富)를 과녁으로 삼고 있다. 「흥부전」은 전형적인 자본주의 사회를 배경으로 삼고 있는 것은 아니지만, 인간의 욕망을 핍진하게 형상화하고 있는 작품으로 평가받는다. 이 작품은 한마디로 놀부, 흥부 형제가 물질을 소유하기 위해 욕망을 추구하는 과정을 담은 이야기라 할 수 있다. 그런 만큼 판소리계 소설 중에서는 자본주의적 색채가 가장 짙다. 지금부터 두 주인공이 욕망을 추구하는 방법에 초점을 맞춰 「흥부전」을 윤리적 관점에서 읽어 보자.

❀ 흥부와 놀부가 욕망하는 것

착하거나 지혜롭거나 성실한 사람이 아무런 욕심 없이 우연히 벌인 일에 대해 보상을 받는다. 나쁘거나 우매하거나 게으른 사람이 탐욕스럽게도 그와 같은 보상을 바라고 같은 일을 벌인다. 그러나 결과는 정반대로 패가망신하는 지경에 이른다. 이른바 '모방담(模倣譚)'에 속하는 이야기들의 공통된 구조이다.

'혹부리 영감', '금도끼 은도끼'와 같은 이야기들이 대표적인 모방담이다. 요컨대 모방담은 대박을 기대하며 성공한 사람을 따라 하다가 쪽박을 차는 이야기라 하겠다. 이와 같은 모방담은 탐욕스러운 사람들이 끝내 성공을 거두고 마는 현실에 대해 비판적 시선을 확보하게 해 주는 한편, 이러한 아이러니로 가득 찬 현실로부터 해방감을 느끼게 해 주기도 한다.

「흥부전」 또한 전형적인 모방담의 구조를 가진 이야기이다. 매우 익숙한 이야기라 굳이 줄거리가 필요할까 싶기도 하지만, 모방담의 구조가 어떻게 실현되고 있는지를 중심으로 그 줄거리를 확인해 보자.

📖 충청·전라·경상 삼도의 어름, 지리산 자락에 탐욕스러운 형 놀부와 순하고 착한 아우 흥부가 살았다. 부모의 유산을 독차지하려는 욕심으로 놀부는 동생 가족을 내쫓는다. 흥부는 인근 곳곳을 유랑하다가 어느 한군데에 움막 같은 집을 짓고 정착을 하지만 먹을 것이 없다. 하는 수 없이 형에게 쌀을 구하러 갔으나 구박만 당하고 돌아온다. 온갖 품팔

이를 다 해 보아도 처자식들은 굶주림을 면하지 못한다. 죄를 지은 사람 대신 매를 맞아 주는 매품팔이를 하려고 해도 그마저도 뜻대로 되지 않는다.

그러다가 어느 봄날, 제비가 흥부네 집에 들어와 집을 짓고 사는데 새끼 한 마리가 날갯짓을 익히다가 땅에 떨어져 다리가 부러진다. 흥부가 불쌍히 여겨 다리를 매어 주니 고마움을 표하고 날아갔다. 그 이듬해 봄, 제비는 박씨 하나를 물어다 주었다. 흥부는 그 박씨를 심어 가을에 큰 박을 많이 땄는데 그 속에서 금은보화가 나와 큰 부자가 된다.

이 소식을 들은 놀부는 새끼 제비의 다리를 일부러 부러뜨려 날려 보낸다. 이듬해 봄, 제비가 가져다준 박씨를 심어 많은 박을 땄는데 그 속에서 온갖 몹쓸 것이 나와 놀부는 패가망신하게 된다. 흥부는 박에서 나온 장비에게 놀부를 용서해 달라고 빌고, 놀부도 잘못을 뉘우치고 형제가 화목하게 살게 되었다.

우연한 기회에 흥부가 선행을 베풀고 그 결과로 '대박'을 터뜨린다. 같은 결과를 기대하며 못된 놀부가 거짓된 선행을 베풀고 그 결과로 '쪽박'을 찬다. 전형적인 모방담이라 하겠다. 대개의 모방담에서 그러하듯이 놀부의 거짓된 선행은 흥부처럼 큰 부자가 되고자 하는 욕망의 소산이다. 충분히 누릴 만큼 누리는 삶을 영위하면서도 놀부는 여전히 그 욕망의 크기를 제어하지 못하고 욕망의 속도 또한 조절하지 못한다.

흥부라고 해서 욕망이 왜 없겠는가. 그러나 흥부의 욕망은 놀부와 크게 다르다. 흥부는 지긋지긋한 가난에서 벗어나고자 몸부림치는 인물이다. 흥부의 욕망은 목숨을 이어 가기 위한 최소한의 조건들, 곧 의식주를 얻는 데 목적이 있다. 오죽하면 처자식을 보살피기 위해 매품을 팔기까지 했겠는가? 흥부가 추구하는 의식주는 인간이 살아가는 데 꼭 필요한 것들이다. 종교적인 성취를 얻기 위해 모든 욕망을 포기한 고행자라 하더라도 기본적인 조건은 충족되어야 살아 나갈 수 있는 법이거늘, 하물며 식솔을 거느린 가장의 의식주에 대한 욕망은 얼마나 강력할 것인가?

흥부네 가족이 사는 모습은 다음과 같이 그려진다.

집 형상을 볼작시면, 뒷벽에는 외뿐이요, 앞창은 살만 남고, 지붕은 다 벗어져 추녀는 드러나고, 서까래는 꾀를 벗어, 밖에서 세우(細雨) 오면 방 안에는 큰비 오고, 부엌에 불을 때면 방 안은 굴뚝인데, 밥을 하도 자주 하니 아궁이에는 불이 났네. 멍석자리 *꺼적문*에 *부검지*로 이불 삼아, 춘하추동 사시절을 품을 팔아 연명할 제, 상하전답 기음매고, 전세 대동 방아 찧기, 상고무역 샀짐 지고, 초상난 집 부고 전키, 한시 반때 놀지 않고, 이렇듯 품을 팔어 생불여사로 지내는구나.

흥부가 이리 고생을 허고 가난하게는 지내도, 자식은 부자였다. 내외간에 금슬이 좋아 자식을 풀풀이 낳는데, 일 년에 꼭꼭 한 배씩을 낳되, 으레껏 쌍둥이요, 간혹 셋씩도 낳고, 그렁저렁 주워 보태 논 자식들이,

꺼적문
문짝 대신에 거적을 친 문

부검지
짚의 잔 부스러기

한시 반때
'한시'는 잠깐 동안을 말하고, '반때'는 30분 내외의 짧은 시간을 말한다. 즉 아주 잠깐의 시간이라는 의미이다.

깜부기 하나 없이 아들만 스물아홉을 조롯이 낳았겄다. 하루는 이놈들이 제각기 입맛대로 음식타령을 내어 저희 어머니를 조르는데, 한 놈이 나앉으며, "아이고 어머니! 나는 서리쌀밥에 육개장국 후춧가루 얼근히 쳐서, 더운 김에 한 대접만 주시오." 또 한 놈이 앉았다가, "어머니! 나는 술지게미나 보리 겨나 제발 덕분에 배부를 것 좀 주시오."

차마 집이라고 부르기도 어려운 집에서 허다한 자식들을 매양 굶기는 삶이다. 그렇다고 해서 흥부가 게으른 것도 아니다. 갖가지 일을 도맡아 하면서 '춘하추동 사시절을 품을 팔아' '한시 반때 놀지 않'는 것을 보면 성실성 하나만큼은 으뜸이 아닌가.

그렇다면 흥부가 생불여사(生不如死), 즉 살아 있음이 차라리 죽는 것만 못한 수준으로 사는 것을 두고 단지 흥부 개인의 탓으로 돌릴 수는 없겠다.

부지런하다고 해서 모두가 잘사는 것이 아님을 우리는 주변에서 흔하게 볼 수 있다. 경제학자 베블런(Thorstein B. Veblen)*은 말한다, 노동하지 않는 건 부자들이라고. 부자는 노동에 불참함으로써 자신의 금력을 증명하고 사회적 신분을 과시한다. 이런 견해를 참고하면, 흥부가 가난한 원인을 오로지 흥부에게서 찾는 것은 과도하게 단순화된 논리라 할 수 있다.

당장 일용할 양식이 없고 몸을 가려 줄 옷과 집이 해결되지 않은 상황에 처한 인간이라면, 무슨 일을

> **베블런(1857~1929)**
> 미국의 사회학자이자 사회평론가. 산업의 정신과 기업의 정신을 구별하였으며 상층 계급의 과시적 소비를 지적하였다. 주요 저서로 『유한계급론』이 있다.

해서라도 최소한의 요건만이라도 갖추고 싶어 할 것이다. 그것은 먹고 사는 일, 곧 생존의 문제이다. 더욱이 흥부는 성실하기조차 하다.

이것이 우리가 흥부의 욕망을 긍정할 뿐만 아니라, 오히려 응원하고 싶은 마음을 갖게 되는 절대적인 이유다. 자본주의의 휘황찬란한 불빛이 아니 비친 데 없는 현대 사회에도 그늘진 골목에서 흥부와 같은 삶을 사는 사람들을 목격하는 일이 흔하기에, 흥부에게 감정 이입을 하는 일도 자연스럽다.

형 놀부는 동생 흥부와 처지가 다르다. 그는 이미 많은 재산을 가지고 있다. 하지만 가진 것에 만족하지 않고 계속해 더 많은 재물을 탐한다. 놀부의 욕망은 기본적인 삶을 영위하는 수준을 훨씬 넘어서서 무한대로 뻗어 나간다. 제사 지낼 음식을 마련하는 데 드는 돈이 아까워 돈 꾸러미를 제사상에 올렸다가 그대로 다시 궤 속으로 집어넣는 장면은 놀부의 욕망을 보여 주는 대목 가운데 압권이다. 찬바람이 쌩쌩 부는 엄동설한에 흥부네 식구들을 쫓아낸 이유도 결국 그들에게 들어가는 식량이 아까웠기 때문이다. 가히 욕망의 화신이다.

놀부의 인생에서 '윤리'는 사라진 지 오래다. 놀부의 이러한 욕망은 그 누구의 공감도 얻기 어렵다. 그래서 독자들은 때로는 놀부에게 비난을 퍼붓고, 때로는 어이없는 웃음을 짓기도 한다. 그런데 이런 풍경도 그리 낯설지가 않다. 모든 것을 소유한 듯 보이는 정계나 관계, 재계의 유력 인사들이 맹목적인 욕망에 휘둘리다가 돌이킬 수 없는 상황을 맞이한 모습을 우리는 심심치 않게 접할 수 있기 때문이다. 그들이 바로 놀부의 후예들이 아니겠는가?

116

✿ 정도를 아는 흥부의 대박

다른 고전 소설 속 인물과 마찬가지로 「흥부전」의 놀부와 흥부도 소설이 창작된 당대의 인간상을 반영하고 있다. 가장 흥미로운 점은 작품에서 드러난 조선 후기 인물의 욕망과 삶이 현대인의 모습과 닮아 있다는 것이다. 이러한 이유로 「흥부전」은 오늘날의 독자들에게 큰 공감을 불러일으키며 많은 사랑을 받고 있다. 흥부의 삶은 당장 의식주 문제를 해결하고자 몸부림치는 빈민의 삶과 닮아 있고, 놀부는 모든 것을 가졌음에도 끊임없이 더 소유하기를 원하는 사람, 일확천금을 노리는 권력자나 재력가의 삶과 비슷하다.

이제 한 걸음 더 나아가 현대 사회를 살아 나가는 우리의 욕망과 삶을 흥부와 놀부 두 인물과 연결하여 성찰해 보자. 그 과정에서 우리가 대면하고 있는 자본주의적 욕망의 문제를 해결할 단서를 얻을 수 있다. 단서는 흥부와 놀부가 박을 타는 까닭과 박을 대하는 태도, 박을 타고 난 뒤의 언행 등에서 충분히 찾을 수 있다. 흥부는 제비 다리를 치료해 준 대가로 박씨를 받았으며, 박씨를 심고 잘 길러서 박을 타기에 이르렀다.

"여보게, 이 사람아! 집안 어른이 어디를 갔다가 집이라고 들어오면, 우루루루 쫓아 나와 공손히 맞이하는 게 도리가 옳제, 자네가 이렇게 서럽게 울면 동네 사람이 아니 부끄런가? 울지 말고 이리 오소. 이리 오라면 이리 와. 배가 정녕 고프거든 지붕 위로 올라가서 박을 한 통 내려

양귀비(719~756)
당나라 현종의 비(妃). 절세
미인에 총명하여 현종의
마음을 사로잡아 황후 이
상의 권세를 누렸다.

인과응보
불교 용어로, 선악의 행위
에는 반드시 그에 따르는
결과가 있다는 도리

다가, 박 속은 끓여 먹고 바가지는 팔아다가 양식 팔고 나무를 사서 어린 자식들을 잘 먹여 보세."

흥부가 박을 타는 이유는 단 하나, 바로 먹고살기 위해서다. 이본에 따라서는 양귀비*가 첩의 자격으로 나와 흥부 부부 간 불화를 초래하기도 하지만, 이는 재미를 주기 위해 추가된 장면으로 보인다. 대부분의 「흥부전」에서는 의식주가 하나씩 튀어나오는 것으로 박 타는 장면이 마무리된다. 배불리 먹을 수 있는 흰쌀밥, 추위를 막아 줄 질 좋은 비단과 옷가지들, 안락하게 잠을 잘 수 있는 집…… 흥부가 평소에 욕망하는 모든 것이 단 몇 통의 박으로 너끈하게 충족된다.

우리의 눈길을 끄는 것은 흥부가 욕심을 더 내지 않고 원하는 것들을 얻자 박 타는 일을 멈춘다는 점이다. 더 큰 기대감을 안고 박을 계속 탈 법도 한데 말이다. 흥부는 이미 분에 넘치는 살림을 얻었고 이 상황에 충분히 만족한다. 이 장면이 우리에게 오히려 낯설게 다가온다면, 그것은 우리가 끝없는 욕망 추구에 익숙해져 있기 때문일 것이다.

또 한 가지 눈여겨볼 점은 흥부가 부를 얻게 되는 과정이다. 흥부는 어떤 보상을 바라고 제비를 구해 준 것이 아니다. 비현실적이기는 해도 흥부의 부는 자신의 선행에 대한 정당한 대가임이 분명하다. 넓게 보아 인과응보(因果應報)*의 섭리로 충분히 설명된다.

부자가 된 뒤의 흥부 또한 우리에게 낯설기는 마찬가지다. 그는 자

118

신의 선행 덕분에 얻은 부를 이웃들에게 나눠 줄 뿐 아니라, 심지어 자신과 가족을 내쫓았던 형 놀부에게까지 나눔의 손길을 뻗친다.

"불쌍하고 가련한 사람들아, 우리 집을 찾아오소. 나도 오늘부터 공짜로다. 양식 쌀을 나눠 줄란다. 얼씨구나 좋을시고. 얼씨구절씨구 지화자 좋네. 이런 경사가 또 있나."

"형님, 제가 잘못되어 그랬지요. 형님, 제 살림이 많사오니 서로 절반씩 반으로 나눠 한집에서 우애하고 삽시다."

흥부의 선한 마음은 부자가 된 다음에도 변함이 없다. 굶지 않고 따뜻하게 살고자 한 흥부의 욕망은 공동체 전체의 복지를 향하게 된다. 굶어서 배고픈 사람, 옷도 집도 허술해서 추위에 떠는 사람이 없는, 공동체 구성원이 두루두루 평안과 복락을 누리는 것, 그것이 흥부의 진정한 욕망이었을지도 모른다.

❀ 끝을 모르는 놀부의 쪽박

이번에는 놀부가 박 타는 장면을 살펴보자. 「흥부전」 역시 다른 고전 소설처럼 이본에 따라 이야기가 다양하게 전개되지만, 판소리 〈흥부가〉를 포함한 거의 모든 이본에서 놀부가 박 타는 장면에는 두 가지 공통점이 나타난다. 그 하나는 모두 흥부가 타는 박보다 놀부가 타는 박의 개수가 많다는 것이다. 심지어 에서는 놀부가 타는 박이 무려 13통인 경우도 있다. 그야말로 '대박'을 노리는 놀부의 심보가 여실히 드러난다.

"시르렁 실건 톱질이로구나. 헤이여루 당기어라 톱질이야. 흥부란 놈 박통에서는 쌀과 돈이 나왔으되 내 박은 은금보화만 나오너라. 헤이여루 당기어라 톱질이야."

"여보소, 일꾼들. 아까 그 노인이 상전이 아니라, 은금보화가 변화해서 나의 의지를 떠보느라고 그런 것이오. 둘째 통에는 틀림없이 은금보화가 들었으니 염려 말고 박 따 오소."

"여보소, 이 사람들아! 둘째 통까지는 나의 기세 떠보자고 그런 것이고, 셋째 통에는 틀림없이 은금보화가 들었으니 염려 말고 박 타세. 어서 가 박 따 오소."

놀부가 박을 타는 목적은 재물을 모으는 데 있다. 놀부는 재물에 대한 욕망을 충족시키기 위해 성한 제비 다리를 꺾어 박을 얻었다. 박을 얻은 과정 자체가 정당하지 못하다. 게다가 놀부는 박에서 나온 옛 상전으로부터 재산을 탈취당하고 상여꾼과 남사당패에게 가산을 계속

해서 빼앗기면서도, 다음 박에서 나올 재물을 기대하며 박을 탄다. 주변의 만류가 왜 없었겠는가? 그러나 재물 획득이라는 일념에 모든 정신이 팔린 놀부의 귀에 그런 만류가 들어올 리 없다.

박을 탈 때마다 악행에 대한 벌로 온갖 재앙을 맞게 되지만, 재물을 향한 놀부의 욕망은 그칠 줄 모른다. 의식주는 일찌감치 해결되었고, 이미 많은 재물을 손에 넣고 있으면서도 부를 추구하는 모습이다. 말 그대로 눈먼 욕망, 곧 맹목(盲目)이라 할 것이다. 충족을 모른 채로 줄 달음질쳤을 욕망이다. 죽을 줄도 모르고 불로 뛰어드는 불나방과 다름없다. 그런 놀부의 욕망은 죽음을 앞두고서야 비로소 멈춘다.

놀부가 박 타는 장면이 놀부가 죽음의 위기를 맞이하게 되는 장면으로 이어지는 설정은 「흥부전」과 〈흥부가〉 이본들에 나타나는 두 번째 공통점이기도 하다. 마지막으로 탄 박에서 나온 인물이 다름 아닌 장비였다. 장비가 누구인가? 그렇다. 『삼국지』의 그 유명한 장수이다. 한 손에 장팔사모(丈八蛇矛)◆를 들고 덥수룩한 수염을 달고 있는 그 인물 말이다.

장비는 주로 우리 고전문학에서 급하고 거친 성격의 소유자나 용맹무쌍한 인물로 그려진다. 그런가 하면 악인을 징치하고 선인을 구원하는 인간형으로 등장하기도 한다. 대표적인 작품이 바로 「흥부전」이다. 여기에서 장비는 놀부의 악행을 꾸짖으며 목숨을 요구한다. 이 장면은 일차적으로 놀부의 개과천선을 유도하는 구실을 하고, 형님 대신으로 용서를 구하는 흥부를 통해 형제간 우애라는 주제를 더 돋보이게 하는 기능도 맡고 있다.

> **장팔사모**
> 전장에서 쓰는 긴 창의 한 종류

사족 삼아 덧붙이자면, 놀부 박에서 장비가 나오는 이 장면은 흥부 박에서 양귀비가 나오는 장면과 명확하게 대비된다. 후자가 비록 재미 위주로 설정된 장면이긴 하나, 당대 독자들에게는 선인에게 내린 보상과 악인에게 내린 징벌이 이렇게 대비되는 것이다. '선인 흥부에게 양귀비를, 악인 놀부에게 장비를!' 마치 그들에게는 이런 선악 구도라도 있었던 듯하다.

❀ 내 안에 공존하는 놀부와 흥부

아프리카 초원에서 사자 등의 맹수를 촬영하는 사진작가들은 배가 부른 놈을 골라 접근한다고 한다. 맹수는 배가 부르면 더 이상 욕심을 부리지 않아서 사람을 해치지 않기 때문이다. 이처럼 동물은 욕망이 충족되는 순간 거기에서 멈춘다. 그러나 인간은 욕망의 충족을 모르며, 하나가 충족되면 다른 하나를 더 가지려고 한다. 이러한 무한한 욕망 추구는 현대의 환경 문제, 생태 문제, 식량 문제, 양극화 문제 등을 불러일으켰다.

재물을 욕망하는 흥부와 놀부는 분명히 옛사람들의 상상에 의해 탄생한 소설 속 인물들이다. 그렇지만 두 형제의 삶은 현대 자본주의 사회를 살아가는 사람들의 삶과 크게 다르지 않다. 기본적인 의식주 문제가 해결되자 더 이상 욕심을 부리지 않고 이웃에게까지 연민과 동정을 보냈던 흥부, 오로지 재물을 향한 욕망에 사로잡혀 온갖 부당

한 방법으로 형제와 이웃을 괴롭히다 끝내 패가망신에 이르는 놀부를
생각해 보라.

그런데 이 점과 관련하여 일어나는 의문이 있다. 같은 부모 아래 태
어나고 자란 두 형제가 어쩌면 이렇게 상반된 인성을 가지게 되었을
까? 성장 환경도 같았을 테고, 부모로부터 받은 교육도 비슷했을 텐
데, 왜 한 사람은 악의 화신으로 또 다른 사람은 오직 착하기만 한 사
람으로 살아가게 되었을까? 현실적으로 그럴 가능성이 전혀 없지는
않겠지만, 이렇게 상반된 인물들을 형제로 설정한 데는 상징적 기능이

깔려 있지 않을까 하고 추측을 해 본다.

그렇다면 그 상징적 기능이란 무엇일까? 우선은 두 인물이 극단적으로 선인과 악인으로 확연하게 갈라지는 인물은 아니라는 점을 주목해 본다. 흥부는 현실 상황을 벗어나려고 할수록 점점 더 열악한 처지로 전락해 가면서 동정심과 연민을 유발하는 인물이다. 괜히 자존심을 내세우다가 낭패를 당하기도 하고 마누라에게 화풀이를 하기도 한다. 그리고 관대한 눈길로 바라보면 놀부의 심술도 짓궂은 장난에 가깝다. 엄동설한에 동생 가족을 내쫓은 악행을 제외하면, 전형적인 악인으로 보기 어려운 인물이다.

결국 흥부도 놀부도 시시하고 비속하며 성질이 삐딱삐딱한 인생들이다. 아주 거리가 먼 별개의 인물형이 아닐 수도 있다는 것이다. 우리 또한 그들과 다르지 않다. 그렇다면 놀부와 흥부가 한 부모에게서 태어난 형제라는 서사적 구도는 결국 우리 인간들 내부에 두 가지 인간형이 모두 잠복되어 있다는 점을 보여 주는 소설적 상징이 아닐까? 내 안에는 놀부와 흥부가 공존하고 있음을 보여 주는 것으로 읽어도 큰 무리는 없을 것이다.

나는, 그리고 우리는 놀부형과 흥부형 가운데 어느 쪽에 가까운가? 비관적인 대답이 나와도 상관없다. 우리 안에 흥부가 얼마라도 있다는 사실 또한 분명하므로. 가냘픈 강아지를 누군가가 걷어찰 때 아픔을 느낀다면, 횡단보도를 가로막은 채 주차된 차를 보고 휠체어를 탄 누군가가 걱정이 된다면, 그것은 곧 흥부의 마음을 지니고 있다는 증거일 것이다.

「예덕선생전」

연암 박지원은 사대부 문인들은 물론 서자 출신들과도 깊은 친교를 맺었다. 그들의 스승 역할도 했고 친구 노릇도 했다. 그가 주로 어울렸던 서얼 출신 이덕무, 박제가, 유득공 등을 아울러 '백탑파(白塔派)' 문인이라 부른다. 백탑파 문인에는 홍대용과 이서구도 포함된다. 백탑은 현재의 원각사지십층석탑으로 서울 탑골공원에 자리 잡고 있다. 멀리서 보면 하얗게 빛난다 하여 이런 이름이 붙었다. 이들은 이 탑 근처에 수시로 모여서 조선의 현실을 진단하고 미래를 논했다. 시문을 서로 뽐내기도 하고, 그러다가 술을 기울이며 '지식인 밴드'를 구성하여 풍류를 즐기기도 했다. 한마디로 '절친'들이었다.

그러니 우정을 소재로 한 글이 없을 리 없다. 대표적으로 「예덕선생전(穢德先生傳)」을 꼽을 수 있다. 이 작품은 '전(傳)'의 이름을 붙인 우정론(友情論)이라 할 만하다. 그런데 '전'이라고는 하지만 줄거리를 만들기가 쉽지 않다. 역시 박지원의 글답게 생애를 연대기적으로 엮어 나가는 전 양식의 전형에서 탈피해 있기 때문이다. '선귤당'이라는 한 스승과 '자목'이라는 그의 제자 사이에서 오가는 대화가 전부이다. '진정한 벗'이란 무엇인가가 대화의 주제이다. 줄거리 대신 그들 대화의 요지를 옮기면 다음과 같다.

📖 선귤자는 똥을 치워 나르는 엄 행수(行首)*에게 예덕(穢德)이라는 호를 붙이고 스승으로까지 대접하며 교유를 한다. 그의 제자 자목은 그런 천한 자와 두터운 우의를 맺고 지내는 스승에게 불만을 표시하며 스승의 문하를 떠나겠다고 선언한다. 선귤자는 이해관계를 따르거나 아첨으로 사귀는 것은 시정잡배라고 하면서, 엄 행수야말로 분수를 지켜 만족을 알고 살아가는 사람이고 더러움 속에 덕행을 지닌 사람이라고 대답한다. 자목이 이를 수긍하지 못하자, 선귤자는 똥이 곳곳에서 훌륭한 거름이 되어 적잖은 돈을 벌어도 예덕 선생은 가난을 즐겁게 여기고 욕심이 없는 인물이라며 그의 덕을 높이 평가한다.

여기에서 선귤자(蟬橘子)는 이덕무*를 가리킨다. '선'은 매미를 뜻하고, '귤'은 우리가 먹는 과일 귤이다. 책만 보는 바보, 곧 '간서치(看書癡)'로도 유명한 그의 서실(書室)이 매미껍질이나 귤껍질과 같이 협소하기에 붙은 별명이라고 한다. '자목(子牧)'은 아마도 허구적으로 설정된 인물로 보인다.

전형적인 전 양식이었다면 엄 행수가 어디에서 태어나서 자라고 어떤 일을 벌였다는 식으로 서술되었겠지만, 이 글에서는 엄 행수가 왜 예덕 선생으로 대접받을 만한 인품의 소유자인지가 오로지 선귤자의 입을 빌려 설파될 뿐이다. 마치 '자목, 네가 알고 있는 우정론은 허구다. 무릇 벗이란 바로 이런 덕을 가진 사람이어야 한다'라고 조곤조곤 일러 주고 있는 듯하다. 선귤자의 대답으로 작품이 끝났으므로, 문하를 떠나겠다고 선언했던 제자 자목이 어떻게 반응했는지는 알 수 없다.

그런데 얼핏 자목의 질문과 선귤자의 응답에서 보이는 우정론이 오늘날 우리가 생각하는 것과는 초점이 살짝 어긋나 보이기도 한다. 우리가 말하는 우정이란 기본적으로 친구 관계에서 맺는 정이고 친구라 함은 적어도 나이가 같거나 비슷한 사람을 일컫는다. 이에 반해 그들이 대화 속에서 말하는 벗은 계급과 신분, 지위와 직업은 물론 나이도 초월하여 맺는 관계이고, 우정 또한 쌍방적으로 주고받는 직접적인 친교의 산물보다는 상대방에 대한 존경과 존중, 곧 숭경(崇敬)의 의미에 더 가깝다. 요컨대 이 작품에서 말하고 있는 우정의 의미적 자장은 현재의 언어 감각보다 아주 넓은 편이다.

그러면 이제 그 우정론이라는 이 작품의 화두 대신 그 핵심을 이루고 있는 엄 행수의 인간됨에 초점을 맞추어 보자. 자목의 말에 따르면 그의 스승 선귤자는 세상의 유명한 선비와 벼슬아치 들이 따르기 원할 만큼 훌륭한 인품을 지녔다. 그러나 선귤자는 그들 중에 천박한 자가 많아 친구로 받아들이지 않았다. 그런 선귤자가 친구를 넘어서서 스승으로 모시는 엄 행수는 과연 어떤 인간이란 말인가?

엄 행수의 미덕은 너무나 많다. 더러운 똥을 모으고 나르는 일을 하면서도 즐겁게 임하는 자세, 그 일에 대한 자부심과 성실성, 이익을 구하되 청렴과 의로움을 지키는 태도, 부귀에 대한 무관심, 남들의 포폄(襃貶)에도 흔들리지 않는 담대함, 벌어들이는 돈에 비해 턱없이 소박한 살림살이, 맛있는 음식과 멋있는 옷에 대한 무욕 등등 일일이 열거하기도 벅차다. 제목에 있는 '예덕'이 '예(禮)'와 덕(德)'이 아니라 '더러운[穢] 덕(德)'인 이유를 알 만하다. 더러운 것으로 혹은 더러움 속에서 덕을 구현한다는 의미 아니겠는가. 유교적 이념에 의해 견인되는 사대부적 인간상과는 거리가 있다는 점도 기억해 두자.

이쯤 되면 비록 횡재일망정 의식주를 해결하는 선에서 박 타기를 멈춘 흥부가 엄 행수와 오버랩된다. 자식이 그렇게 많지 않았다면 흥부 또한 꼭 엄 행수와 비슷한 삶을 살았을 것만 같다. 두 사람은 욕망의 크기를 조절하고 욕망의 속도를 제어하는 지혜를 공유하고 있는 것이다.

그러면서도 둘은 차이가 있다. 흥부가 불우한 이웃들에게 관심을 돌리면서 공동체적 윤리를 실천하고자 했던 반면 엄 행수에게서는 그런 모습이 보이지 않는다는 점이다. 박지원의 다른 전계 소설 「광문자전」의 주인공 광문만 해도 주변 사람들의 난관을 돕는 윤리 의식을 보여 준다. 그러나 선귤자가 소개하는 엄 행수의 삶에서는 타인을 어떻게 대하는지, 공동체에 대해 어떤 시선을 보내는지가 보이지 않는다. 아마도 예덕 선생이라는 이름에 값한다면 흥부처럼 가난하고 불행한 이웃에게 온정을 베풀었을 것으로 짐작된다.

이제 마지막으로 궁금증 하나. 이 작품은 선귤자의 대답으로 끝난다. 그렇다면 스승이 부끄러워서 문하를 떠나겠다고 선언했던 그 제자는 어떻게 반응했을까? '더러운 덕'이라는 형용 모순이 충분히 성립된다고 믿었다면 제자로 남았을 것이고, 그것이 성립될 수 없다고 판단했다면 스승을 떠났을 것이다.

「흥부전」

　「흥부전」은 형제간의 우애와 권선징악의 주제를 담은 판소리계 소설로, 인물의 비극적 상황을 해학적으로 표현한다는 특징이 있다. 조선 후기의 현실을 예리하게 반영한 작품으로, 빈민으로 추락한 양반을 흥부로, 부를 축적한 중하층 출신을 놀부로 전형화하여 보여 주는 것으로 설명되기도 한다. 선악과 빈부의 어긋난 관계를 통해 당대 현실의 문제를 폭로하고, 비현실적 방법을 동원해 그 문제를 해소하고 있다.

「예덕선생전」

　「예덕선생전」은 욕심 없이 자신의 삶을 열심히 살아가는 엄 행수를 통해 바람직한 인간상을 제시하고, 진정한 사귐의 의미를 깨닫도록 하는 작품이다. 선귤자는 바른 성품을 가진 엄 행수를 예덕 선생으로 부르며 존경을 표하고, 신분이나 직업에 관계없이 그를 벗이라 생각한다. 이런 두 사람의 우정에서 평등한 사회를 꿈꾸는 작가의 근대적 가치관을 확인할 수 있다.

생각해 보기

1. 「흥부전」에서 흥부는 「예덕선생전」의 엄 행수 못지않게 성실하게 일을 함에도 불구하고 좀처럼 가난에서 벗어나지 못한다. 왜 이러한 소설적 설정이 필요했을지 추측해 보자.

2. 「흥부전」의 흥부와 「예덕선생전」의 엄 행수는 모두 착한 주인공이지만 그 성격은 다르다. 그들의 착한 성품이 사회적으로 어떤 의미를 지니는지를 각각 설명해 보자.

3장

침묵하는 진실,
숨어 있는 지혜

1

누구의 거짓말이 승리할까

「토끼전」

토끼가 거북을 얕보다가 달리기 경주에서 지고 말았다는 이야기는 많이 들었을 것이다. 그런데 「토끼전」이라는 소설에서는 거북이 아니라 자라가 토끼의 강적으로 등장한다. 이 소설에서 토끼와 자라가 벌인 경쟁은 달리기가 아니라 거짓말이었다. 거짓말 배틀인 셈이다. 누구의 승리라 할 수 있을까?

거짓말에 대한 몇 가지 질문

거짓말이 나쁘다는 사실은 누구나 알고 있다. 그 이유야 수없이 많지만, 가장 중요한 이유는 생활공동체의 발전을 저해한다는 점에서 찾을 수 있다. 거짓말은 다른 사람에게 거짓 정보를 전달하여 행동을 그릇된 방향으로 유도한다. 또 거짓말은 자신의 이익을 극대화하기 위해서 하는 경우가 많다. 따라서 자신의 이익이 커지는 만큼 상대방의 이익은 줄어들고, 신뢰에 기초한 인간관계는 무너지게 된다. 이렇게 인간관계에 불신이 생기기 시작하면, 그 불신이 점차 커져 공동체 전체에 불신하는 분위기가 팽배해진다. 이러한 분위기가 사회를 지배하면 인간들이 상호 협동하는 일은 불가능해지고, 인류 문화의 발전을 도모할 수도 없게 된다.

이러한 도덕적 상식을 모르는 사람은 없지만, 누구나 거짓말을 하면서 살아갈 수밖에 없는 것도 사실이다. 우리는 거짓말을 하며 양심의 가책을 느끼기도 하고, 거짓말을 정당화하려 노력하기도 한다. 거짓말을 둘러싼 철학적 질문도 많다. 거짓말은 어떤 경우에도 무조건 해서는 안 되는가? 공동체 전체의 이익을 위한 거짓말은 정당화될 수 있는가? 상대방의 이익을 위한 거짓말은 정당한가? 거짓말이 불가피하다면, 그 거짓말이 정당화되기 위해서는 어떤 조건이 필요한가? 이런 질문들을 염두에 두고 「토끼전」을 읽어 보자.

❀ 치밀하게 주고받는 거짓말 서사

「토끼전」은 이본에 따라 여러 제목을 가지고 있다. '수궁가'는 사건이 벌어지는 '수궁'이라는 배경을 제목으로 내세운 것이고, '토의 간'은 사건의 핵심 소재를 제목으로 표시했다. 그렇지만 대부분의 제목은 '토끼'와 '자라(별주부*)'라는 두 등장인물을 앞세운다. 토끼에 초점을 맞춘 '토공전'·'토생전'·'토처사전', 별주부를 앞세운 '별주부전', 두 인물을 모두 내세우는 '토별가'·'별토전'·'별토가'도 있다.

옛 소설은 주인공의 이름을 작품 제목으로 내세

별주부
자라를 뜻하는 '별(鱉)'에 직책의 명칭인 '주부(主簿)'가 붙어서 만들어진 말

우는 것이 관례다. 이에 비추어 보면 같은 작품의 제목이 이렇게 다양하다는 것은 「토끼전」의 진정한 주인공이 누구인지에 대한 사람들의 의견이 갈리고 있음을 보여 준다. 달리 말해 토끼와 별주부라는 인물에 대한 평가가 엇갈리고 있다는 뜻이다. 토끼와 별주부에 대한 명백한 평가가 어려운 이유는 그들이 모두 거짓말로 자신의 정체성을 드러내고 있기 때문이다.

우선 그들이 거짓말을 하게 된 내력을 알아보자.

📖 남해 용왕은 병을 얻어 생명이 경각에 달렸지만, 어떤 처방도 효험을 내지 못한다. 이에 용궁에서는 육지에 있는 토끼의 간이 유일한 신약(神藥)이라는 도사의 말을 듣고 별주부를 선발하여 육지로 떠나보낸다. 토끼를 만난 별주부에게 필요한 유일한 전략은 거짓말이었다. 토끼가 배를 갈라 간을 꺼내야 한다는 진실을 듣고서 순순히 따라나설 리가 없기 때문이다. 그리하여 별주부는 용궁에서 온갖 부귀영화를 누릴 수 있다고 토끼를 유혹한다. 결과는 대성공!

하지만 별주부와 동행하여 용궁에 들어간 토끼를 기다린 건 부귀영화가 아니라 칼이었다. 거짓말에 속아 넘어갔음을 안 토끼에게 닥친 대위기! 이제 거짓말은 토끼에게 필요한 유일한 전략이 된다. 토끼는 간을 육지에 두고 왔다고 한다. 용왕은 물론, 용궁의 모든 신하는 당연히 의심할 수밖에 없다. 그러나 토끼는 간을 주기적으로 배 밖으로 꺼냈다가 말리고 다시 배 속에 넣기를 반복한다는 등의 온갖 현란한 말로 용왕을 감쪽같이 속여 넘긴다. 거짓말은 대성공이었다. 용왕은 별주부에게 토끼와 동행하여 간을 빨리 가져오라면서 육지로 내보낸다. 육지에 이른 토끼는 별주부에게 자신의 꾀로 위기를 모면했다고 거들먹거리면서 별주부를 남겨두고 산으로 들어간다.

이처럼 「토끼전」은 토끼를 속이는 별주부의 거짓말과 용왕을 속이는 토끼의 거짓말이 엮이면서 구성된 소설이다.

❁ 두 인물을 통해 본 거짓말의 역설

「토끼전」에서 토끼와 별주부가 하는 거짓말을 이해하려면 그 공간적 배경에 대한 이해가 선행되어야 한다. 소설의 공간적 배경은 별주부의 여정을 따른다. '수궁 → 육지 → 수궁 → 육지'의 순이다. 처음으로 육지에 나와 토끼를 만나는 순간부터는 두 인물이 계속 동행한다. 이 여정에서 각각의 공간을 '수궁 ① → 육지 ① → 수궁 ② → 육지 ②'로 구별해 보자. 별주부의 거짓말은 '육지 ①', 토끼의 거짓말은 '수궁 ②'에서 힘을 발휘한다. 그런데 별주부는 바다에, 토끼는 육지에 서식하는 동물이라는 점을 고려하면, 둘 다 자신의 본거지가 아닌 상대방의 본거지에서 거짓말을 하고 있다는 사실이 확인된다.

왜 이런 상황이 설정되어 있을까? 이로부터 알 수 있는 거짓말의 특성은 무엇일까? 거짓말은 보통 불리한 상황에 처해 있을 때 나온다. 위기에서 벗어나고자 할 때, 상대방에게 잘못을 저질렀을 때, 창피하거나 무안할 때, 이익을 취하고자 하지만 그 의도가 노출될 위험이 있을 때 거짓말이 필요하다. 자라는 용궁의 신하로서 수행해야 할 임무 때문에 거짓말을 하는 셈이므로, 그의 거짓말은 의도를 숨기고 이익을 취하고자 하는 거짓말이다. 토끼의 거짓말은 경각에 달린 생명을 스스로 구하고자 하는 의도를 지닌, 위기 탈출용 거짓말이다. 두 거짓말의 공통점은 거짓말을 하는 인물이 불리한 상황에 놓여 있다는 점이다. 요컨대 별주부는 토끼의 본거지인 육지에서, 토끼는 별주부의 본거지인 용궁에서 각각 불리한 처지에 처해 있어 거짓말을 한 것이다.

거짓말의 또 다른 특징은 거짓말을 하는 사람과 듣는 사람의 정보가 대칭적이지 않을 때 효과가 발휘된다는 점이다. 즉 거짓말을 하는 사람은 진실을 알고 있지만, 듣는 사람은 진실을 모를 때 성립된다. 물론 진실을 제대로 모르는 상태에서 한 말이 결과적으로 거짓말이 되는 경우도 있으며, 이러한 거짓말은 현실 세계에서는 용납되기도 한다. 일종의 오해이기 때문이고, 금방 진실이 드러나기 때문이다.

그러나 별주부와 토끼의 거짓말은 질적으로 다르다. 별주부는 용궁의 사정을 모르는 토끼에게 진실한 정보를 숨기고 오직 환상을 심어줄 거짓 정보만을 알려 준다. 반대로 토끼는 용왕에게 자신의 몸과 육지에 대한 진실한 정보는 숨기고 그럴싸한 거짓 정보만 알려 준다.

이처럼 거짓말이 효과를 발휘하기 위해서는 상대방보다 정보를 더많이 알고 있어야 한다. 우선 자라의 거짓말을 통해 이를 확인해 보기로 하자. 육지에 나온 자라가 토끼를 유혹하기 위해 수궁과 수국(水國)의 삶을 자랑하는 대목이다.

해위최대
바다에서 가장 큼

신위최령
신 중에서 가장 신령함

무변대해
끝없이 넓은 바다

주란화각
그림이나 무늬를 곱게 칠하여 화려하게 꾸민 누각

만족귀시
온 족속을 귀하게 여김

천빈옥반
천 명의 손님에게 대접하는 옥돌로 만든 쟁반이나 밥상

"우리 수궁 별천지라, 천양지간에 해위최대(海爲最大)◆허고 만물지중에 신위최령(神爲最靈)◆이라 무변대해(無邊大海)◆에다 천여 칸 집을 짓고 유리 기둥 호박 주초(柱礎) 주란화각(朱欄畫閣)◆이 반공(半空)으로 솟았는데 우리 용왕 즉위하사 만족귀시(滿族貴示)◆하고 백성에게 안덕이라, 앵무병(鸚鵡瓶) 천일주와 천빈옥반(千賓玉盤)◆ 담은 안주 불로초 불사약을 취토록 먹은 후에 취흥이 도도할 제…(중략)… 적벽강 소자첨과 채석강 태백 흥미 예 와서 알았으면 이 세상에 왜 있으리. 채약하던 진시황과 구선하던 한 무제도 이런 재미를 알았던들 이 세상에 있을쏜가. 잘난 세상을 다 버리고 퇴서방도 수궁을 가면 훨씬 버신 저 풍골에 좋은 벼슬을 헐 것이요 미인미색을 밤낮으로 다리고 만세동락(萬歲同樂)을 할 것이오.

과장의 연속으로 그려 내는 수국의 풍경이다. 수국이라고 해서 가난이나 난리가 왜 없겠는가. 끊임없는 생존 경쟁에서 비롯되는 생명의 위기가 육지에만 있을 리는 없을 것이다. 이런 진실은 모두 감추고 수궁의 위용을 상세하게 묘사한 후에 용왕의 선정과 백성의 복락만을 전면에 내세워 미화하고 있다. 수궁의 위용은 진실에 가까울 수 있겠으나 용왕의 선정과 백성의 복락은 거짓에 가깝다. 진실이 일부 섞여 있다고 하더라도, 아니 그렇기 때문에 더더욱 그럴듯하다. 수국의 실상에 대한 정보를 잘 알고 있기에 할 수 있는 거짓말이라 하겠다.

138

생명이 경각에 달린 토끼가 용왕을 상대로 하는 거짓말은 다음과 같이 전개된다.

"할 말씀은 많사오나 대왕 같은 저 지위에 무식함을 웃나이다. 대왕의 무궁한 변화 하늘에 오르고 땅에 들어가옵시고, 구름을 일으키고 비를 내리기에 천지간 무궁한 이치 다 다스리더니, 소토의 간 출입은 초동(樵童)◆과 목동 들이 다 아는데 대왕 혼자 모르시니 그리 무식하십니까? 천상의 차고 이지러지는 이치를 달이 맡아 있삽기에 보름 이전이면 차옵다가 보름 이후면 줄어지니 달의 별호 옥토(玉兎)이옵고, 지상의 나아가고 물러서는 이치를 조수가 맡았기에 사리엔 물이 많고 조금에는 적사오니 조수 별호 삼토(三兎)이오니, 소토의 배 속 간이 달빛 같고 조수 같아 보름 전에는 배에 두고 보름 후에는 밖에 두어 나아가고 물러나며 차고 이지러지는 고로 약이 되어 좋다 하지, 만일 다른 짐승 같이 배 속에만 줄곧 있으면 허다한 짐승 중에 소토의 간이 좋다 하리이까? 금월 십오일 낭야산 취웅정에 모족(毛族)◆ 모임 하옵기에 소토의 간을 내어 파초 잎에 고이 싸서 방자산 최고봉에 우뚝 선 노송 가지에 높이높이 매다옵고 모임에 갔삽다가 별주부를 상봉하여 함께 따라왔사오니, 다음 달 초하룻날 복중에 넣을 간을 어찌 가져올 수 있소?"

토끼가 수궁에서 하는 거짓말의 레퍼토리는 다양하지만, 그중에서도 으뜸으로 꼽을 수 있는 것은 단언컨대 바로 이 대목이다. 용왕의 면전에서 용왕에게 무식

> **초동**
> 땔나무를 하는 아이
>
> **모족**
> 털을 가진 짐승의 총칭

하다며 나무라는 건 토끼가 만용을 부린 결과라고 하자. 그렇다고 해도 용왕이 무식하다는 점만은 거짓말이 아니다. 이른바 팩트(fact) 폭력에 가깝다!

토끼의 거짓말이 성공할 수 있었던 것은 적어도 육지에서 일어나는 일들에 대해서는 용왕에 비해 토끼의 정보력이 앞섰기 때문이다. 달이 차고 이지러진다는 것, 그리고 조수가 들고 난다는 것은 누구도 부인할 수 없는 우주적 질서이다. 이처럼 정확한 사실에 허구를 적절히 버무리고 진실과 거짓을 적절히 뒤섞되, 정확한 사실적 정보를 거짓말의 진실성 확보를 위한 근거로 활용하는 이 화려한 언변이라니! 성공적으로 거짓말을 하려는 자, 무릇 토끼의 이 거짓말 기법을 숙지해야 하리라. 가히 거짓말의 최고봉이라 할 것이다.

그런데 거짓말의 두 가지 조건, 즉 불리한 위치에 있는 인물이자 정보의 강자가 거짓말을 하게 된다는 것은 사실상 모순에 가깝다. 거짓말하는 사람은 언제나 '불리한 강자'인 것이다. 여기에 거짓말의 역설이 숨어 있다. 「토끼전」에서 별주부는 육지에서 토끼에 비해 '불리한 강자'였고, 토끼는 수궁에서 용왕 및 신하들에 비해 '불리한 강자'였기 때문이다.

경제학에서는 협상에 초점을 두고 정보를 대칭 정보(symmetric information)와 비대칭 정보(asymmetric information)로 분류하기도 한다. 대칭 정보란 누구나 보유하고 있는 동일한 정보를 가리키고, 비대칭 정보란 동일한 사안에 대해 서로 다르게 보유하고 있는 정보, 혹은 한쪽은 우월하게, 다른 쪽은 열등하게 지니고 있는 정보를 말한다. 이

러한 개념을 바탕으로 접근해 보면, 육지에서 있었던 별주부의 거짓말과 용궁에서 있었던 토끼의 거짓말 모두 정보 비대칭성을 바탕으로 성공에 이르렀다는 점을 알 수 있다.

육지에서 별주부는 토끼가 수궁의 실상을 알지 못한다는 약점을, 수궁에서 토끼는 용왕과 그 신하들이 육지의 실상을 알지 못한다는 약점을 적절하게 이용한다.

토끼의 거짓말에 초점을 맞추어 보면 정보 비대칭성은 이렇게 성립한다. 토끼의 간이 용왕의 병에 특효약이라는 점은 모두가 공유하고 있는 공통 지식이다. 그러나 토끼 간의 출입 여부는 토끼만이 알고 있고 다른 모든 인물들에게는 감추어진 속성이다. 이는 바로 토끼가 협상에서 강자의 위치에 서 있을 수 있었던 이유이다. 이를 통해서도 우리는 거짓말을 위해서는 충분한 정보를 갖추어야 한다는 점을 다시 한 번 확인할 수 있다.

❁ 거짓말쟁이들의 말로

옛 소설은 대체로 주인공들이 기대했던 대로 사건이 흘러가면서 마무리된다. 이른바 해피엔드, 즉 행복한 결말 구조다. 그런데 「토끼전」은 이본에 따라 결말이 천차만별이라 해피엔드라고 단언하기가 어렵다. 지금부터 자라의 운명을 중심으로 이 소설이 어떻게 마무리되는지 대표적인 네 가지 결말을 살펴보기로 하자.

첫 번째 결말. 토끼는 별주부 눈앞에서 도망치고, 별주부는 분함을 이기지 못해 바닷가 바위에 글을 써 붙이고는 머리를 박아 자결한다. 별주부로부터 소식이 없자 거북이 물가에 올라왔다가 별주부가 남긴 글을 보고 용왕에게 자초지종을 설명한다. 용왕은 토끼의 목숨을 빼앗으려 한 죄를 뉘우치고 죽는다. 이런 결말은 그 당시 지배층의 허욕을 풍자하고 비판하는 데 초점이 맞춰진 것으로 보인다. 용왕을 속인 토끼를 통해 지배 계층의 무능과 이기심을 드러내는 결말이다.

두 번째 결말. 토끼는 자신의 목숨을 빼앗으려 한 용왕에게 분노한다. 하지만 곧 토끼는 용왕 역시 목숨이 위태로운 상황에서 저지른 잘못이라는 점을 이해한 뒤, 토끼 똥을 아픈 아이들에게 먹이는 어머니들을 떠올리며 자신의 똥을 별주부에게 준다. 별주부는 이것을 가져다가 토끼의 간이라고 속이며 용왕에게 먹이고 용왕은 병이 낫는다. 이러한 결말은 지배층이 피지배층의 은혜를 입는 모습을 보여 준다. 해피엔드인 동시에 피지배층의 우월함을 드러낸다.

세 번째 결말. 토끼가 도망가자 별주부는 용왕에게 벌을 받을 것이 두려워 소상강 대나무 숲에 숨어 들어가 살게 된다. 약을 먹지 못한 용왕은 죽고 새로운 이가 용왕이 된다. 이후 소상강 대숲에는 별주부의 자손이 널리 퍼져 살게 되었다. 이런 식의 결말은 별주부 또한 피해자임을 드러내면서, 권력의 지나친 횡포가 결국 화를 불러 그 자신이 피해를 입는다는 것을 보여 준다.

네 번째 결말. 토끼에게 속았다는 사실을 깨달은 별주부는 용왕을 볼 낯이 없어 벼랑에서 떨어져 자결하려고 한다. 그 순간 구름 속에서 자신을 중국의 전설적인 명의인 화타라고 자칭한 도사가 충성심에 감복하였다며 별주부에게 신약을 주고 용왕은 그 약을 먹고 병을 고친다. 이러한 결말은 우연적이고 초월적인 요소를 통해 토끼의 지략보다는 별주부의 충성심을 높이 평가하는 경향을 보여 준다. 유교적 윤리가 바탕에 깔려 있는 결말이라 할 수 있다.

왜 이렇게 결말이 다양할까? 그 이유는 거짓말에 대한 윤리적 판단이 다양하기 때문일 것이다. 앞서 말했듯이 거짓말이 나쁘다는 것은 기본 상식이다. 다른 사람을 치명적인 위기에 빠뜨리는 거짓말이라면 말할 것도 없다. 그런데 별주부는 충성심 하나로 거짓말을 했다. 여기서 별주부에 대한 평가가 엇갈리게 된다. 충성심을 높이 평가할 것인가, 아니면 맹목적 충성심에서 나온 거짓말을 응징할 것인가. 「토끼전」의 다양한 결말은 이 두 가지 초점 사이에서 나온 고심의 흔적이라 할 수 있다.

토끼를 두고도 이런 고심이 있었던 것으로 보인다. 토끼의 운명은 육지로 생환한 뒤 독수리에 다시 잡히기도 하고, 지구 생활에 환멸을 느끼고 아예 달나라로 망명(?)을 하는 등 다양하게 나타난다. 결말에서 거짓말에 대한 응징이 필요하다는 점은 별주부의 경우와 같지만, 토끼의 거짓말을 두고 생명을 건지기 위한 불가피한 전략에서 나온 지혜라고 평가할 것인지에 대해서 창작자나 향유자들의 고심은 꽤나 깊었던 듯하다.

✿ 국가의 거짓말, 국민의 거짓말

별주부의 거짓말은 왕을 모시는 신하로서 가져야 하는 당위적 충성심에서 나왔으므로 정당화될 수 있는 여지가 있다. 더욱이 그 당시에는 왕이 절대적인 존재였으므로, 그를 위한 백성의 희생을 지극히 당연하게 여겼다.

그러나 요즘의 관점으로 보면 별주부는 백성인 토끼를 죽음으로 몰아넣을 만큼 위험한 거짓말을 행한 부도덕한 관리로 볼 수밖에 없다. 별주부의 거짓말은 곧 국가의 거짓말인 셈이다.

토끼의 경우 허영심에 대해서는 얼마든지 비난을 퍼부을 수 있지만, 자신의 생명을 구하기 위한 거짓말이 부당하다고 평가할 수는 없다. 더욱이 토끼는 국가 권력의 대행자에게 속아 함정에 빠졌으므로, 이미 윤리적 평가의 잣대를 초월한 상황이라고 보는 것이 옳지 않을까? 국가 권력의 거짓말과 국민 개인의 거짓말, 이 두 가지를 동일한 잣대로 평가해서는 안 될 일이다.

국가나 정권이, 그리고 그 권력을 대행하는 관리가 국민을 속이기 위해 거짓말을 하는 일은 지금도 흔하게 벌어진다. 그럴 때는 그들이 국민보다 불리한 상황에 처해 있다고 이해하자. 그래도 다행인 것은, 요즘엔 국가의 거짓말들이 쉽게 탄로 난다는 점이다. 국민이 다양한 매체나 자료를 손쉽게 확보할 수 있어서 정보의 강자로 자리 잡고 있기 때문이다. 국가는 불리한 강자이다. 국민은 더 불리한 강자다. 국민이 국가 권력을 견제할 수 있는 이유이다.

견주어 읽기

「옹고집전」

「토끼전」에서는 별주부도 토끼도 거짓말을 했고 목적을 달성했다. 그런데 사실을 아는 대로 말했는데도 진짜로 인정받지 못하고 가짜라고 누명을 쓴 인물이 있다. 「옹고집전(雍固執傳)」의 주인공 옹고집이 바로 그 인물이다. 그 전말은 다음과 같다.

옹달우물과 옹연못이 있는 옹진골 옹당촌에 옹고집이라는 사람이 살았다. 그는 탁발승을 쫓아내고 80세의 병든 노모를 박대하는 등 마음씨 인색하고 심술 사나운 인물이다. 이에 월출봉 취암사의 도사가 혼을 내 주려고 도술을 부려 가짜 옹고집(가옹)을 하나 만든다. 마을에 내려간 가옹(假雍)은 진옹(眞雍)과 다투며 자기가 진짜 옹고집이라고 주장하는데 옹고집의 하인들, 아내, 아들 내외 등도 진위를 구별하지 못한다. 사건은 마침내 원님에게 넘어간다.

원님은 족보를 따져 보게 한다. 당연히 족보는 물론 재산의 세목까지도 더 정확하고 소상하게 밝힌 가옹의 승리. 송사에 패한 진옹은 걸식하는 신세로 이곳저곳을 떠돌고, 가옹은 진옹의 아내와 살면서 아이를 여럿 낳는다. 비관한 진옹이 산중에 들어가 자살하려는데 취암사의 도사가 나타나 부적을 주고 집으로 돌아가게 한다. 집에 돌아온 진옹이 부적을 던지니 가옹은 짚단이 되고 아이들은 허수아비로 변해 버린다. 옹고집 부부는 참회하고 독실한 불교 신자가 된다.

당연히 외양은 꼭 같다. 행색도 같고 행세도 같다. 이럴 때 과연 무엇으로 진가를 가릴 것인가? 원님은 족보를 얼마나 잘 알고 있는가를 그 기준으로 삼았다. 족보는 그 집안사람들만이 알고 있는 사실적 정보이다. 그런 점에서 원님의 선택은 일단 현명했던 것으로 보인다.

그러나 사실 정보를 잘 안다는 것은 정확하게 아는 것이고 자세하게 안다는 것이다. 가옹은 초월적 인물인 도사가 창조해 낸 일종의 아바타로서 전지전능함까지 부여받은 인물이다. 그러니 족보에 대한 일종의 '정보 배틀'에서 승리할 수밖에 없다. 더욱이 가옹은 집안 사정에 밝다는 것을 입증하기 위해, 원님이 요구하지도 않은 재산의 세목까지 단숨에 나열한다.

"······또 은가락지가 이십 걸이, 금반지는 한 죽이요, 비단으로 말하오

농
싸리채 등으로 함같이 만들어 종이로 바른 상자

쌍코줄변자
남성용 가죽신의 하나

면 청·홍·자색 합쳐서 열세 필이요, 모시가 서른 농[*]이요, 명주가 마흔 농이온 중, 한 필은 민의 큰딸아이가 첫몸을 보았기로 개짐을 명주 농에 끼웠더니 피가 조금 묻었으매, 이것을 보아도 명명백백 알 것이오. 진신, 마른신이 석 죽이요, 쌍코줄변자[*]가 여섯 켤레 중에 한 켤레는 이달 초사흘 밤에 쥐가 코를 갉아먹어 신지 못하옵고 안 벽장에 넣었으니⋯⋯."

진웅도 재산에 민감한 인물이었으므로 그 가산의 규모를 말할 수는 있을 것이다. 그러나 이 디테일을 보라. 가옹은 전지전능한 인물이므로 당연히 알 수 있고 말할 수 있는 정보이다. 그런데 현실 세계에서 이런 식으로 맥락까지 포함해서 정확하고 상세하게 말할 수 있는 사람은 흔치 않다. 의도적으로 준비하지 않는 한 이 정도의 정확도와 상세도를 가지기 어렵다.

결국 원님의 선택은 그다지 현명하지 못했던 셈이다. 그리하여 진웅은 가옹의 정보력에 압도되어 저항 한번 제대로 못 해 보고 쓸쓸하게 패퇴할 수밖에 없었다.

가옹이 말하는 방식은 거짓말을 하려는 자들에게 시사하는 바 크다. 「토끼전」의 자라가 토끼를 유혹하면서 하는 거짓말이 그러하듯이, 거짓말이 목적을 달성하기 위해서는 상세해야 한다는 것이다. 토끼가 용왕을 속이는 거짓말이 그러하듯이, 성공적인 거짓말을 하기 위해서는 무엇보다 정보가 정확해야 한다는 것도 또 하나의 시사점이다. 무룻 거짓말을 성공적으로 할 양이면 디테일을 확보할진저!

그러나 우리가 이보다 더 중요하게 주목해야 하는 시사점이 있다. 그것은 디테일이 과도하게 풍부한 이야기는 사전에 치밀하게 준비된 거짓말일 가능성 또한 크다는 점, 그래서 그런 이야기를 들을 때는 의심의 촉수를 곤두세우고 있어야 한다는 점이다.

참고로 이 점은 「옹고집전」의 뿌리가 되는 설화에서도 나타난다. 이 이야기는 '쥐 좆도 모른다'라는 관용어의 유래를 알려주는 설화이기도 하다. 상황은 「옹고집전」과 비슷하다. 집주인이 손톱이나 발톱을 함부로 버리자 그것을 오랫동안 주워 먹은 쥐가 집주인의 모습으로 둔갑한다. 진짜 주인과 가짜 주인은 서로 자신이 진짜라 주장하고, 결국 원님의 주선으로 '정보 배틀'을 벌인 결과 가짜가 진짜를 몰아낸다. 집에서 쫓겨나 갖은 고생을 하던 집주인은 구원자의 충고로 고양이를 데리고 집에 돌아온다. 고양이가 가짜 주인을 잡아 죽이자 흰쥐로 그 정체를 드러낸다. 그때 어리둥절해 있던 아내에게 진짜 주인이 하는 말, "여태까지 쥐 좆도 모르고 살았소."

「토끼전」의 별주부나 토끼는 실존과 목숨을 걸고 거짓말을 했고, 존재 자체가 거짓인 「옹고집전」의 가옹은 참말을 했다. 토끼와 별주부의 거짓말은 모두 성공을 했으나, 결과적으로는 모든 것이 본래대로 돌아갔다. 사필귀정(事必歸正)이다. 가옹의 참말은 진옹이 개과천선하는 데 결정적인 역할을 했다. 만일 선한 마음이 인간의 본성이라면, 진옹의 개과천선 또한 사필귀정이다.

「토끼전」

「토끼전」은 동물을 의인화한 우화 소설로, 이본에 따라 결말과 주제가 각기 다르다. 토끼를 통해 위기 극복의 지혜와 허욕에 대한 경계라는 상반된 주제를 전달하며, 별주부와 용왕을 통해서는 임금에 대한 충성심과 무능한 집권층에 대한 비판 의식을 동시에 보여 준다. 이는 주요 인물인 토끼와 별주부가 수용자에 따라 달리 평가된다는 점 때문인데, 여타의 판소리계 소설과 구분되는 지점이기도 하다. 「토끼전」의 인물들은 모두 풍자의 대상이 될 수밖에 없으며, 이에 따라 골계적 분위기가 주를 이루게 된다.

「옹고집전」

「옹고집전」은 판소리 열두 마당 중 하나였으나, 판소리 창으로는 전하지 않는다. 설화를 적극적으로 수용한 작품으로, 동냥 온 중을 무시하여 화를 입게 되었다는 내용은 '장자못 설화'와 상통하며, 무엇인가가 사람으로 둔갑하여 진짜와 가짜를 구분하는 내용은 '둔갑한 쥐 이야기'를 수용한 것으로 보인다.

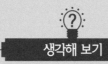
생각해 보기

1. 「토끼전」과 「옹고집전」의 주인공들은 모두 결함을 지닌 인물이다. 이야기의 결말을 바탕으로 두 인물의 결함이 어떻게 평가되고 있는지 설명해 보자.

2. 「토끼전」에서 별주부는 신하로서의 역할을, 「옹고집전」에서 원님은 재판관으로서의 역할을 수행한다. 그러나 그 역할은 타인을 곤경에 빠뜨리는 결과를 불러왔다. 이 점을 고려하여 별주부와 원님의 행동을 각각 평가해 보자.

복수보다 처벌

「장화홍련전」

법을 지키지 않는 사람이 있으면 반드시 그로 인해 피해를 입는 사람이 생긴다. 피해자는 법에 호소하여 가해자에게 책임을 묻는다. 사적으로 복수할 수도 있지만, 법률에 근거하여 책임을 묻는 것, 이것이 법치주의의 기본 원리다. 「장화홍련전」을 통해 사적인 복수와 공적인 처벌 사이의 긴장 관계에 주목해 보자.

✿ 복수 혹은 처벌이라는 모티프

동서양을 막론하고 영화를 포함한 서사물에서는 누군가가 범죄를 저지르고, 또 다른 인물이 범인을 추적하는 내용이 흔하게 나온다. 수사관이 범죄자를 찾아내서 법적 책임을 묻거나, 개인적인 원한을 가진 피해자가 직접 복수를 하는 장면이 동반된다. 범인의 범행, 범인의 탐색과 추적, 그리고 범인의 처벌이 연속되는 과정은 범죄 영화의 기본적인 구조이다. 흥행의 모든 씨앗도 여기에 있다.

그만큼 범죄와 처벌은 많은 사람들이 관심을 갖는 소재이며, 해결 과정에서 수수께끼나 퍼즐을 맞추는 것과 같은 짜릿함을 선사한다.

범인이 처벌을 받을 때 누리는 쾌감은 덤이다.

관객들이 이런 영화에 관심을 기울이는 이유는 정의에 대한 상식적인 기대치가 존재하기 때문이다. 그 기대치란 누구도 억울하게 피해를 입는 일이 없어야 한다는 상식, 피해를 입은 사람은 보상을 받아야 한다는 상식, 죄를 저지른 자는 벌을 받아야 한다는 상식을 바탕으로 한다.

영화뿐만 아니라 복수나 처벌 모티프는 소설에서도 낯익은 레퍼토리다. 이러한 장르의 소설은 독자들의 정의감에 부응하기 위해 창작되고 향유되는 문화적 양식이라고 할 수 있다. '권선징악'으로 압축되는 우리 옛 소설의 주제는 바로 이런 상식을 압축적으로 보여 준다.

사실 권선징악을 기대하는 독자들의 마음은 동서고금을 가리지 않는다. 「장화홍련전」은 권선징악을 주제로 한 숱한 작품 가운데 하나이다. 그러나 장화와 홍련이 자신들을 죽음으로 몰아넣은 악인을 사적으로 복수하지 않고, 공적으로 처벌받도록 했다는 점에서 다른 옛 소설들과 차이점을 지닌다. 사적 복수와 공적 처벌은 서로 긴장 관계를 형성하게 마련이다. 이제 장화와 홍련이라는 가련한 인물들의 선택을 중심으로 그 긴장 관계에 접근해 보자.

✿ 가족 살인과 범인 추적의 처벌 서사

「장화홍련전」의 주인공은 제목 그대로 '장화'와 '홍련'이라는 자매다.

시대적으로는 한문본이 한글본보다 앞서는데, 한문본에는 작가나 편자의 이름이 명시되어 있고, 한글본에는 그 이름이 없다. 다만 1656년에 평안도 철산 지방에서 실제로 일어났던 살인 사건을 모티프로 삼아 지어졌다는 것이 다른 소설과 구별되는 특징이다.

조선 효종 연간에 평안도 철산 부사(府使)◆로 간 '전동흘'이라는 사람은 어느 좌수(座首)◆의 딸들이 계모의 흉계로 원통하게 죽은 사건을 처리했는데, 「장화홍련전」은 이 사실을 바탕으로 했다고 한다. 이본에 따라서는 소설의 배경지가 강원도 철원, 강원도 철산, 경상도 영천, 황해도 백산 등으로 달리 나타나기도 한다. 물론 이 작품의 모든 사건이 실제 사건을 그대로 닮아 있는 것은 아니지만, '전동흘 행장(行狀)◆'이나 '전동흘 실기(實記)◆'와 함께 전하는 등 자매의 죽음과 부사의 활약만큼은 사실로 볼 수 있는 증거가 상당하다.

먼저 줄거리를 확인해 보자.

📖 조선 효종 연간, 평안도 철산에 '배무룡'이라는 좌수가 살았는데, 그의 부인이 선녀로부터 꽃송이를 받는 태몽을 꾸고 2년 터울로 장화와 홍련을 낳는다. 홍련이 다섯 살 때 부인이 죽자, 좌수는 대를 잇기 위하여

'허 씨'와 재혼한다. 용모도 추하고 심성도 사나운 허 씨는 아들 셋을 낳은 뒤 장화와 홍련을 학대하기 시작한다. 그러던 중 장화가 정혼을 하게 되자, 혼수를 많이 장만하라는 남편의 말을 듣고 재물이 아까워 차라리 장화를 죽이기로 작정한다. 이에 허 씨는 큰 쥐를 잡아 털을 뽑아서 장화의 이불 속에 넣었다가 꺼낸 뒤, 장화가 부정을 저질러 낙태하였다고 남편을 속이고서 아들 '장쇠'를 시켜 못에 빠뜨려 죽인다. 그 순간 장쇠는 호랑이한테 물어뜯겨 심각한 장애를 얻는다. 허 씨는 홍련마저 더욱 학대하면서 죽이려 하는데, 그 와중에 홍련은 장쇠로부터 장화가 죽었다는 사실을 전해 듣는다. 꿈에서 장화가 나타나 원통하게 죽었음을 알게 된 홍련은 장화가 죽은 못을 찾아가 물에 뛰어들어 죽는다.

이후 못에서는 밤낮으로 곡소리가 난다. 두 자매의 혼령은 자신들의 억울함을 호소하기 위해 새로 부임한 부사에게 다가가지만, 그들은 모두 놀라서 부임한 첫날 밤에 죽는다. 이로 인해 사람들은 이 지역의 부사로 오는 것을 꺼리게 된다. 그런데 용감하고 담이 큰 '정동우(이본에 따라 '전동호'라는 이름으로 등장하기도 함)'라는 사람이 자원하여 부사로 부임한다. 그가 부임한 첫날 밤, 꿈속에 장화와 홍련이 나타나 원통하게 죽은 사연을 말하며 원을 풀어 달라고 간청한다.

이튿날 부사는 좌수 부부를 문초하지만, 죽은 쥐를 증거물로 내세운 허 씨의 변명에 속아 그들을 훈방한다. 그날 밤 다시 꿈에 자매가 나타나 낙태물의 배를 갈라 보라고 알려 주자, 부사는 이튿날 낙태물의 배를 갈라 쥐똥을 확인한다. 이에 부사는 조정의 지시에 따라 계모를 능지처참하고 장쇠는 교수형에 처하며 좌수는 훈방한다.

이본에 따라 세부적인 부분은 조금씩 다르지만 기본 줄거리는 같다. 어떤 이본에는 다음과 같은 후일담이 더해지기도 한다.

> 📖 부사는 악인들을 처벌한 뒤에 두 자매가 빠져 죽은 못에서 시신을 건져 안장하고, 비(碑)를 세워 혼령을 위로한다. 배 좌수는 세 번째 부인을 맞이했는데, 그 부인이 상제로부터 꽃 두 송이를 받은 태몽을 꾸고 아기들의 이름을 장화와 홍련이라고 짓는다. 두 자매는 모두 장성하여 부호 집안으로 시집을 가 복록(福祿)◆을 누리며 산다.

이 작품은 가정 소설이자 송사 소설이다. '가정 소설'이란 한 가정을 배경으로 가정 문제나 가족생활, 가족 관계를 소재로 삼는 소설을 일컫는다. 그중 '계모형 가정 소설'은 「장화홍련전」처럼 계모와 전처 자식들 간의 갈등 관계를 바탕으로 사건이 촉발된다는 점에서 여타의 가정 소설과 구별된다. 한편 송사 소설은 관청의 권위와 능력에 기대어 억울한 일을 해결하는 것을 주요 사건으로 삼는다.

「장화홍련전」은 결국 배 좌수네 가정의 갈등을 다룬 가정 소설이자, 계모에 의한 자매 살인 사건을 정동우라는 부사가 파헤쳐서 범인을 처리하는 과정을 다룬 송사 소설인 셈이다. 다만 장화와 홍련 자매가 피살되는 과정이 작품의 주요한 서사를 이루고 있고, 피해자인 장화와 홍련이 정동우의 사건 해결에 결정적인 역할을 하므로, 정동우를 주인공으로 격상시키기는 어렵다 할 것이다.

이해의 편의를 위해, 억울한 일을 당했을 때 피해자에게 사적으로 벌을 내리는 것을 '복수'라 하고, 형법에 따라 벌을 가하는 것을 '처벌'이라 구별해 보자. 그렇다면 「장화홍련전」에서 악인을 징치하는 행위는 복수가 아니라 처벌에 해당된다. 물론 복수와 처벌이 아주 다른 개념은 아니다. 처벌을 통해서 복수를 했다는 논리도 충분히 성립될 수 있기 때문이다. 그러나 장화와 홍련이 공적인 법의 권위에 호소하여 사건을 해결했다는 점에서, 굳이 두 개념을 구별한다면 「장화홍련전」은 '복수 서사'라기보다는 '처벌 서사'에 해당된다.

❀ 복수 대신 처벌을 선택한 까닭

왜 장화와 홍련은 복수 대신 처벌을 선택했을까? 그들은 혼령이 된 몸으로 여러 명의 부사를 죽일 정도로 강한 위력을 가진 초월적 존재다. 그렇다면 계모와 이복형제들도 충분히 사적으로 응징할 수 있을 텐데, 왜 자매는 힘을 쓰지 않았을까? 그리고 왜 자매는 굳이 관청의 권위에 기대어 사건을 해결하고자 했을까?

우선 작품의 태생적 조건을 고려해 볼 수 있다. 앞에서 진술한 대로 이 작품은 실제로 일어났던 사건을 모티프로 하고 있다. 우리 옛 소설에서 초월적 존재가 인간에게 직접적인 힘을 발휘하는 사례가 흔하기는 하지만, 현실 세계에서는 망자의 혼이나 귀신 등이 살아 있는 인간에게 직접적으로 어떤 힘을 발휘할 수는 없다. 이 작품의 경우 실재적 사건을 정직하게 반영했다는 점에서 죽은 이에 의한 사적인 복수를 작품 속으로 수용하기는 어려웠을 것이다.

그리고 입체적인 서사 구조를 드러내기 위한 장치라는 추론이 가능하다. 만약 장화와 홍련이 죽은 뒤 혼령이 되어 나타나 계모와 그 자식들을 놀라게 하여 죽이거나 다른 방법으로 응징한다면 이는 소설이라기보다는 설화에 가까울 것이다. 설화는 소설과 달리 서사 구조가 매우 간단하다. 설화의 재미는 사건이 해결된 뒤의 결과를 아는 데 있다고 해도 과언이 아니다. 반면에 소설의 재미는 결과 자체가 아닌, 해결 과정을 알아 가는 데 있다. 즉 이 소설은 장화와 홍련이 혼령이 되고 정동우라는 대담한 인물이 범죄의 실마리를 찾아내 범인의 자백까지 받는 과정을 보여 주면서 독자들의 읽는 재미를 배가시킨다.

그런데 결말 부분을 보면 더욱 중요한 이유가 엿보인다. 정동우가 장화와 홍련이 알려 준 정보를 단서로 하여 좌수 부부와 허 씨 소생의 형제를 불러 놓고 죄를 묻는 대목이다.

부사는 좌수의 처와 장쇠 등의 초사(招辭)◆를 듣고 일변 흉녀의 소행을 이해하며, 한편 장화 자매의 원통한 죽음을 불쌍히 여겨 말하기를,

"이 죄인은 남과 다르니, 내 임의로 처리 못 하겠다." 하며 감영에 보고하였다. 감사는 이 말을 듣고 크게 놀라 즉시 이 뜻을 조정에 장계(狀啓)◆하였더

초사
죄인이 자기의 범죄 사실을 진술하는 말

장계
왕명을 받고 지방에 나가 있는 신하가 자기 관하(管下)의 중요한 일을 왕에게 보고하던 일

하교
임금이 명령을 내림

만만불측
이루 헤아릴 수 없음

신원
가슴에 맺힌 원한을 풀어
버림

방송
죄인을 감옥에서 나가도록
풀어 주던 일

좌기
관아의 으뜸 벼슬아치가
출근하여 일을 시작함

효시
목을 베어 높은 곳에 매달
아 놓아 뭇사람에게 보임

관속
지방 관아의 아전과 하인
을 통틀어 이르던 말

관곽
시체를 넣는 속널과 겉널
을 아울러 이르는 말

니 임금이 보시고 장화 자매를 불쌍히 여기시어 하교
(下敎)◆하시기를,

"흉녀의 죄상은 만만불측(萬萬不測)◆하니 능지처참
하여 후일을 징계하며, 그 아들 장쇠는 교살할 것이며,
장화 자매의 혼백을 신원(伸寃)◆하여 비를 세워 표하여
주고, 제 아비는 방송(放送)◆하라."

감사는 하교를 받자 그대로 철산부에 전달하였다.
부사는 즉시 좌기(坐起)◆를 베풀고 흉녀를 능지처참하
여 효시(梟示)◆하고, 아들 장쇠는 교살하고 좌수는 훈
계로 다스렸다.

부사는 몸소 관속(官屬)◆을 거느리고 장화 자매가
죽은 못에 나아가 물을 치고 본즉, 두 소저의 시체가
자는 듯이 누워 있는데 얼굴이 조금도 변하지 않아 마
치 산 사람과 같았다. 부사는 관곽(棺槨)◆을 갖추어 명
산을 가려 안장하고 무덤 앞에 석 자 길이의 비석을
세웠으니 그 비석에 '해동 조선국 평안도 철산군 배무
룡의 딸 장화·홍련의 불망비(不忘碑)'라 하였다.

이처럼 장화와 홍련은 죄인들이 법에 의해 처벌받도록 함으로써 개
인적인 원한을 해소하는 데에서 그치지 않고, '불망비'로 억울한 죽음
에 대한 위로도 받는다. 후세 사람들이 잊지 않도록 어떤 사실을 적어
세우는 비석이 불망비인즉, 죽은 사람으로서 받을 수 있는 최고의 보

상이라 할 만하다. 이것이 그들이 사적으로 복수하지 않고 공적인 처벌을 선택한 이유로 짐작된다.

더불어 이러한 결말은 사건이 사회적으로 파장이 매우 컸음을 간접적으로 보여 준다. 부사는 사건의 전말을 파악하고도 죄형을 직접 판단하지 않는다. 감영의 감사를 거쳐 조정에까지 사건이 보고되기에 이른다. 이를 통해 독자들의 관심이 높은 송사 사건을 작품 속에 수용

함으로써 소설적 흥미를 높이고자 했던 의도를 엿볼 수 있다.

유교적 합리주의를 바탕으로 통치 이념을 형성하고 법을 비롯한 각종 사회 제도를 구축한 조선 시대는 송사 문제에 대한 관심이 크게 증폭되었던 시기다. 억울한 피해자가 많이 생겨나는 현실에서 출발하는 관심, 송사를 공정하게 처리하기 위한 정책적 배려에서 비롯되는 관심이 두루 나타나게 된다. 관청의 권위에 기대어 최종적으로 사건을 해결하고자 했던 것은 이러한 독자들의 관심에 부응하고자 했던 결과라 할 수 있다.

또한 이 결말은 법의 권위에 대한 존중을 유도하는 기능도 맡고 있다. 악인에 대한 징치는 도덕적 차원에서도 해결될 수 있지만, 도덕이 그 기능을 충분히 수행하지 못할 때에는 법이 이를 대신할 수밖에 없다. 이에 「장화홍련전」은 법이 선과 악을 구별하고 정의와 불의를 판정하며, 악한 자와 의롭지 못한 자를 처벌하는 중요한 기능을 맡고 있다는 점을 보여 준다. 즉 법의 권위는 충분히 존중할 만하다는 사실을 말하고 있는 셈이다.

✿ 법, 그 불신의 뿌리

개인적인 복수는 일시적으로 피해자의 분노를 진정시키는 역할을 한다. 그래서 법률이 발달하지 않았던 고대 사회에서는 사적 복수가 허용되었다. 심지어 법률이 어느 정도 갖춰진 뒤에도 사적 복수는 사회적으로 용인되고는 했다. 법전 중에서 세계에서 가장 오래되었다는 함무라비 법전에 등장하는 동해(同害) 보복의 원칙, 즉 '눈에는 눈, 이에는 이'라는 원칙도 개인적인 복수 행위가 사회적으로 타당성을 갖고 있었음을 말해 준다.

그러나 사적인 복수는 또 다른 복수를 불러온다는 점에서 폐해가 크다. 복수의 악순환이 일어나는 것이다. 그래서 대부분의 현대 국가에서는 이를 금지하고 있으며, 대신 손해 배상 제도와 형벌 제도를 통해 해결하고 있다. 사적 복수가 이루어진 경우, 동기를 떠나 범죄로 여겨져 처벌받게 된다.

그런데 왜 아직도 법적 처벌 대신 사적 복수를 선택하는 사람들의 이야기가 영화나 드라마로 만들어질까? 영화나 드라마가 현실을 반영하고 있다면, 그 현실이란 무엇일까? 이러한 현실은 단적으로 법에 대한 불신의 반영이 아닐까 한다. 법에 대한 불신의 뿌리는 정의를 추구하고자 하는 법이 불공평하게 집행된다는 사람들의 불만이다. 실제로 우리 사회에는 법이 모든 국민의 억울한 사정을 헤아리지 못한다는 불신, 또 개인의 사회적 신분 등에 따라 다르게 적용되는 경우가 있어 공정하지 않다는 불신이 만연하다.

법이 문제를 해결하지 못하고 불공정하다고 믿는 사람들은 불가피하게 공적 처벌 대신 사적 복수를 선택한다. 법적으로 금지되어 있음에도 법을 어기면서까지 사적 복수를 선택해야만 하는 상황, 이것이 사회적 약자들의 딜레마다. 과연 이러한 상황은 법 시행상의 오류일 뿐일까, 아니면 법이 지니는 근본적인 한계일까?

과거나 현재나, 동양이나 서양이나 법에 대한 불신이 두루두루 나타난다는 점에 비추어 보면, 단순한 오류가 아닌 법의 한계라 봐도 무방하리라. 「장화홍련전」은 법의 한계와 처벌의 범위를 다시 한 번 생각해 보는 기회를 주는 작품이다. 나아가 아버지인 배 좌수만 살아남고 여성만 처벌을 당하는 상황을 통해 가부장제의 야만성, 문화와 법의 상관관계에 대한 성찰을 이끌어 내는 작품이기도 하다.

🏵 허씨 부인을 위한 변명

계모인 허 씨가 전처소생인 두 자매를 없애기로 마음먹은 것은 사나운 성품 때문이기도 하지만 자매에 대한 시기심 때문이기도 하다. 틈만 나면 자매를 붙들고 죽은 전처를 생각하며 우는 남편에 대해 서운한 마음이 일어나는 것은 자연스럽기도 하다. 여기에서 두 자매에 대한 시기심의 싹이 텄을 것이다.

"우리는 본래 가난하게 지내다가 전처의 재물이 많아 지금 풍부히 살고 있소. 그대의 먹는 것이 다 전처의 재물이니 그 은혜를 생각하면 크게 감동해야 마땅한데, 저 어린것들을 심히 괴롭게 하니, 다시는 그러지 마오." 하고 조용히 타일렀지만 시랑(豺狼)◆같은 그 마음이 어찌 뉘우치겠는가. 그 후로는 더욱 불측하여 두 자매를 죽일 뜻을 주야로 생각하였다.

> **시랑**
> 승냥이와 이리를 아울러 이르는 말

먹는 것조차 전처 덕분으로 여기라는 남편의 말을 허 씨의 입장에서 보면, 자신을 아내가 아닌 군식구 정도로 여기는 것으로 받아들일 수 있다. 이런 점에서 허 씨의 시기심은 자신의 존재감이 사라진 데 대한 반동적 대응이라 하겠다.

더욱이 다른 소설에서처럼 주인공에 해당하는 장화와 홍련은 두드러진 덕성을 가진 영웅적 인물로 그려진 것도 아니다. 권선징악의 주제를 담고 있는 다른 소설에서라면 주인공은 재자가인, 즉 착하거나 성실하거나 효성이 지극하거나 총명하거나 하는 덕성을 가진 인물로 형상화되고, 이런 점 때문에 그를 위기에 빠뜨리는 적대적 인물과 대비되면서 더 많은 성원을 받게 된다.

그러나 이 작품에서는 그런 됨됨이가 뚜렷이 부각되지 않는다. 오히려 주로 울보로 그려진다. 절대적으로 어린 나이 때문이기도 하지만, 독자들이 매력을 느낄 정도의 어떤 성격을 보여 주지는 못한다. 형제를 생산한 허 씨 입장에서는 그런 자매에 대한 연민이나 동정을 발휘하기 어려웠을 수도 있다. 더욱이 남편인 배 좌수마저도 허 씨를 다정하게 받아 주지 않았고, 오히려 죽은 전처에 대한 그리움을 자주 노출하기도 했다.

그렇다고 해서 당연히 그 시기심과 포악성이 면죄부를 얻을 수 있는 것은 아니다. 다만 법은 범죄의 결과에 대해 기계적으로 형량을 정하지는 않는다. 이른바 정상 참작(情狀參酌)*이라 하여 범죄의 동기를 적극적으로 고려하면서 유연성을 발휘하기도 하는 것이다. 만일 조

> **정상 참작**
> 범죄 행위에 고려할 만한 사유가 있다고 판단되는 경우에, 법원이 그 형을 줄이거나 가볍게 하는 것

선 시대에도 변호사 제도가 있었고 어떤 변호인이 굳이 '허 씨'를 법정에서 옹호한다면, 아마도 그는 남편에 대한 서운함과 자매에 대한 시기심이 싹틀 수밖에 없었던 사정을 앞세웠을 것이다.

견주어 읽기

「콩쥐팥쥐전」

　서양의 신데렐라 이야기와 비슷한 우리의 옛이야기로 「콩쥐팥쥐전」이 있다. 박대하는 계모, 잃어버린 신발, 신발을 매개로 맺어진 인연이 신데렐라 이야기와 꼭 닮았다. 그러나 「콩쥐팥쥐전」의 결말 장면은 놀랄 만한 반전을 담고 있다. 신데렐라 이야기를 떠올리면서 「콩쥐팥쥐전」의 줄거리를 확인해 보자.

　　📖 조선 시대 중엽 전라도 전주 서문 밖 삼십 리 부근에 살던 퇴리 (退吏)◆ 최만춘(崔滿春)과 부인 조 씨는 딸 콩쥐를 낳지만 조 씨는 병을 얻어 죽는다. 이에 최만춘은 과부인 배 씨를 후처로 맞아들이고 그 사이에서 딸 팥쥐

> **퇴리**
> 퇴직한 관리

가 태어난다. 그 후 계모 배 씨와 팥쥐는 콩쥐를 몹시 학대하여 돌밭을 나무호미로 매게 하거나 밑 빠진 독에 물을 채우게 하기도 하고, 베 짜기, 곡식 찧기 등 어린아이가 감당하기 어려운 일을 시킨다. 그런데 그때마다 검은 소, 두꺼비, 직녀선녀, 새 떼가 나타나 그 어려운 일들을 처리해 준다. 하루는 콩쥐가 잔치가 열리는 외가에 가는 길에서 신임 감사 행차를 피하려다 시냇가에 신발을 빠뜨리게 되고, 감사는 이 신발을 심상치 않게 여겨 주인을 찾은 끝에 콩쥐와 혼인하게 된다. 이를 시기한 계모 배 씨와 팥쥐는 흉계를 꾸며 콩쥐를 연못에 빠뜨려 죽이고 팥쥐가 감사를 속여 콩쥐 행세를 하지만, 다시 사람으로 화한 콩쥐가 감사 앞에 나타나 사정을 알린다. 감사가 연못에서 콩쥐의 시신을 건져 내자 콩쥐는 다시 살아난다. 이에 감사는 팥쥐를 처형하여 배 씨에게 보내고 이를 받아 본 계모 배 씨는 기절해 즉사했다.

신데렐라형 설화

신데렐라(Cinderella)는 재에 그을린 소녀라는 뜻으로, 부엌에서 일을 한다는 의미가 함축되어 있다. 계모의 학대를 받던 소녀가 요정의 도움으로 무도회에 나가서 왕자를 만나게 되고, 벗겨진 유리 구두 때문에 다시 왕자를 만나 왕자의 아내가 된다는 줄거리이다. 그리스, 이집트, 독일, 프랑스에는 물론 중국에도 이와 유사한 설화가 있어 세계적인 보편성을 갖는다.

전반부는 신데렐라형 설화*와 줄거리가 비슷하지만 후반부에는 허구적인 창작을 가하여 흐름이 많이 다르다. 대신 「장화홍련전」과 닮아 있다. 무엇보다 권선징악이라는 주제가 부각되어 있다는 점에서 유사성이 더욱 두드러진다. 주인공이 억울한 죽임을 당하고, 원혼이 사건의 전말을 알려 주고, 관리가 법에 의거하여 죄인에게 형벌을 내리는 등 사건의 전개 과정도 유사하다.

이 중에서 징치 과정에 초점을 맞추어 보자. 「장

화홍련전」에서 부사는 죄상을 모두 알아낸 후 스스로 처리하지 않고 감영에 보고했다. 그리고 죄의 경중을 가려서 처분한 감사의 지시에 따라 형벌을 집행했다. 사건 자체에는 이해관계가 없었던 처지였고, 오직 억울한 백성의 원한을 달래고자 하는 목민관의 입장에서 법을 집행한 것이다. 「콩쥐팥쥐전」의 감사 또한 사건을 조정에까지 보고했고 지시를 받아 형을 집행했다. 이런 점에서 「콩쥐팥쥐전」의 감사 또한 사적인 복수가 아니라 공적인 처벌을 통해 정의를 실현한 것으로 보인다.

그런데 「콩쥐팥쥐전」에서 한 가지를 더 주목해 보자. 팥쥐에게 가한 처벌은 잔혹하기 짝이 없다. 그 잔혹한 형벌은 무엇이었던가? 이미 다른 남자에게 도망을 가서 살고 있던 팥쥐의 어머니에게 젓갈이 든 항아리와 함께 날아든 공문에는 다음의 글이 적혀 있었다.

"흉한 꾀로 사람을 죽이는 자는 누구든 이와 같이 젓으로 담그고, 딸을 가르쳐 흉하고 독한 일을 실행케 한 자로 하여금 그 고기를 섞어 보게 하노라."

능지처참으로 모자라 그 시체를 또다시 이런 식으로 처리한다는 것은 엽기적이기조차 하다. 이 공문을 읽은 팥쥐의 어머니는 어떻게 되었을까? 기절했다. 그리고 결국 죽었다.

그렇다면 「콩쥐팥쥐전」의 감사에게는 사적 복수의 혐의가 있었을 것으로 짐작된다. 감사는 자신의 아내가 죽임을 당했으므로 이해 당사자였다. 물론 기적적으로 살아나기는 했으나 그 것이 그간에 자행된 계모와 그 소생의 악행을 덮을 이유는 되지 못했을 것이다. 조정에서 결정했다고는 하나 형벌이 지나치게 엽기적이었던 것은 사적 복수가 가미되었기 때문은 아니었을까?

정말 조정이 능지처참 이상의 형벌을 내렸을까? 그렇지는 않았을 것이다. 이런 식의 형벌은 공식적인 기록에서는 찾아볼 수도 없다. 다만 공자가 살았던 시절, 대의명분을 앞세워 죽음의 길을 스스로 선택한 그의 제자 자로(子路)의 최후가 그러했을 따름이다. 그때는 조선 후기를 기점으로 삼아도 자그마치 대략 1,500년 전이었다.

이 작품에서 나름대로 당시의 법적 절차를 반영한 부분은 감사가 조정에 보고한 뒤에 형을 집행한 것이다. 지방 수령은 태형에 해당하는 죄까지만 직단(直斷)*할 수 있었고, 감사는 곤장, 구금, 유배까지 할 수 있었으며, 사형은 반드시 국왕의 결재가 있어야 결정할 수 있었다. 다만 사형의 방식으로는 목을 베는 참형(斬刑)과 목을 매다는 교형(絞刑)만이 원칙이었다. 사지를 찢어 죽이는 능지처참은 역모 등과 같은 중범죄인 경우에 더러 행해지기도 했다.

그렇다면 결론은 이것이다. 감사는 법적 처벌의 공식성에 자신의 사감(私感)을 가미하여 사적 복수의 칼을 휘두른 것이었다. 독자들의 공분(公憤)을 투영한, 그래서 소설의 독자들이 염원하는바 악인에 대한 통쾌한 응징을 염두에 둔 상상적 처벌이었던 셈이다.

「장화홍련전」

「장화홍련전」은 장화와 홍련이 혼령의 몸으로 부사 정동우에게 도움을 요청해 억울함을 해결하는 사건을 다룬 송사 소설이다. 임진왜란과 병자호란을 거치면서 여성 의식이 성장하였고, 그런 사회적 배경을 기반으로 여성 인물이 주체적으로 자신의 억울함을 호소하며 이를 해결해 나가는 서사가 등장하였다. 「장화홍련전」에 등장한 송사도 그 연장선상에서 논의해 볼 수 있다. 「장화홍련전」에는 서로 다른 결말을 가진 이본이 있는데, 장화와 홍련의 억울한 죽음이 밝혀져 비극성이 부각되는 결말과 두 사람이 회생하여 이야기가 더욱 확장되는 결말로 구분된다.

「콩쥐팥쥐전」

「콩쥐팥쥐전」은 '전주 서문 밖 삼십 리'를 공간적 배경으로 삼고 있는 작품이다. '신데렐라형 설화'와 같은 계열의 작품이지만, 혼인 이후의 사건을 다채롭게 그려 낸다는 점이 특징적이다. 콩쥐의 죽음과 그 이후 계모와 팥쥐에게 행해지는 처벌은 '권선징악'의 주제 의식을 부각시키기 위한 설정으로 볼 수 있다.

생각해 보기

1. 「장화홍련전」의 두 자매와 「콩쥐팥쥐전」의 콩쥐는 모두 계모의 학대에 시달리지만 이에 대한 대응이 서로 달랐다. 장화와 홍련, 콩쥐가 계모의 학대에 대응하는 태도의 차이를 말해 보자.

2. 「장화홍련전」과 「콩쥐팥쥐전」에서는 가부장인 아버지의 역할이 잘 드러나지 않는다. 이들 소설을 가부장제에 대한 비판으로 읽을 여지가 있다면, 어떤 점에서 그러한지 추측하여 설명해 보자.

어른의 지혜를 기다리며

설총의 「화왕계」

우리나라는 이미 고령화 사회를 넘어 고령 사회에 접어들었다. 저출산 경향이 뚜렷해지면서 노인이 전체 인구에서 차지하는 비율이 매우 높아진 것이다. 이런 상황이 심각한 이슈가 된다는 것 자체가 노인을 부정적으로 인식하는 사회의 한 단면을 보여 준다고 할 수 있다. 그렇다면 옛날에는 노인을 보는 시선이 어땠을까? 설총이 지은 「화왕계(花王戒)」를 중심으로 이를 살펴보자.

❀ 노인을 보는 시선

고령화는 우리 사회가 당면한 가장 심각한 문제 가운데 하나다. 우리 사회는 전 세계에서 유례가 없을 정도로 고령화가 매우 빠르게 진행되고 있다. 전혀 대비되지 않은 상태에서 맞이한 고령화 문제는 사회 기반 자체를 흔들고 있다 해도 과언이 아니다. 일각에서는 빠른 고령화가 미치는 사회적·경제적 영향을 지진에 비유하여, 'age(나이)'와 'earthquake(지진)'를 합성한 'agequake'라는 신조어로 표현하기도 한다. 고령화가 사회에 미치는 충격이 지진만큼이나 심대하다는 점을 암시한다. 경제 활동을 하지 않는 인구가 많아지면 복지 재정 등 사회적 비용이 커질 수밖에 없다. 경제 활동에 참여하는 사람들이 이 비용을 전적으로 부담해야 한다는 뜻이다.

하지만 노인을 사회적 부담을 안기는 존재로 보는 인식은 온당하지 못하다. 사회 구성원 누구나 마찬가지겠지만, 그들의 삶 또한 충분히 존중받아야 마

땅하기 때문이다. 노인이 존경받지 못하는 사회에서는 세대 갈등이 일어나고, 그 갈등을 해결하는 데 또 다른 사회적 비용이 들어가게 된다. 요즘 노인을 바라보는 시선은 그들을 '지혜로운 자'라고 여기던 전통적 인식과 대비된다. 전통 사회에서 노인은 삶의 경륜에서 획득한 지혜를 바탕으로 젊은 세대를 이끌어 가고, 공동체의 어려운 문제를 해결하는 데 결정적인 공을 세우는 존재였다. 이 점을 분명하게 보여 주는 작품이 바로 「화왕계」이다.

✿ 아리따운 간신과 지혜로운 충신

「화왕계」는 신라 경덕왕 때의 학자 설총(655~?)이 지은 짧은 우화이다. 이 우화는 고려의 학자 김부식(1075~1151)이 주도하여 편찬한 『삼국사기』의 열전(列傳) 편 중 '설총' 조에 제목 없이 실려 있고, 조선의 학자 서거정(1420~1488) 등이 편찬한 『동문선(東文選)』◆에는 '풍왕서(諷王書)'라는 제목으로 등장한다. '화왕계'라는 제목은 후대의 학자들

풍간
완곡한 표현으로 잘못을
고치도록 말함

이 붙인 것이다. 그 뜻은 화왕의 깨달음, 화왕에게 주는 경계, 화왕에게 알림, 화왕이 지켜야 할 계율 등의 다양한 의미로 이해된다. '풍신문왕서(諷神文王書)'라고도 불리는 바, 이는 신라의 신문왕에게 풍간(諷諫)*하기 위해 지은 설총의 의도를 존중한 제목이라 하겠다.

아주 짧은 이야기이기는 하지만 줄거리를 간추리면 다음과 같다.

📖 꽃 나라에 봄이 되니 온갖 꽃들이 앞다투어 꽃의 왕 모란을 뵈러 왔다. 그중에 붉은 얼굴에 감색 나들이옷을 차려입은 한 가인(장미)이 걸어 나와 임금에게 자신을 받아 준다면 꽃다운 침소에서 그윽한 향기를 더하여 모시고자 한다고 했다. 가인에게 마음이 흔들리는 왕 앞에 이번에는 베옷을 입은 백발의 장부 백두옹(할미꽃)이 나와서 자신은 약과 같은 존재로서 왕을 보필하겠다고 했다. 누구를 선택하겠느냐는 다른 신하의 물음에 즉시 대답하지 못하고 갈등하는 왕에게 백두옹은 실망이 섞인 비판을 하였다. 이에 왕은 자신의 잘못을 깨달았다.

줄거리에서 확인되는 것처럼 「화왕계」에는 꽃의 나라를 다스리는 꽃의 왕(화왕·모란), 그의 신하 혹은 백성인 백두옹(할미꽃)과 장미, 이렇게 세 명의 주요 인물이 등장한다. 화왕이 꽃을 피우자, 그는 세상 어느 꽃보다도 빼어난 아름다움을 자랑한다. 이에 온갖 꽃들이 왕에게 인사를 하러 온다. 그중 장미가 다가와서 왕에게 말하는 대목은 다음과 같다.

문득 한 가인(佳人)이 앞으로 나왔다. 매우 아름다운 얼굴에 탐스러운 감색 나들이옷을 입고 아장거리는 무희(舞姬)◆처럼 얌전하게 화왕에게 아뢰었다.

무희
춤을 잘 추거나 춤추는 것을 직업으로 하는 여자

"이 몸은 백설의 모래사장을 밟고, 거울같이 맑은 바다를 바라보며 자라났습니다. 봄비가 내릴 때는 목욕하여 몸의 먼지를 씻었고, 상쾌하고 맑은 바람 속에 유유자적(悠悠自適)하면서 지냈습니다. 이름은 장미라 합니다. 임금님의 높으신 덕을 듣고, 꽃다운 침소에 그윽한 향기를 더하여 모시고자 찾아왔습니다. 임금님께서 이 몸을 받아 주실는지요?"

장미는 아리따운 여성의 형상을 하고 있다. 아니나 다를까, 남성인 화왕은 장미의 성적 매력에 매혹되어 버린다. 그런데 이때 다른 인물이 등장한다.

이때 베옷을 입고, 허리에는 가죽띠를 두르고, 손으로는 지팡이를 짚고, 머리는 백발을 한 장부 하나가 둔중한 걸음으로 나와 공손히 허리를 굽히며 말했다.

"이 몸은 서울 밖 한길 옆에 사는 백두옹(白頭翁, 할미꽃)입니다. 아래로는 드넓은 들판을 내려다보고, 위로는 우뚝 솟은 산을 바라보며 살고 있습니다. 가만히 보옵건대, 비록 좌우에서 보급되는 기름진 음식으로 배를 채우고 차와 술로 정신을 맑게 할지라도, 비단으로 싼 상자에 쌓아 둔 것들 중에는 반드시 기운을 보충할 좋은 약과 독을 없앨 아픈 침이 있어야 합니다. 그래서 말하기를, 비록 명주실이나 삼실이 있다고 하더라도 왕골과 띠풀을 버릴 수 없는 것처럼, 무릇 모든 군자는 궁할 때를 대비하지 않음이 없다고 합니다. 왕께서도 또한 뜻이 있으신지 모르겠습니다."

젊고 아리따운 여성과 지팡이를 든 백발노인, '탐스러운 감색 나들이웃'과 '베옷'은 명확히 대조된다. 그러니 백두옹이 화왕의 눈길을 사로잡았을 리 없다. 뿐만 아니라 장미는 맑은 바다 앞 모래사장에서 고고하게 자라났고, 백두옹은 서울 밖 한길 옆 구석진 산자락에서 살고 있다. 성장 환경이나 주거지마저도 대조적이다.

더욱이 "꽃다운 침소에 그윽한 향기를 더하여 모시고자" 찾아왔다는 장미의 말은 얼마나 또 간지러웠을까? 이에 비해 백두옹이 하는 말에는 결코 귀를 간지럽히는 자극이 없다. 대신 침으로 아픈 데를 찌르는 자극이 있다. 기름진 음식과 향기로운 차와 술이 있어도 "기운을 보충할 좋은 약과 독을 없앨 아픈 침"이 있어야 한다는 충고(忠告), '명주실'이나 '삼실'처럼 좋은 실이 있다고 해도 '왕골'과 '띠풀'처럼 거친 것을 옆에 두고 궁할 때를 대비하는 것이 마땅하다는 충언(忠言)이 그것이다.

그의 말은 왕의 눈과 귀를 즐겁게 하는 사람만 곁에 있으면 정사를 망치기 십상이니, 당신은 충심(忠心)으로 충간(忠諫)하는 신하를 옆에 둘 수 있는지를 물은 것이다.

백두옹의 말에서 간과하지 말아야 할 것이 있다. 그것은 두 가지 인물 유형 중 어느 것을 버리고 어느 것을 선택할 것인가 하는 양자택일의 이분법적 논리가 아니라는 점이다. 기름진 음식, 차와 술을 버리라고 강권하지 않는다. 명주실과 삼실을 멀리하라고 강요하는 것도 아니다. 그것은 그것대로 미덕이 있으니 그 미덕을 존중하되, 약과 침, 왕골과 띠풀의 가치도 함께 존중하라는 것이다. 자

풍당
중국 전한(前漢) 사람으로, 직언으로 황제의 눈 밖에 나서 90여 세까지 겨우 낭관(郎官)이라는 낮은 벼슬을 지낸 인물

신의 소신에 대한 집념이 강한 사람들이 저지르기 쉬운 이분법과는 거리가 먼, 다치적(多値的) 사고의 한 전형이라 하지 않을 수 없다.

이제, 어떤 이가 왕에게 백두옹의 물음에 대한 답을 청한다. 왕으로서는 주저하지 않을 수 없다. 그러자 백두옹이 실망한 티를 내며 비수 같은 말을 던진다.

"무릇 임금 된 자로서 간사하고 아첨하는 자를 가까이하지 않고, 정직한 자를 멀리하지 않는 이는 드뭅니다. 그래서 맹자(孟子)는 불우한 가운데 일생을 마쳤고, 풍당(馮唐)◆은 하찮은 직급에 머무르다 머리가 백발이 되었습니다. 예부터 이러하오니 저인들 어찌하겠습니까?"

옳은 말을 잘하는 맹자나 직언을 잘하기로 소문난 풍당 같은 이가 대접받지 못하고 배척당한 이유는 전적으로 왕의 판단력이 부족했기 때문이다. 이 또한 '아픈 침'과 같은 말이다. 이 말을 들은 왕은 자신의 잘못을 깨닫는다. 충심에서 우러나온 지혜의 산물이다. 과연 우화다운 결말이다.

이 이야기에서는 '미녀(美女) 간신' 장미와 '지사(志士) 충신' 백두옹

이라는 인물이 대조적으로 제시되어 있다. 장미가 현실적인 가치만을 추구하는 간신의 형상을 보여 준다면, 백두옹은 이념적인 가치를 추구하는 충신의 형상을 보인다. 백두옹이라는 인물의 현실 인식이 충신과 간신의 이분법을 넘어서는 데 반해, 정작 작품 전체적으로는 이분법적 구도가 강고한 셈이다. 이는 짧은 이야기를 통해 깨우침을 주는 대개의 우화들이 가진 보편적 특징이기도 하거니와, 신하 된 자의 도리는 무엇이고, 임금의 안목은 어떠해야 하는지를 동시에 보여 주고자 했던 「화왕계」의 창작 의도를 구현하는 데 오히려 더 효율적이었던 것으로 보인다.

✿ 충신을 왜 노인의 이미지로 그려 냈을까?

백두옹은 겉모습이 늙고 볼품없으나, 내면의 진실함을 갖추고 있다. 즉 그는 임금에게 노골적으로 충고하여 스스로 잘못된 행동을 뉘우치고 깨닫게 하는 의기(義氣)◆를 가진 지사적 인물이다. 그런데 한 가지 의문이 일어난다. 설총은 왜 하필 그를 노인의 형상으로 그려 냈을까 하는 의문이 그것이다. 역사적으로 왕에게 풍간만이 아니라 목숨을 걸고 직간(直諫)◆을 했던 숱한 충신들이 모두 백발노인이었던 것만은 아니기에 일어나는 의문이다.

아마도 그것은 노인에 대해 당대인들이 가진 관습

의기
정의감에서 우러나오는 기개

직간
임금이나 웃어른에게 잘못된 일에 대하여 고치도록 직접 말한다는 뜻적 인식이 그러했기 때문이었을 것이다. 노인이 겉모습은 초라하고 나약하지만, 내면은 누구보다 성숙하다고 여겼던 것이 당대인들의 인식이었던 것이다. 이러한 생각이 「화왕계」에 투영되어, 경륜으로부터 빚어진 지혜를 가진 백두옹이 왕 앞에서도 주눅 들지 않고 충고하는 모습으로 묘사된 것으로 보인다.

전통 사회에서 노인은 현대 사회에서와 달리 매우 중요한 위치를 차지하고 있었다. 가정에서는 가부장으로서의 역할을 수행했으며, 마을에서는 동네 어른으로서 권위를 가지고 갈등을 조정하면서 구성원들이 연대감을 가질 수 있도록 이끌었다. 서양에서도 오래전부터 노년의 삶을 예찬했다. 약 2천 년 전 로마의 학자 키케로(Marcus Tullius Cicero)는 노인들을 배의 '키잡이'에 비유하면서, 그 지혜의 가치를 다음과 같이 강조했다.

젊은 선원들이 하는 일은 하지 않지만, 키잡이가 하는 일은 더 중요하고 의미 있는 일이라네. 큰일은 체력이나 민첩성이 아니라, 계획과 전망과 판단력에 의하여 이루어진다네. 그리고 이러한 자질들은 노년이 되면 대개 줄어드는 것이 아니라 더 늘어난다네.

— 키케로, 『노년에 관하여』 중에서

젊은 선원들은 체력을 바탕으로 민첩성이 필요한 일을 맡는다. 노인은 당연히 젊은이의 체력이나 민첩성을 따라갈 수 없다. 대신 노인에게는 경험을 바탕으로 미래를 내다볼 수 있는 능력이 있다. 이러한 노

인의 안목을 우리는 통상 '지혜'라고 부를 수 있을 것이다.

동화나 민담에서는 주인공을 절망적인 상황으로부터 구출해 내는 신령스러운 할아버지가 종종 등장한다. 칼 융의 정신 분석학은 이 노인을 우리가 꿈속에서 만나는 '지혜의 노인(the wise old man)'이 인격화된 것으로 설명한다.

이처럼 노인이 지혜를 가진 존재라는 인식은 동서양을 막론하고 상당히 보편적이었다. 그래서 노인은 젊은이 앞에서 당당할 수 있었고, 젊은이 또한 노인을 신뢰하였으며, 사회적으로 노인을 존중하는 당위가 형성되면서 공동체가 유지되었다. 따라서 「화왕계」에서 충신으로 묘사된 백두옹에 노인의 이미지를 덧씌운 것은 충심과 충언에 대한 신뢰성을 높이기 위한 장치다. 이는 노인의 지혜가 얼마나 높은 가치로 인정받았는지를 잘 보여 준다.

✿ 보이지 않는 진짜 어른

"노인은 많은데 어른은 없다." 종종 들려오는 말이다. 노인이 되면 어른이 되어야 하는 것이 순리지만, 나이만 들고 어른이 되지 못하는 사람이 많은 데 대한 푸념이다. 시간이 흐르면 누구나 노인이 된다. 그러나 노인이 된다고 해서 자연스럽게 어른이 되는 것은 아닌 모양이다.

그러면 어른이란 무엇인가? 사전식 풀이를 보면, 우선 '다 자란 사람'을 일컫는다. 역시 나이가 기준이고, 신체적 성장이 완결된 사람이라는 정도의 뜻이 될 것이다. 결혼을 한 사람을 가리키기도 한다. 어원상으로는 이것이 가장 오래된 뜻이다. '혼인하다', '남녀 간에 정을 통하다'라는 뜻을 가진 '얼우다'가 굳어진 단어이기 때문이다. '나이나 지위나 항렬이 높은 윗사람'을 가리키기도 한다. 이 뜻은 상대적이다. 한 무리 안에서의 윗사람을 다른 무리에서 보면 아랫사람이 될 수 있는 것이다.

마지막으로 '한 집안이나 마을 따위의 집단에서 나이가 많고 경륜이 많아 존경을 받는 사람'이라는 뜻이 주목된다. 여기에서도 나이나 경륜과 같은 기준이 포함되어 있기는 하지만 존경을 받는다는 조건이 있다. 이 뜻에 따르면 존경받지 못하는 노인은 어른으로 대접받지 못한다. 이 경우 노인은 어른의 필요조건일 뿐 충분조건은 아닌 셈이다.

그렇다면 어떤 노인이 어른으로서 존경을 받는가? 앞에서 살펴 온 바대로 그 존경의 원천은 지혜일 것이다. 지혜는 단순히 나이나 경륜이 자연스럽게 보장해 주는 미덕이 아니다. 지혜는 일반적인 지식과는 다르다. 기본적으로 삶의 운영에 대한 메타적 지식, 즉 지식에 대한 지식이다. 이로 인해 자신이나 공동체에 대한 반성적·성찰적 사고를 요구한다.

사적 이해관계 사이, 자신과 타인의 이해관계 사이, 자신과 집단의 이해관계 사이, 장·단기적 안목들 사이, 그리고 상황 적응, 상황 조성과 변화, 상황의 선택 사이에 균형을 이루어, 공공선을 실현해 내는 방향으로 자신의 묵시적인 혹은 명시적인 지식들을 적용하는 것이 지혜다. 이러한 지혜를 갖춘 노인만이 어른으로 존경을 받는 것이다.

이제 「화왕계」의 가르침에 따라 정치권력을 쥐고 있는 '어른'들에 초점을 맞추어 질문을 좀 더 예각화해 보자. 정치권력을 쥔 '어른'들이라면 당연히 충심이 있어야 하고 지혜로워야 한다는 것이 「화왕계」의 가르침이었다. 그들의 판단과 결정이 평범한 시민들에게 미치는 영향이 크기 때문이다. 그런데 정치권력을 쥔 '어른'들은 과연 모두가 충심과 지혜를 갖추고 있는가? 과연 그들은 사회적으로 존경받을 만한가?

대답은 당연히 회의적일 것이다. 그들 모두가 그러하기를 바라는 것은 허황된 욕심이겠지만, 그렇다 하더라도 권력층에 자리 잡고 있는 '어른'들이 개인적인 영달을 추구하는 데에만 집착해 온갖 편법을 저지르는 모습을 우리는 너무나 쉽게 볼 수 있다. 충심은 말할 필요도 없고, 지혜는 고사하고, 그저 평범한 수준의 됨됨이마저 갖추지 못한 사람들이 정치적인 성공을 거두는 역설을 흔하게 본다. 물론 세속적인 의미의 성공이다.

그들은 더 강한 권력을 얻기 위해 더 높은 권력자의 눈과 귀를 즐겁게 하는 데에만 열중하면서 아픈 충언을 아끼기도 한다. 더 높은 자리를 차지한 권력자는 충언을 아끼지 않는 백두옹형 인물들은 배척하고, 자신의 귀를 간질이는 장미형 인물들을 가까이한다. 그러다가 국민들의 원성을 사고 권력을 통째로 잃어버리는 경우도 있다. 바로 우리의 역사 속에서 확인되는 사실이다.

❊ 의로운 권력, 지혜의 노인을 기다리며

헌법에 명시된 대로 민주주의 사회에서 모든 정치적 권력은 국민으로부터 나온다. 그러나 국민으로부터 권력을 위임받았다는 절차적 정당성을 과신하여 권력은 오히려 오만해지기도 한다. 국민은 권력의 뿌리지만 바로 그 권력으로부터 소외되고, 결국 권력층은 '그들만의 리그'로 전락하는 상황이 발생한다.

이런 점에서 권력의 본질을 '빌린 것'으로 규정하고 그에 대한 태도를 설파한 우리의 옛글 한 조각에도 주목할 만한 지혜가 보인다.

비복
여자 종과 남자 종을 아울러 이르는 말

독부
하늘도 버리고 백성도 버려 외롭게 된 통치자

백승
'백 개의 수레'라는 뜻으로 대단한 재력이나 세력을 상징한다.

고신
임금으로부터 버림받아 외로워진 신하

사람이 가지고 있는 것 가운데 남에게 빌리지 않은 것이 또 뭐가 있다고 하겠는가. 임금은 백성으로부터 힘을 빌려서 존귀하고 부유하게 되는 것이요, 신하는 임금으로부터 권세를 빌려서 총애를 받고 귀한 신분이 되는 것이다. 그리고 자식은 어버이에게서, 지어미는 지아비에게서, 비복(婢僕)◆은 주인에게서 각각 빌리는 것이 또한 심하고도 많은데, 대부분 자기가 본래 가지고 있는 것처럼 여기기만 할 뿐 끝내 돌이켜 보려고 하지 않는다. 이 어찌 미혹된 일이 아니겠는가. 그러다가 혹 잠깐 사이에 그동안 빌렸던 것을 돌려주는 일이 생기게 되면, 만방(萬邦)의 임금도 독부(獨夫)◆가 되고 백승(百乘)◆의 대부(大夫)도 고신(孤臣)◆이 되는 법인데, 더군다나 미천한 자의 경우야 더 말해 무엇 하겠는가.

고려 말의 학자 이곡(1298~1351)이 지은 「차마설(借馬說)」이라는 글의 일부이다. 남에게 말을 빌려 타면서 느낀 소회를 적은 글이다. 이 글이 시종일관 강조하는 것은 사람이 지닌 모든 것은 남에게 빌렸다는 사실이다.

이 중에서 임금과 그를 모시는 신하에만 초점을 맞춰 보기로 하자. 임금은 백성으로부터 권력을 빌린다. 신하는 임금으로부터 권세를 빌린다. 그렇다면 임금과 신하는 어떻게 해야 할까? 임금은 권력을 백성들에게 돌려주고, 신하는 권세를 임금에게 돌려주어야 할까? 표면적인 뜻으로 읽으면 그렇게 이해될 수도 있다. 그러나 이 글은 오히려 그런 일이 있어서는 안 된다고 했다. 권력과 권세를 돌려준다는 것은 곧 그들이 쫓겨난다는 뜻이다. 임금이 독부가 되고, 대부가 고신이 된다는 말은 그런 뜻이다.

그렇다면 어찌해야 할까? 권력과 권세를 빌렸다는 점을 잊지 않고 명심하는 것뿐이다. 본래부터 내 것이 아니었고 다만 잠시 빌린 것에 불과하다는 점을 잊지 않아야 한다는 것이다. 이것이 이 글의 요체이다. 그런 이들이라면 그들이 가진 권력에 상응하는 어떤 다른 것으로 그 권력을 되돌려 줄 것이다. 그럴 때 백성들이 누리는 것은 복락일 것이다.

이런 맥락 속에서 본다면 신하 된 자의 도리와 임금 된 자의 올바른 안목을 제시하고 있는 「화왕계」는 현대 사회에서도 여전히 시사하는 바가 크다. 권력을 권력답게 행사하지 못하면, 그 무게는 피하고 권위만을 즐기는 꼴이 된다. 지혜의 노인이 있어 권세를 권세답게 행사한다면 임금 된 자만이 아니라 백성들도 복락을 누리게 되지 않겠는가.

우리가 사는 세상에 갈등이 없을 리 없다. 그럴 때 필요한 것 중의 하나는 지혜의 노인, 혹은 노인의 지혜이리라. 지혜의 노인이 제 역할을 충실히 수행해 사회적 갈등을 원만히 해결해 주는 일, 평범한 시민이 가지는 평범한 소망일 것이다. 그런 역할을 제대로 수행하지 못하면 시민들의 직접적인 목소리가 커질 수밖에 없다. 이 또한 건강한 사회의 한 지표이겠지만, 그것은 사회적 차원에서 보면 불필요한 낭비일 수 있다.

견주어 읽기

「사씨남정기」

「화왕계」에서 보이는 '지혜의 노인' 형상은 후대의 다양한 갈래, 다양한 작품에서 두루 나타난다. 그중에서도 이러한 형상을 자주 만날 수 있는 갈래는 조선 시대의 소설 작품이다. 서포 김만중(1637~1692)이 쓴 「사씨남정기(謝氏南征記)」도 그중의 하나이다. 이 작품에서도 '지혜의 노인'은 고난에 처한 주인공 사 씨에게 한 줄기 빛과 같은 역할을 한다. 먼저 줄거리를 살펴보자.

　　명나라의 유현이라는 명신(名臣)◆과 최씨 부인 사이에서 태어난 주인공 연수. 재질◆이 뛰어난 연수는 15세에 급제하고 한림학사에 제수된다. 유현은 여승 묘혜의 중개로 미와 덕을 겸비한 사정옥(사 씨)을 며느

리로 맞이한다. 그러나 사 씨는 때가 되어도 후계를
생산하지 못하는데, 가부장제 사회에서 후사를 잇지
못하는 것은 매우 심대한 결손이다. 때문에 사 씨는
덕을 발휘하여 유 한림(연수)에게 첩을 들이기를 스스
로 권유한다. 처음에 사양하던 유 한림은 결국 교 씨
를 첩으로 맞이한다. 원래부터 성품이 사악했던 교
씨는 아들 장주를 낳은 후로는 점점 더 간악해진다.
그러던 중 사 씨가 아들 인아를 낳자 교 씨는 문객이

명신
이름난 훌륭한 신하

재질
재주와 기질

시비
곁에서 시중을 드는 여자
종

정적
정치에서 대립되는 처지에
있는 사람

었던 동청과 간음을 하면서 사 씨를 음해하기 시작한다. 자신과 아들
장주의 지위가 흔들리는 데 대한 두려움이 컸던 탓이다.

결국 교 씨는 유 한림의 재산을 빼앗아 함께 도망쳐 살기로 하고 시
비(侍婢)◆로 하여금 자신의 아들 장주를 죽이게 한 후 사 씨에게 죄를 뒤
집어씌운다. 교 씨의 모함에 넘어간 유 한림은 사 씨를 내쫓고 교 씨는 정
실부인의 자리를 차지한다. 그러나 이마저도 교 씨의 욕심을 만족시키기
에는 턱없이 부족했던 듯, 교 씨는 동청과 함께 승상 엄숭의 권세를 빌려
유 한림을 행주로 유배 보내는 데 성공한다. 그 와중에 동청은 유 한림의
정적(政敵)◆이었던 엄숭의 주선으로 계림 태수 벼슬을 얻기까지 한다. 태
수로 부임하기 위해 길을 떠나기 전, 교 씨는 시비 설매를 시켜 사 씨 소
생 인아를 살해하라는 지시를 내리지만, 설매는 양심의 가책을 느껴 그
를 버리기만 하고 목숨은 살려 둔다.

때마침 천자로부터 사면을 받은 유 한림은 유배지에서 고향으로 돌아
가던 중에 우연히 교 씨와 동청 일행을 따라가는 설매를 만나 전후 사정

사통
부부가 아닌 남녀가 몰래
서로 정을 통함

을 듣게 된다. 이를 계기로 유 한림이 살아 있음을 알아
챈 동청 일당은 유 한림을 처단하기로 하고 유 한림은
그들의 추격을 받다가 강에 투신하기에 이른다.

불행은 다시 행운으로 이어진다. 유 한림은 여승 묘혜의 도움을 받아
구출되고, 사 씨를 극적으로 만나게 되며, 엄숭은 그간의 죄악이 드러나
천자로부터 축출된다. 동청 또한 추방되어 죽음을 맞이하고 교 씨는 사
통(私通)◆을 하던 냉진까지 죽게 되자 기녀로 전락한다. 유 한림은 그후
좌승상에 임명되고, 사 씨의 권유로 사 씨가 남방을 헤맬 때 도움을 준
추영을 첩으로 맞아 후사를 잇고 아들 인아와도 상봉한다. 그런데 여기
에 또 하나의 결말이 덧붙는다. 유 한림이 기생으로 전락한 교 씨를 살해
하여 최후의 복수를 감행한 것이었다.

줄거리는 압축하기 나름이지만, 아무리 압축해도 이 분량 이하로는
요령부득이다. 줄거리를 통해서 확인할 수 있는바, 서사의 흐름도 장대
하고 등장하는 인물도 상당히 많으며, 그들 인물 간의 관계도 매우 복
잡하다.

이 작품은 흔히 '목적 소설'로 규정되기도 한다. 숙종이 인현왕후를
폐출하고 장희빈을 왕비로 책봉한 사건◆을 염두에 두고 숙종의 어리
석음을 깨닫게 할 목적으로 썼다는 것이다. 그렇게 접근하면 유 한림
은 숙종을, 사 씨는 인현왕후를, 교 씨는 희빈 장씨를 빗댄 인물이 된
다. 「사씨남정기」의 서사적 설정과 인현왕후 폐위 사건의 역사적 사실
은 매우 흡사하다. 인현왕후가 숙종과 혼인했으나 왕자를 낳지 못했

다는 점, 후실인 희빈 장씨가 먼저 왕자를 낳았다는 점, 당쟁의 여파로 인현왕후가 폐위되고 희빈 장씨가 왕비로 책봉된다는 점 등등이 그 예이다. 그러고 보면 김만중 사후에 장씨가 희빈으로 강등되고 인현왕후가 다시 왕비로 복위된 것, 그리고 희빈 장씨가 사사된 것은 소설의 힘일 수도 있겠다.

인현왕후 폐위 사건
조선 시대 숙종의 두 번째 왕비였던 인현왕후 민 씨가 왕자를 낳지 못하자 숙종은 소의 장씨(장희빈)가 낳은 왕자를 원자로 책봉하려 한다. 이를 막고자 했던 서인 세력이 권력 투쟁에서 밀리자, 인현왕후는 폐위되어 서인(庶人)으로 강등되고 장씨가 왕비의 자리에 오른다. 그 후 인현왕후는 다시 왕후로 복귀했으나 끝내 소생을 낳지는 못했으며, 장희빈은 인현왕후를 저주해서 죽게 했다는 혐의를 받아 사약을 마시고 죽는다.

그러나 이와 같은 목적론적 접근을 굳이 확정적으로 받아들일 필요는 없다. 그러기에는 역사적 사실에 대응되지 않는 설정도 많고 초현실적 사건도 많으며, 우연에 의해 전개되는 사건도 많은 작품이기 때문이다. 그중에서도 꿈을 통해 난제를 해결할 방도를 얻는 장면에 초점을 맞추어 '지혜의 노인'이라는 우리의 화제를 이어 가 보기로 한다.

앞서 소개한 줄거리에서는 생략했지만, 유 한림에 의해 쫓겨난 사 씨가 간 곳은 친정이 아니었다. 돌아가신 시부모의 묘소였다. 묘소 근처에 누추한 집을 얻어 그곳에서 시묘살이를 시작한 것이다. 그런데 이를 유씨 집안의 정통성을 지키고자 하는 사 씨의 계산으로 받아들인 교 씨는 냉진으로 하여금 사 씨를 첩으로 삼으라고 권유하고 냉진은 유 한림의 고모인 '두 부인'이 직접 편지를 쓴 것처럼 위조하여 사 씨를 유인하고자 한다. 편지를 읽은 사 씨가 그날 밤 잠이 살짝 들었는데, 이때 꿈속에 등장하는 인물은 그의 시부모이다.

먼저 시아버지의 말을 들어 보자.

"금일 두 부인의 서찰이 진짜가 아니니 현부는 자획(字劃)을 보면 자연 알리라."

꿈을 깬 사씨는 꿈속에서 들은 이 말을 곰곰이 되새기며 편지를 다시 읽는다. 그러다가 평소에 두 부인이 회피하는 글자[휘자(諱字)*]가 들어 있음을 확인하고 위조된 편지임을 알아차린다.
이어서 시어머니의 말이다.

"현부에게 칠 년 재액이 있으니 당당히 남녘으로 멀리 피할지라. 후회치 말고 급히 이곳을 떠나 남방으로 향하라."

"이후 육년 사월 십오일에 배를 백빈주(白蘋洲)*에 매었다가 급한 사람을 구하라. 이는 명심불망(銘心不忘)*할지어다."

남녘으로 피하라거나 남방으로 향하라는 말은 사 씨로 하여금 장사라는 곳에 가서 고모인 '두 부인'에게 몸을 의탁하라는 뜻을 함축하고 있다. 사 씨는 정작 이곳에 도착하기도 전에 온갖 간난신고(艱難辛苦)*를 겪는다. 이는 이 소설의 제목에 '남정(南征)'이라는 말이 포함되어 있는 이유이기도 하다. 이는 곧 남쪽으로 먼 길을 간다는 의미이다.
사 씨가 겨우 도착했을 때 두 부인은 그곳을 떠난 후였다. 그러나 이곳에서 만난 커다란 행운이 있었으니, 그것은 곧 남편 유연수와의 조우였다. 그것도 몽중의 시어머니가 일러 준 시간에 맞추어 여승 묘혜와 함께 배를 저어 가다가 물에 뛰어든 유연수를 구한 것이다.

지인지감
사람을 잘 알아보는 능력

시아버지는 살아생전에 사 씨의 덕행을 알아채고 직접 며느리로 받아들인 인물이니 지인지감(知人之鑑)*의 지혜를 의심할 바 없다. 시어머니 또한 사 씨가 쫓겨난 뒤에 사당에서 교 씨가 받드는 제례를 거부했던 인물이니 지인지감의 지혜로는 시아버지에 밀리지 않는다.

사 씨의 시부모가 몽중에서 지혜를 발휘했다면, 유 한림의 고모인 '두 부인'도 지혜의 소유자로서는 손색이 없다. '두 부인'은 유 한림이 교 씨를 첩으로 맞아들이고자 할 때, 교 씨의 사람됨에 대해 의구심을 보이면서 유 한림을 만류하는 등 어른이 없는 유씨 문중에서 그 빈자리를 너끈하게 채우는 인물이다.

사 씨는 자신의 신념을 지키고자 무던히 애를 썼다. 다만 그에 걸맞은 지혜를 발휘하여 위기에서 벗어나거나 남편 유연수의 혼미함을 막아 내는 데까지는 이르지 못했다. 더욱이 온갖 음해에도 변변하게 저항 한번 제대로 하지 못했다. 사 씨의 성품에 대해 아쉬움이 없을 수 없다. 그런 점에서 본다면 「화왕계」의 백두옹과 비슷한 캐릭터는 오히려 시아버지나 고모에게서 발견된다.

흥미로운 점은 악인 무리를 움직이는 우두머리 노릇을 맡은 인물 엄숭도 노인의 이미지로 형상화된다는 점이다. 벼슬이 승상(丞相)이니 그야말로 산전수전을 다 겪은 경륜을 자랑할 것이다. 그러나 그는 자신에게 주어진 정치권력을 숭고한 이념을 실현하는 데 쓰지 않고 사

복선화음

'천도(天道)는 선한 사람에게는 복을, 악한 사람에게는 화를 내린다'라는 뜻으로 권선징악과 같은 의미다.

사로운 이해관계에 따라 권력을 전횡했다. 결코 신하다운 신하라 할 수 없는 인물이다. 심지어 동청의 악행을 든든하게 떠받쳐 준 핵심 인물이었으니, 동청과 모의하여 사 씨를 고행의 길로 떠밀어 넣은 교 씨의 입장에서도 결국 그는 악행의 최종적인 근거지였던 셈이다. 나이와 성별을 무시한다면 「화왕계」의 장미의 형상에 가깝다. 그러니 노인이라고 해서 모두 지혜의 소유자로 인정하고 존경할 필요는 없음을 보여 준다.

흔히 권선징악이니 복선화음(福善禍淫)*이니 하는 범박한 규정으로 옛 소설의 주제를 뭉뚱그리기도 한다. 하지만 착한 주인공이 온갖 시련 끝에 받는 보상은 대개 이런 지혜로운 존재들의 안내나 지시에 따라 움직인 결과이기도 하다. 그런 사실에 초점을 맞추어 본다면, 지혜의 노인은 착한 주인공의 행복한 결말을 위한 서사적 장치였음을 확인할 수 있다.

「화왕계」

「화왕계」는 신라 신문왕의 요구에 따라 설총이 지은 이야기로, 임금을 화왕(모란)에, 충신과 간신을 각각 백두옹과 장미에 빗대어 정치 현실을 풍자한 우화이다. 임금에게 간언하고자 하는 설총의 의도가 담겨 있으며, 백두옹은 설총을 대변하는 인물이라고 볼 수 있다. 말하고자 하는 바를 다른 대상에 빗대어 에둘러 표현하는 우의적 기법을 활용했다는 점과 고사를 인용하여 교훈을 전달한다는 점이 특징적이다.

「사씨남정기」

「사씨남정기」는 한 집안 내에서 벌어진 처첩 간의 갈등을 다룬 가정 소설이다. 고전 소설 중 비교적 많은 이본이 있으며, 한문 필사본, 한글 필사본, 방각본이 상당수 전한다는 점에서 모든 계층의 사랑을 받은 소설임을 알 수 있다. 선한 성품의 사 씨가 고생 끝에 행복한 결말을 맞이하는 서사는 독자들에게 큰 감동을 주었으며, 그 속에서 경박한 풍속을 경계해야 한다는 교훈을 전달한다.

생각해 보기

1. 「화왕계」에서 장미는 '거울같이 맑은 바다'를, 백두옹은 '우뚝 솟은 산'을 바라보며 살았다고 했다. 이와 같은 설정이 두 인물의 어떤 자질을 암시하고 있는지를 물의 속성과 산의 속성을 비교하여 추측해 보자.

2. 「화왕계」와 달리 「사씨남정기」를 비롯한 고전 소설에서는 노인이 주인공이 아닌 조력자 등의 주변 인물로 등장하는 경향이 있다. 이들 소설에서 주인공이 대체로 젊은 세대라는 점을 고려하여 이런 경향이 왜 나타났을지 추측해 보자.

4장

국민으로
산다는 것

법이 정의를 외면할 때

「황새결송」

인간이 모여 사는 사회라면 어디에나 법이 있다. 법(法)의 최고 경지는 물[水]이 흐르듯이 [去] 자연스러운 것이라 하겠다. 자연스러운 규범이라면 도덕도 있고 윤리도 있다. 그보다 더 자연스러운 것은 '상식'이다. 그러나 종종 법은 권위를 앞세워 상식을 뛰어넘기도 한다. 우리 옛 소설 중에서 뇌물의 문제를 중심으로 법의 위상을 다룬 작품이 있으니, 바로 「황새결송」이라는 작품이다. 이 작품을 통해 법에 대한 사회적 시선을 살펴보자.

뇌물의 오랜 역사

'촌지(寸志)'라는 말이 있다. '한 마디 정도밖에 안 되는 작은 마음'이라는 뜻이다. 원래는 다른 사람에게 어떤 은혜를 입었을 때 이에 대한 고마움을 표시하던 작은 정성을 뜻했다. 그러던 것이 점점 뇌물(賂物)이라는 뜻으로 의미가 바뀌어 갔다. 정확하게는 의미가 타락한 것이다.

그 기준이 모호하기는 하지만, 뇌물은 촌지에 비해 규모도 크고 주는 이가 바라는 대가도 훨씬 크다. 뇌물의 역사는 아주 장구하다. 기원전 18세기경의 함무라비 법전에는 어떤 자가 곡물이나 금전을 뇌물로 받은 증거가 있으면 그 사건의 형벌로 처벌한다는 조문이 있고, 기원 전 15세기경 이집트에서는 뇌물이 사회적인 문제였다는 기록이 있기도 하다.

『성경』에서도 『논어』에서도 뇌물에 대한 언급을 빠뜨리지 않은 것으로 보아 뇌물은 동서양을 막론하고 인간들이 모여 사는 세상이라면 어디에서든지 골칫덩어리였던 듯하다.

우리나라도 예외는 아니었다. 조선 시대에 들어서는 고려가 멸망하게 된 이유 중의 하나가 뇌물에 있었다고 보고, 이에 대한 엄격한 법적 제재를 가하기도 했다. 뇌물을 받지 않고 청렴결백하게 살았던 관리를 흔히 청백리(淸白吏)라고 하는데, 조선 시대를 통틀어 약 200명의 청백리를 뽑아 표창을 내렸다고 한다. 청백리를 뽑았다는 것은 무엇을 의미할까. 이는 권력을 사사롭게 이용하는 탐관오리가 많았던 현실을 역설적으로 반영한다.

이처럼 어느 나라의 법률에서나 뇌물은 불법으로 규정하고 있다. 그런데 역설적으로 법이 있어서 오히려 뇌물이 횡행하기도 한다. 법적 투쟁에서 이기기 위해 법적으로 금지된 뇌물을 쓴다는 역설이다. 이를 잘 보여 주는 것이 이제 우리가 읽어 나가고자 하는 「황새결송」이라는 조선 후기의 작품이다. 이 소설은 뇌물을 통해 유리한 판결을 받아 내는 세태를 풍자하면서도 그 뇌물을 부추기는 법률에 대한 시선도 제법 비중 있게 드러내고 있다.

❀ 우화의 재미, 풍자의 재미

「황새결송」은 『삼설기(三說記)』*라는 책에 다른 이야기들과 함께 실려 있다. '황새결송'이라는 제목은 황새가 소송 사건을 판결하여 처리한다는 뜻이다.

우선 줄거리부터 간략히 보자.

📖 옛날 경상도 땅에 큰 부자가 있었다. 그에게 골칫거리가 하나 있었으니, 예의와 법도를 무시한 채 여러 차례 재물을 얻어 간 일가친척 한 사람이 이번에도 그에게 재산의 반을 달라며 행패를 부리는 것이었다. 마을 사람들은 부자에게 다시는 이런 일이 없도록 하기 위해 소송을 권하고, 이에 부자는 서울로 올라와 형조*에 소송을 제기한다. 부자가 재판을 기다리는 사이에 그 악당은 뇌물을 써서 자기에게 유리한 판결이 나도록 조치를 취한다. 부자는 예상과 달리 재판에서 봉욕을 당하고 그 악한이 재산을 달라는 대로 주라는 판결을 받는다. 이에 부자는 분함을 이기지 못하여 우화 하나를 관원들에게 들려준다.

이야기는 이러하다. 꾀꼬리, 뻐꾸기, 따오기가 서로 자기의 우는 소리가 가장 좋다고 다투다가 황새를 찾아가 송사를 벌이기로 했다. 스스로 제 소리에 열등감을 가지고 있던 따오기는 황새가 좋아하는 여러 곤충

> **『삼설기』**
> 조선 후기의 한글 단편소설 모음집이다. 전체 3권으로 이루어져 있으며, 「삼사횡입황천기」, 「서초패왕기」, 「노처녀가」, 「녹처사연회」 등 9편의 소설을 수록하고 있다. 이본에 따라 약간씩의 차이가 있다.

> **형조**
> 고려, 조선 때 육조(六曹) 가운데 법률·소송·형옥(刑獄)·노예 따위에 관한 일을 맡아보던 관아

들을 잡아 바치면서 판결을 할 때 '下(하)'를 '上(상)'으로 뒤집어 주기를 청한다. 황새는 그 청을 받아들여 꾀꼬리와 뻐꾸기의 소리는 폄하하고 따오기의 소리가 웅장하다면서 가장 좋은 소리로 판결한다. 이야기를 들은 형조 관원들이 모두 부끄러워하였다.

줄거리를 보면 이른바 액자식으로 구성되어 있음을 알 수 있다. 액자에 해당되는 겉 이야기는 부자와 그 친척 사이의 대립과 갈등, 그리고 뇌물을 받은 판관의 그릇된 판결이 주된 이야기이다. 그림에 해당되는 속 이야기에 등장하는 꾀꼬리와 뻐꾸기는 억울한 피해자인 부자, 따오기는 억지를 부리는 악당 친척, 뇌물을 받은 황새는 악당 친척의 손을 들어준 판관에 각각 대응된다.

속 이야기에 동물들이 등장한다는 점에 주목해 보자. 우화임을 쉽게 짐작할 수 있다. 우화란 무엇인가? 우화는 그 한자 표기 '寓話'를 보면 그 본질을 알 수 있다. '寓'는 기본적으로 '머무르다'라는 의미를 지니지만, '남에게 붙어살다', '기대어 살다' 등의 뜻도 가진다.

남에게 기댄 이야기, 이것이 우화의 본질적인 개념인 셈이다. 여기에서 '남'은 곧 인간을 제외한 다른 동물이나 식물이다. 그 존재들은 인간과 마찬가지로 갖가지 감정을 가지고 있고 행동을 하는 것으로 그려진다. 그러면서 항상 지혜나 교훈을 던져 준다. 인간의 약점이나 사회의 부조리를 풍자하는 것이다.

그래서 우화를 가리켜 이야기를 육체로 삼고 도덕을 정신으로 삼는다고 한다. 그러나 그 도덕은 기지나 유머와 함께 버무려지기 때문에 건조한 도덕 서적에 실린 규범과는 달리 언제나 독자들의 흥미와 관심을 끌게 마련이다. 그리하여 학교에서는 언어 교재로서만이 아니라 도덕 교재로서도 광범위하게 활용되고는 했다.

우화는 항상 겉으로 드러나는 표면적 의미와 함께 속에 감추어져 있는 함축적 의미를 동시에 가지게 된다. 함축적 의미는 도덕적, 사회적, 종교적, 정치적으로 해석되며, 캐릭터들은 종종 자애나 덕성, 탐욕이나 질투 등과 같은 추상적인 관념을 집중적으로 담고 있는 존재로 묘사되고는 한다. 한마디로 우화는 돌려서 말하는 이야기이고, 그렇게 함으로써 풍자의 강도를 더 높이게 된다.

이 이야기 또한 이러한 우화의 효과를 고스란히 보여 준다. 따오기는 탐욕이나 질투의 캐릭터를 뚜렷이 보여 주고, 황새는 사리사욕과 부정부패의 아이콘으로 묘사되었다. 직접적이지는 않지만 꾀꼬리와 뻐꾸기는 상식을 믿다가 권력에 의해 희생당하는 범인(凡人)들을 표상한다.

아주 짧은 이야기이지만 황새가 결송하는 이 우화가 우리에게 재미를 주는 것은 일차적으로 이처럼 뚜렷한 캐릭터를 압축적으로 창조하고 있기 때문이다. 그리고 이들 캐릭터들은 우리 주변에서도 그리 어렵지 않게 발견할 수 있고 그래서 쉽게 공감할 수 있다는 것도 재미를 주는 또 하나의 이유라 하겠다.

🏵 법, 코에 걸면 코걸이, 귀에 걸면 귀걸이

뇌물이 잘못인 줄 모르는 사람은 없다. 주는 사람도 받는 사람도 정당한 거래가 아님을 안다. 뇌물이 정당하지 못한 이유는 필연적으로 희생자를 요구하기 때문이다. 누군가가 이익을 취하면 상대적으로 누군가는 손해를 봐야 한다. 이익과 손해가 정당한 경쟁 끝에 얻는 결과여야 하는 것이 원칙인데, 그 정당성을 순식간에 무너뜨리는 것이 바로 뇌물이다. 「황새결송」에서도 이러한 주제의식은 분명히 드러난다.

그렇지만 이러한 상식적인 주제를 읽어 내는 데서 만족할 수는 없다. 다음 대목을 보면 이 작품이 단지 뇌물의 부당성을 폭로하는 데 그치지 않는다는 점을 짐작할 수 있다.

"도시 상놈이란 것은 미련이 이와 같아서 일의 경중을 알지 못하고 제 욕심만 생각하여 아무 일이라도 쉬운 줄로 아는구나. 대저 송사에는 애증(愛憎)을 두면 원통한 일을 당하는 것도 있고, 이치에 어긋나게 소송하면 정체(政體)◆에 손상이 있나니, 네 어찌 그런 도리를 알리요. 그러나 송사는 곡직(曲直)을 헤아리지 않고 꾸며 댈 수도 있으니 이른바 이현령비현령(耳懸鈴鼻懸鈴)이라 어찌 네 일을 가볍게 여기랴. 전에도 네 내 덕도 많이 입었거니와 이 일도 내 아무쪼록 힘을 써 보려니와, 만일 내 네 소리가 낫다고 해 주어 필연 청을 받고 그릇되게 판결한다 하면 아주 입장이 난처하게 되리니 이를 염려하노라."

정체
국가의 통치 형태

200

　따오기가 뇌물을 들고 와서 청탁하는 사연을 들은 후에 황새가 하는 말이다. 따오기를 '상놈'이라 하고 미련하다고 하면서 대놓고 나무라는 첫마디만 보면 황새는 오히려 심지가 굳은 인물인 것처럼 보인다. 바로 뒤에 나오는 말에서도 공정하지 못한 송사의 폐해가 어떤지를 황새가 분명히 알고 있음을 보여 준다. 그러더니 송사에서 자신이 가진 권한을 오용하고 남용할 수 있다는 자신감을 보인다. 그 자신감의 원천은 송사를 '이현령비현령'이라고 보는 관점에 있다. '이현령비현령'이란 말은 귀에 걸면 귀걸이, 코에 걸면 코걸이라는 의미로, 어떤 사실이 이렇게도 저렇게도 해석된다는 뜻이다.

이제 이 점에 초점을 맞추어 법의 정체성에 접근해 보기로 하자. 황새는 꾀꼬리 소리에 대해서는 애잔하여 쓸데없다 하고, 뻐꾹새 소리에 대해서는 너무 근심이 깊어 불쌍하다고 한다. 이에 비해 누가 들어도 거북스러운 따오기 소리는 웅장한 대장부의 기상이 녹아 있다고 판단한다. 지극히 자의적인 판결이다.

한편 따오기에 대응되는 인물인 무도한 친척의 손을 들어준 형조의 판결은 다음과 같다.

> "네 들으라. 부자는 너같이 무지한 놈이 어디 있으리오. 네 자수성가를 하여도 가난한 친족을 살려 불쌍한 사람을 구급하거든, 하물며 너는 조업(祖業)◆을 가지고 대대로 치부하여 만석꾼◆에 이르니 족히 흉년에 이른 백성을 구휼도 하거늘, 너의 가까운 친척을 구제치 아니하고 송사를 하여 물리치려 하니 너같이 무뢰한 놈이 어디 있으리오. 어디 자손은 잘 먹고 어디 자손은 굶어 죽게 되었으니 네 마음에 어찌 죄스럽지 아니하랴. 네 행위를 헤아리면 마땅히 유배를 보낼 것이로되 충분히 보류하고, 송사만 처리하고 내치노니 네게는 이런 상덕(上德)이 없는지라. 저놈 달라 하는 대로 나눠 주고 친척 간 서로 의를 상치 말라."

전후 맥락을 무시하고 보면 지극히 온당한 판결처럼 보인다. 마치 높은 사회적 지위에 상응하는 도덕적 의무를 뜻하는 노블레스 오블리주

조업
조상 때부터 대대로 내려오는 가업

만석꾼
곡식 1만 섬가량을 거두어들일 만한 논밭을 가진 큰 부자를 비유적으로 이르는 말

(Noblesse oblige)의 미덕을 설파한 듯하다. 소송을 다투는 부자의 입장에서는 그래서 오히려 더 억울했을 수 있겠다. 부자가 황새의 판결 이야기를 통해 송사를 '이현령비현령'으로 보는 황새를 풍자하게 된 것도 그 억울함을 호소하고자 했던 의도에서 비롯되지 않았을까.

이처럼 「황새결송」은 법이 얼마든지 권력자의 의지에 따라 자의적으로 해석되고 자의적으로 적용될 수 있음을 말해 주고 있다. 뇌물의 부당성이라는 상식적인 주제는 굳이 새삼스럽게 강조할 필요가 없었던 것이다.

✿ 법적 판단은 끝내 공정할 수 없는가

판사가 판결을 할 때에는 두 가지를 본다고 한다. 하나는 사실 관계, 다른 하나는 법조문이다. 그러니까 판사의 판결에는 사리 판단과 법리 판단이 동시에 작용하게 된다. 사실 관계를 법리에 비추어 최종적인 결정을 내리는 것이다. 「황새결송」에서 황새의 판결은 전적으로 사리 판단만으로 이루어진다. 법리 판단이 굳이 필요했던 것도 아니었지만, 오늘날처럼 법조문이 세세하고 정교하게 다듬어지지 않았던 시대였기 때문이기도 했다.

송사를 두고 이현령비현령이라고 했던 황새의 말은, 다소 과장되어 있기는 해도 사리 판단과 법리 판단을 아울러 다루는 판결의 본질을 드러낸다. 이를 본질이라고까지 하는 데는 이유가 있다.

우선 그것은 인간 자체의 근원적 한계에서 비롯되는 일일 수 있기 때문이다. 같은 사건이라도 1심 판결과 2심 판결에서 제각각 다른 결론을 내리는 일도 흔하다. 모든 인간의 판단은 어느 정도는 주관적일 수밖에 없기 때문에 생기는 일이다. 사리 판단에서도, 법리 판단에서도 제각각 다를 수 있는 것이다. 이는 인간이 근원적으로 자신만의 고유한 렌즈를 통해 세상을 보는 존재이기 때문이다.

또 다른 이유는 언어의 모호성에 있다. 모든 법조문은 언어로 구성되어 있다. 언어는 인간의 추상적 사고를 구체화하는 도구이기는 하지만, 그 자체로 모호성을 갖는다. 그러니 법조문에 대한 해석이 하나로 명징하게 통일되기는 어렵다. 그런 점에서 모든 판결은 어느 정도는 주관적이고 자의적인 성격을 가질 수밖에 없다.

「황새결송」은 이처럼 표면적으로는 뇌물을 주고 사사로운 이익을 구하는 인물과 뇌물을 받고 스스로 법의 권위를 추락시키는 인물을 동시에 풍자하기도 하지만, 그 이면에서 자의적으로 해석되고 적용되는 법의 한계를 은밀하게 폭로하고 있는 것으로도 보인다.

그런데 법조문이 조선 시대와는 비교할 수 없을 정도로 세세하고 정교하게 정착되어 있는 오늘날에도 이현령비현령 식으로 법적 판결이 내려지는 경우가 없지는 않다. 자신만의 고유한 렌즈를 가진 인간의 한계, 모호성을 가지고 있는 언어의 한계 때문이라면 충분히 있을 수 있는 일이라 수긍할 수 있다. 문제는 이러한 근원적 이유 때문이 아니라 다른 이유 때문에 그릇되게 이루어지는 경우가 있다는 점이다.

그것은 시대에 뒤떨어진 판단 주체의 이념적 편견이나 선입견에서 비롯될 수도 있고, 사회적 약자에 대한 시선의 차이에서 출발할 수도 있다. 게다가 마치 형조의 판관이 '노블레스 오블리주'를 앞세웠던 것처럼 그것을 또 그럴듯한 명분으로 감싸면 정의의 실현으로 포장되기도 한다는 점도 문제적이다. 이는 법이 사회적 약자나 소수자, 이념적 비주류에게는 절대적으로 불리하게 작동된다는 비판을 받는 이유이기도 하다. 그렇다면 법은 끝내 만인 앞에서 공정할 수 없는 것인가? 이는 세계 어떤 나라에서든 제기되는 문제인 것으로 보아 쉽게 해결될 수 있는 사회적 과제는 아닌 것으로 보인다.

사족 혹은 첨언 하나. 통치자들의 입에서 법치주의라는 말이 나온다면, 이는 대부분 처벌을 염두에 둔 포석이다. 법을 지키지 않는 자, 법에 근거해서 처벌을 하겠다는 엄포이다. 즉 피통치자들에게 법을 지키라고 강요하는 말이다. 그렇지만 진정한 의미의 법치주의는 그런 게 아니다.

근대적 개념으로서의 법치주의라는 말은, 통치 행위가 법에 근거해서 이루어져야 한다는 의미를 담고 있다. 통치자가 국민의 대의기관에서 정립한 법 규범을 준수하여 국정을 수행해야 한다는 공리를 담고 있는 말이다. 법을 국민에 대한 권력자의 지배 수단이 아니라 오히려 권력자에 대한 국민의 견제 수단으로 보는 관점이 반영되어 있는 것이다. 그러니 집권자의 의사가 곧 법이 되거나, 국민에게만 준법을 강요하는 것은 적어도 근대 이후의 법치주의 개념과는 거리가 멀다 하겠다. 그렇다면 「황새결송」은 근대 이전의 작품이지만 근대적인 법치주의 개념의 싹을 품고 있었던 것으로도 보인다.

「서동지전」

임진왜란과 병자호란을 계기로 조선은 후기로 접어든다. 조선 전기에 비해 후기에는 성리학적 이념의 동요, 사회적 부의 재편, 신분제적 질서의 변화, 지배층에 대한 불신 풍조 등의 사회 변동이 서서히 그리고 광범위하게 일어난다. 이와 더불어 백성들이 억울한 일을 당하는 사건이 자주 일어나는데, 이러한 사정을 반영하여 우리 소설사에서는 송사 소설이라는 갈래가 형성된다. 관청에 호소하여 억울한 일을 해결하는 것이 주요 내용이다. 겉 이야기와 속 이야기 모두가 송사의 과정을 담고 있는 「황새결송」도 송사 소설 중의 하나이지만, 처음부터 끝까지 우화로만 점철된 송사 소설도 꽤 많다. 그 대표작은 「서동지전(鼠同知傳)」이다. 먼저 줄거리를 살펴보자.

📖 옛날 중국 땅 구궁산 토굴에 서대주라는 쥐가 살았다. 당 태종이 금용성을 치려 할 때 쥐 무리를 거느린 서대주는 금용성 곡식 창고를 바닥내는 큰 전공을 세운다. 이에 황제로부터 구궁산 팔봉동 사방 40리 안에 있는 잣과 밤나무 4만 6천 그루를 하사받는다. 동지라는 벼슬도 덤으로 얻는다. 서대주는 마을 사람들을 불러 모아 큰 잔치를 베푼다. 이 잔치에 특별한 손님이 하나 찾아오니, 이는 곧 하도산에 살던 다람쥐였다. 다람쥐는 서대주에게 어려운 처지를 호소하며 밤과 잣을 얻어 온다. 이 양식으로 배부른 세월을 보낸 다람쥐는 다시 겨울이 되자 굶주리게 되고, 다시 뻔뻔하게 서대주에게 양식을 구하러 간다. 그러나 기다리는 건 종족들을 먹여 살려야 한다는 명분을 앞세운 서대주의 거절이었다. 앙심을 품은 다람쥐는 곤륜산 백호산군(白虎山君, 호랑이 왕)에게 서대주를 모함하며 고발을 한다. 서대주를 잡아들인 백호산군은 그것이 다람쥐의 모함임을 알고, 서대주는 석방하고 다람쥐에게 유배형을 선고한다. 서대주가 다람쥐를 불쌍히 여겨 용서를 청하니 백호산군은 다람쥐를 풀어 주고, 비로소 다람쥐가 죄를 뉘우치며 용서를 빌자 서대주는 황금 수십 냥을 주어 보낸다.

줄거리에서 보듯 여기에서도 뻔뻔하기 짝이 없는 악인의 모함이 사건의 발단이다. 치밀한 전략을 짠다고 해도 모함은 성공하기 어려운데, 무조건적인 거짓말의 위세로 밀어붙이는 모함이 성공할 리 없다. 게다가 그 상대는 종족들을 구휼하는 등 어느 정도 넉넉한 인품을 가지고 있고 그래서 평판도 나쁘지 않은 인물이다. 이 정도면 상식에 근거하

전례
돈을 뇌물로 주는 일

수어 수작
'수어'는 두어 마디의 말,
'수작'은 이야기를 주고
받는다는 의미로 몇 마디
의 말을 주고받는다는 뜻
이다.

더라도 진위를 판단할 수 있을 정도이니, 다람쥐의 모함을 간파하는 데 백호산군의 명민한 지혜가 굳이 필요한 것도 아닐 터이다.

「황새결송」이 모함을 받은 인물이 짧은 우화를 통해 자신의 억울함을 호소하여 해결의 실마리를 찾는 반전을 보여 주고 있다면, 「서동지전」은 반전이라 할 만한 것이 특별히 없다. 대신 이 작품이 가진 하나의 미덕이 있으니, 그것은 서대주의 됨됨이에 대한 입체적 형상화라 할 만하다.

앞서 말한 대로 서대주는 대체로 주변 인물들에게 어느 정도 베풀 줄 아는 성품의 소유자이다. 그리고 이 점을 앞세워 '서대주 대(對) 다람쥐'의 대립을 '선인 대 악인'의 구도로 조성하기도 한다. 그러나 서대주를 온전하게 바람직한 인물형으로 몰아가지는 않는다. 백호산군의 명령을 받고 서대주를 잡으러 온 오소리와 너구리를 대하는 장면에서 이 점을 확연히 드러내고 있다.

너구리 왈,

"그러면 전례(錢禮)◆는 어쩌한다 하더뇨?"

오소리가 너구리 귀에 대고 무슨 말로 대강 이르니, 너구리 그제야 오소리로 더불어 가니 주란화각이 굉장한지라. 전상(殿廂)에 올라 서대주로 더불어 좌정 후에 다람쥐 송사한 일을 수어(數語) 수작(酬酌)◆하더니 곧이어 안에서 주찬이 나오는지라, 잔을 잡아 서로 권할새 수십

배(盃)*를 지닌 후에 장자(長子) 쥐 화각 모반에 황

금 이십 양을 담아 서 동지 앞에 드리니, 서 동지 황

금을 가져 오소리 앞으로 밀어 놓으며 왈,

배
잔을 의미함

집장
곤장을 잡음

"이것이 대접하는 예는 아니나 서로 정을 표할 것

이 없으매 마음에 심히 무정한 고로 소소지물로써 구정(舊情)을 표하나

니 양위 별감은 혐의치 말고 나의 적은 정성을 거두라."

그렇게 해서 서대주가 얻은 것은 집장(執杖)*을 할 때 다람쥐를 중

죄로 다스리겠다는, 믿을 수 없는 약속이었다. 애초에 오소리와 너구

리도 뇌물에 대한 기대가 있었다. 그렇다고 해도 서대주가 뇌물로써

자신의 안위를 지키려는 것이 정당화될 수는 없다. 그만큼 세속적인

인물이기도 하다는 점을 알 수 있다.

사실 이런 인물형은 평범한 인간들의 통상적인 모습이기도 하다. 일

방적으로 선한 인물도 일방적으로 악한 인물도 아닌, 선과 악이 어느

정도 기우뚱하게 균형을 잡은 채 공존하는 인물. 이게 우리의 일반적

인 모습 아니겠는가.

이러한 인물형은 소설사적으로도 상당히 중요한 의미를 갖는다. 우

리 서사문학사의 흐름을 인물 중심으로 보면 그 중요성의 단서를 알

수 있다. 서사문학의 원류에 해당되는 것은 설화이다. 그중 신화에서

는 신이나 신의 혈통을 이어받은 초월적 존재가, 상당수의 전설에서

는 영웅적인 인물이 주인공으로 등장한다. 조선 시대에 이르러 소설

이 서사문학사에 등장하면서 이들 주인공들의 초월적·영웅적 면모

는 영웅 소설에서 새로운 형상으로 재등장한다. 영웅만큼은 아니지만 재자가인형 인물, 즉 재능이나 용모가 평범 이상인 인물들도 흔하게 등장한다.

그런데 조선 후기의 소설에서는 평범하거나 평범 이하의 인물들도 흔하게 등장한다. 신분이나 지위의 차이는 있지만, 그들의 욕망은 세속적이고 인간됨은 통속적이며 언행은 이해타산적이다. 「서동지전」을 비롯한 의인체 우화소설 속의 인물들이 대개 여기에 해당한다. 굳이 계보를 따진다면 이들은 설화 중에서도 흥미 위주로 향유되었던 민담 속의 인물에 가깝다.

이러한 인물형은 이해관계에 따라 인간관계가 형성되는 이익 공동체의 면모가 나타나기 시작한 조선 후기의 사회적 산물일 것이다. 법에 호소하여 모함을 벗어야 할 처지에 있는 서대주와 같은 인물이 그 법을 어기며 뇌물을 주는 데서 어느 한 방향으로 규정하기 어려운 인물의 입체적 면모가 드러나는 것이다.

이는 인간이 역사적으로 그만큼 타락해 왔음을 방증하는 한 단서일 수도 있고, 그래서 작품 속에서 긍정적인 인물형과 대비되면서 풍자의 대상이 되기도 한다. 한편 근대에 들어 창작된 소설이 낙원을 잃고 타락한 인물을 자주 그린다는 점을 보면, 이를 근대 소설의 맹아를 보여 주는 단서로도 볼 수 있다.

이와 같은 맥락에서 송사 소설은 조선 후기에 부쩍 늘어난 억울한 백성들의 관심을 반영하기도 하지만, 그 법의 권능에 대한 회의를 깔고 있는 작품들로도 볼 수 있겠다. 법적 분쟁과 해결 과정이 순정하게 법의 논리에 기대지 않고 뇌물을 비롯한 편법과 위법을 또 하나의 스토리 라인으로 삼고 있기에, 이들 소설을 우리는 실낙원(失樂園)*에서 겪는 낭패감과 복낙원(復樂園)*에 대한 기대감을 동시에 보여 주는 묵시록으로 읽을 수도 있을 것이다.

실낙원
밀턴이 지은 대서사시의 제목이기도 하다. 「실낙원」은 아담과 이브가 지옥을 탈출한 사탄에게 유혹당해 원죄를 짓고 낙원에서 추방되었다가 그리스도의 속죄에 희망을 거는 모습을 그린 작품이다.

복낙원
'낙원을 회복한다'는 뜻으로, 「실낙원」의 속편에 해당되는 작품의 제목이기도 하다. 「복낙원」은 예수 그리스도가 사탄의 유혹을 이겨 내어, 잃었던 낙원이 인간의 마음속에 회복되는 것을 묘사한 작품이다.

「황새결송」

「황새결송」은 액자식 구조를 취하는데, 부자와 친척의 송사를 다룬 겉 이야기와 따오기가 황새에게 뇌물을 바쳐 송사에서 이기게 되는 속 이야기로 구성된다. 우화를 활용하여 송사 사건의 부조리를 풍자했다는 점에서 우화 소설로 분류된다. 당시 사회상과 연결 지어, 조선 후기 만연했던 금전주의와 판관의 부정부패를 고발하고 비판한 작품으로도 해석할 수 있다.

「서동지전」

「서동지전」은 서대주와 다람쥐의 송사 사건을 소재로 한 의인 소설이다. 다람쥐와 같은 배은망덕한 인간들을 경계하고 징치해야 함을 강조하며, 오소리, 너구리와 같은 부패한 관리들에 대한 비판도 드러난다. 한편 현실에 민첩하게 대응하여 현세적 이익과 권익을 추구하는 서대주를 통해 근대 지향적인 새로운 인간상을 제시하고 있는 것으로도 평가된다.

생각해 보기

1. 「황새결송」과 「서동지전」에서 불의한 인물들이 어떠한 운명을 맞이하게 되는지 비교해 보고, 이를 중심으로 두 작품의 주제를 말해 보자.

2. 「황새결송」의 속 이야기는 겉 이야기의 인물들에게 교훈을 주기 위해 삽입된 것이다. 만일 「황새결송」의 구조를 모방하여 「서동지전」을 속 이야기로 하여 겉 이야기를 꾸민다면, 어떤 내용의 이야기로 전개할 수 있을지 상상해 보자.

나라가 백성을 외면한다면

「적벽가」

인간은 누구나 한 국가의 국민으로, 시민으로 살아간다. 그러나 평소에는 국가를 인지하지 못하다가, 특히 어떤 억압이 느껴질 때 우리는 그 존재를 상기하게 된다. 국민을 구성하는 개인에게 국가란 무엇일까? 「적벽가(赤壁歌)」에는 전쟁에 참여한 평범한 백성의 마음이 진솔하게 형상화되어 있다. 국민과 국가의 관계에 확대경의 초점을 맞추어 읽어 볼 만한 작품이다.

✿ 국가가 국민에게 요구하는 것

국민의례 절차에서 낭송하는 '국기에 대한 맹세'의 내용은 다음과 같다. "나는 자랑스러운 태극기 앞에 자유롭고 정의로운 대한민국의 무궁한 영광을 위하여 충성을 다할 것을 굳게 다짐합니다."

국어사전에서 '충성'을 찾아보면 한자 표기가 다른 두 단어가 나온다. 우선 '충성(忠誠)'은 "진정에서 우러나오는 정성, 특히 임금이나 국가에 대한 것을 이른다"라는 뜻이고, '충성(衷誠)'은 "마음속에서 우러나오는 정성"이라는 의미다. 국기에 대한 맹세문은 '태극기'나 그것이 표상하는 '대한민국'을 포함하고 있으므로, 전자가 문맥에 더 어울릴 듯하다. 다만 '임금'은 오늘날의 상황에 어울리지 않으니 그 대상에서 배제하는 것이 옳겠다. 이처럼 전자의 충성은 애국심과 별반 차이가 없으며, 따라서 국기에 대한 맹세는 사실상 '국가'에 대한 맹세라고 봐도 무방하다. 애국가의 4절 역시 "이 기상과 이 맘으로 충성을 다하여, 괴로우나 즐거우나 나라 사랑하세"라는 가사를 통해 '나라 사랑', 곧 애국과 충성을 요청하고 있다.

"국가가 여러분을 위해 무엇을 해 주기를 기대하지 말고, 여러분이 국가를 위해 무엇을 할 것인지 먼저 생각하십시오"라는 경구는 미국 제35대 대통령 케네디의 취임 연설에 포함되어 있는 말이다. 또 미국에서 쓰이는 '충성의 맹세'도 미국의 국기와 국가에 대한 충성을 강조하고 있다. 이처럼 대부분의 나라는 국민에게 충성심과 애국심을 요구한다.

조선 시대 판소리 열두 마당* 가운데 하나인 「적벽가」는 군인으로 징집되어 한 나라의 백성으로서 짊어져야 하는 의무와 집안의 가장으로서 감당해야 하는 의무 사이에서 괴로워하는 평범한 백성들의 진솔한 목소리를 들려준다. 그들의 목소리에는 국가와 국민의 관계에 대한 근본적 질문이 함축되어 있는 것으로 보인다. 이제부터 그들의 목소리를 직접 들어 보며 이 질문에 대한 답을 탐색해 보기로 한다.

판소리 열두 마당

정노식의 『조선 창극사』는 판소리 열두 마당으로 〈춘향가〉, 〈심청가〉, 〈흥부가〉 (또는 〈흥보가〉), 〈수궁가〉, 〈적벽가〉, 〈배비장 타령〉, 〈변강쇠 타령〉, 〈강릉 매화 타령〉, 〈옹고집 타령〉, 〈장끼 타령〉, 〈무숙이 타령〉, 〈숙영낭자 타령〉을 꼽고, 송만재의 『관우희』는 〈무숙이 타령〉과 〈숙영낭자 타령〉 대신 〈왈자 타령〉과 〈가짜 신선 타령〉을 포함시켜 열두 마당으로 설명한다. 현재는 〈춘향가〉, 〈심청가〉, 〈흥부가〉, 〈수궁가〉, 〈적벽가〉만 창으로 연행되고 있다. 나머지는 창을 잃어버리고 사설만 남아 있어서 '실창 판소리'라고도 한다.

한국 문학으로서의 「적벽가」

「적벽가」의 뿌리는 중국 명나라 대의 장편 소설인 『삼국지연의』에 있다. 『삼국지연의』의 주요 사건 중에서 위나라, 촉나라, 오나라가 각축을 벌이는 가운데 제갈공명이 이끄는 촉나라의 연합군이 조조의 백만 대군을 무찌른 '적벽 대전' 이야기를 조선 후기에 판소리로 변용한 것이 바로 판소리 「적벽가」이다.

『삼국지연의』의 '연의(演義)'란 사실에 대한 정보를 자세하게 덧붙여 재미있고 알기 쉽게 설명한다는 뜻으로, 특히 중국에서 역사적인 사실을 바탕으로 하되 허구적 내용을 덧붙여 알기 쉽게 쓴 글을 가리키는 용어다. 제목만 보더라도 『삼국지연의』의 뿌리는 다시 『삼국지』라는 사실을 알 수 있다. 『삼국지연의』는 진(晉)나라의 진수(233~297)가 서술한 위, 촉, 오 3국의 정사(正史)인 『삼국지』를 명나라의 나관중이 소설 형식으로 구성한 작품이다. 중국 역사 기록물이 중국의 소설 문학으로 몸을 바꾸고, 이것이 다시 한국 문학으로 몸을 바꾼 것이다.

역사서 『삼국지』에 뿌리를 내리고 있는 『삼국지연의』는 유비와 관우, 장비, 제갈공명, 조조 등과 같은 영웅적 인물을 중심으로 한 전쟁 이야기다. 우리에게 매우 친숙한 인물인 이들은 「적벽가」에서도 커다란 비중을 차지한다.

우선 「적벽가」의 개략적인 줄거리는 다음과 같다.

군사
사령관 밑에서 군기(軍機)를 장악하고 군대를 운용하며 군사 작전을 짜던 사람

📖 유비와 관우, 장비는 제갈공명을 군사(軍師)◆로 초빙하기 위해 몸소 그의 집으로 간다. 그들은 두 번의 헛걸음 뒤에, 세 번째에 겨우 만나 간곡한 설득 끝에 제갈공명을 초빙하는 데 성공한다. 이른바 '삼고초려(三顧草廬)'이다. 한편 위나라의 조조는 강남을 평정하기 위해 백만 대군을 이끌어 원정길에 오르고, 이때 조조의 군사들은 제각각 설움을 늘어놓는다.

조조의 선봉 부대를 맞은 제갈공명은 불과 3천 명의 군사로 10만 대군을 크게 무찌른다. 뒤이어 벌어진 장판교 싸움에서 조자룡은 유비의 장자를 품에 안고 조조의 백만 대군을 피해 나오고, 장비는 장판교에서 조조의 대군을 물리친다. 제갈공명은 오나라로 건너가 손권과 주유의 마음을 움직여 조조와 싸움을 벌이도록 유도한다. 적벽 대전에서 주유는 오나라에 가서 동남풍이 불기를 기원해 준 제갈공명의 도움을 받아 조조의 백만 대군을 거의 전멸시킨다. 불과 몇천 명의 패잔병과 함께 도망가던 조조는 화용도에서 관우를 만나고, 목숨을 구걸한 끝에 겨우 살아서 돌아간다.

줄거리만 보면 「적벽가」는 『삼국지연의』와 크게 다를 바가 없다. 실제로 「적벽가」에서도 『삼국지연의』와 마찬가지로 중심인물은 모두 비범한 사람으로 묘사된다. 전형적인 영웅 서사인 셈이다. 그러나 작품을 세세하게 살펴보면 줄거리만으로는 짐작이 불가능한 세계를 확인할 수 있다. 「적벽가」는 『삼국지연의』와 인물, 사건, 세계관이 모두 다

216

른 별개의 작품이라고 해도 과언이 아니다.

「적벽가」가 『삼국지연의』와 구별되는 뚜렷한 지점은 크게 두 가지다. 하나는 지극히 평범한 백성으로서 전쟁에 참여한 이름 모를 인물들이 상당한 비중을 차지한다는 점이고, 다른 하나는 조조라는 절대적인 권력자가 조롱을 받는다는 점이다. 즉 「적벽가」는 평민 출신 병사들의 역할 증대와 지배층의 풍자 의식 강화라는, 동전의 양면 같은 특징을 동시에 지니고 있는 것이다.

「적벽가」는 중국을 배경으로 삼고, 중국인을 인물로 등장시키면서도 지극히 한국적인, 아니 조선적인 속살을 가진 작품이라 하겠다. 더욱이 판소리 「적벽가」의 사설은 후에 '화용도'라는 제목으로 소설화되어 많은 인기를 얻기도 했다. 그러니 이 작품에 한국 문학의 시민권을 부여한다고 해서 이의를 제기할 이유는 전혀 없다. 영웅 서사에서 범인(凡人) 서사로의 환골탈태다. 몸만 바꾼 것이 아니라 얼굴도, 정신도 모두 바꾼 것이다.

❀ 군사들이 서러운 까닭

『삼국지연의』와 구별되는 「적벽가」의 실상을 가장 극명하게 보여 주는 대목은 '군사 설움 타령'이다. 가히 「적벽가」의 하이라이트다. 조조가 60만 군사를 모은 뒤 적벽을 바라보면서 승리를 장담하며 기대에 들떠 있는 밤, 위나라 군사들은 술과 고기를 먹으면서 탄식한다. 이 부분은 영웅 서사인 『삼국지연의』에서는 찾아볼 수 없는 대목으로서, 판소리로 만들어지는 과정에서 첨가된 것이다. 여기에서 군사들은 한 명씩 돌아가면서 자신의 설움이 다른 사람보다 더 큰 무게를 가지는 이유를 장황하게 늘어놓는다. 한마디로 '설움 배틀'이다.

"이내 설움 들어 봐라. 나는 부모 일찍 여의고, 일가친척 하나 없이 혈혈단신 이내 몸이, 그저 만난 우리 아내 얼굴도 어여쁘고 행실도 얌전하여 집안 큰일 지극정성, 떠날 뜻이 하나 없이 죽어도 같이 죽고, 살아도 같이 살아 다정한 부부 되려 할 제, 뜻밖의 급한 난리, '위국 땅 백성들아. 적벽강으로 싸움 가자!' 나팔을 떼떼 불며 들어앉은 나를 끌어내니 아니 올 수 없더구나. 군복 입고 모자를 쓰고 창대 끌고 나올 때에, 우리 아내 내 거동을 보더니 버선발로 우루루루 달려들어 나를 안고 엎어지며, '날 죽이고 가오. 살려 두고는 못 가리다. 새파랗게 젊은 년을 나 혼자만 떼어 두고 전장을 가라시오?' 내 마음이 어찌 되겠느냐? 우리 마누라를 달래려 할 때, '허허, 마누라, 울지 마오. 장부가 세상에 태어났다가 전장 출세를 못하고 죽으면 장부 절개가 아니라고 하니, 울지 말라면 울지 마오.' 달래어도 아니 듣고, 화를 내도 아니 듣더구나. 잡았던 손을 사정없이 떨치고 전장을 나왔으나, 전쟁은 끝날 줄 모르는구나. 살아가기를 꾀를 낸들, 동서남북으로 불침번 서니 함정에 든 범이 되고 그물에 걸린 내가 고기로구나. 어느 때나 고향을 가서, 그립던 마누라 손을 잡고 수만 회포를 풀어 볼꺼나. 아이고, 아이고, 아이고."

218

다른 병사들과 마찬가지로 이 병사 또한 집에 남겨 둔 가족, 그중에서도 사랑하는 아내를 걱정하고 있다. 강제 징집으로 인해 어쩔 수 없이 끌려 나왔으나, 전쟁은 끝날 줄 모르고 도망을 쳐서 고향으로 돌아가려 해도 방법이 없다. 그들에게는 이제 삼국 통일이라는 명분도 없고, 심지어 전공을 세워 이름을 알리겠다는 꿈도 사라진 지 오래다. 오직 사랑하는 가족과의 재회만이 유일한 희망이다. 하지만 이마저도 무망(無望)*해졌으니 서러울 수밖에 없다.

> **무망**
> 희망이나 가망이 없음

무릇 전쟁이란 필연적으로 도로와 건물, 위대한 문화유산의 파괴를 초래할 수밖에 없다. 그것만이라면 차라리 다행이다. 문제는 사람이다. 병사들은 어린 나이에 징집되어 총과 칼을 들어야 하고, 여성에 대한 성폭력도 빈번하게 일어났다. 무엇보다 인명의 대량 살상이 가장 큰 피해이다. 그로 인해 살아남은 이들은 그들대로 죽은 이들과의 이별로 인해 치명적인 정신적 상처를 입는다.

이보다 더 보편적이고 그래서 더 큰 피해가 있다면, 그것은 일상의 파괴이다. 밥을 먹고 가족들과 사랑을 나누고 잠을 자고 잠을 깨어 다시 누리는 하루의 평범한 일상이 전쟁 앞에서는 완벽하게 무너진다. 언제 다가올지 모르는 위험에 긴장해야 하고 경계해야 하며 경우에 따라서는 누구나 군인처럼 싸움에 나서야 한다. 그래서 이런 말도 나왔을 것이다. "전쟁의 반대말은 평화가 아니라 일상이다." '사는 게 곧 전쟁'이라는 흔한 은유에서처럼 일상이 아무리 험악하다고 해도, 전쟁 상황이 또 다른 일상이 되는 일보다는 훨씬 더 아름답다 할 것이다.

그럼에도 불구하고 그 일상을 무너뜨리는 전쟁은 왜 일어나는가? 아리스토텔레스는 평화롭게 살기 위해 전쟁을 한다고 했고, 미국 초대 대통령 워싱턴은 전쟁에 대비하는 것이야말로 평화를 지키는 효과적인 방법이라고 역설(力說)했다. 전쟁의 필요성과 군사력 확보의 정당성을 강조한 역설(逆說)이다. 이들은 모두 전쟁을 필요악으로 보고 있는 셈이다.

전쟁이 발발하는 이유는 많다. 정권의 안정, 영토의 유지와 확대, 자원의 확보, 이데올로기의 확산 등등. 대부분은 정치적 목표에 있다. 종종 종교적 갈등이 전쟁의 이유가 되지만, 그것마저도 결과적으로는 정치적 목표에 종속될 수밖에 없다. 전쟁은 이러한 목표들이 평화적인 합의에 도달하지 못할 때 일어난다.

전쟁에 참여한 군사들이 설움을 느끼는 이유도 여기에 있을 것이다. 그들에게 전쟁은 그저 한 가족의 구성원으로서 사랑하는 아내와 함께 부모님을 봉양하고 자식을 기르면서 알콩달콩 평범하게 살고자 하는 꿈마저 빼앗아 가는 것이다. 그들에게 영토의 확장이나 국가의 이득은 너무나 거창해서 피부에 와 닿지 않는다. 그들에게 국가는 일상을 누리겠다는 그 소박한 꿈을 짓밟고 희생을 요구하는 괴물일 뿐이다.

위나라가 패배하고 오·촉 연합군이 대승하는 적벽 대전에서 군사들의 죽음은 다음과 같이 묘사된다.

가련할손 백만 군병은 날도 뛰도 오도가도 오무락 꼼짝딸싹 못 허고

숨맥히고 기맥히고 살도 맞고 창에도 찔려 앉어 죽고 서서 죽고 웃다 울다 죽고 밟혀 죽고 맞어 죽고 애타 죽고 성내 죽고 덜렁거리다 죽고 복장 덜컥 살에 맞어 물에 가 풍 빠져 죽고 바사져 죽고 찢어져 죽고 가이 없이 죽고 어이 없이 죽고 무섭게 눈 빠져 혀 빠져 등 터져 오사 (誤死) 급사(急死) 악사(惡死) 몰사(沒死)허여 다리도 작신 부러져 죽고 죽어 보느라고 죽고 무단히 죽고 함부로 덤부로 죽고 땍때그르르 궁굴 다 아뿔싸 낙상하야 가슴 쾅쾅 뚜다리며 죽고 이놈 제기 욕허며 죽고 꿈꾸다가 죽고……. (송순섭 창본)

가히 죽음의 향연이라 할 만하다. 그런데 흥미로운 점이 있다. 죽음이 나열되는 내내 희화화로 보일 만큼 장면은 그로테스크하고 어조는 익살스럽다는 사실이다. 판소리 장단에서 가장 빠른 휘모리장단에 버금가는 자진모리장단에 얹혀 나오는 목소리이기에 희화화의 효과는 더욱더 증폭된다. 상황과 표현의 부조화 혹은 불일치라 할 것이다. 더욱이 죽음을 묘사하기 시작하는 대목에서는 분명히 그들의 죽음을 가련하다고 표현하면서 연민의 시선을 먼저 내세웠기에 이것이 부조화 혹은 불일치라는 사실은 한층 더 분명해진다.

왜 이런 식으로 희화화되었을까? 간웅(奸雄)◆으로 묘사되는 조조의 군인들이기 때문이었을까? 만일 그렇게 본다면 앞서 확인한 바 있는 설움 가득한 서민들에게 보내는 시선과 어울리지 않는다. 그렇다면 이는 여전히 그들의 죽음에 대한 연민 섞인 애도의 표현으로 보는 것이 옳겠다. 전

간웅
간사한 꾀가 많은 영웅

쟁이 초래하는 불필요한 죽음, 전쟁을 일으킨 국가에 의해 외면당하는 죽음, 아무런 보상도 보장받지 못하는 소외된 죽음에 대한 애도이자 그러한 죽음의 가치에 대한 비관적 인식인 것이다.

그렇다면 전쟁 그 자체에 대한, 그리고 전쟁의 필연적 목표이자 결과인 백성들의 죽음에 대한 당대 판소리 향유층의 비관적 인식이 이처럼 그로테스크한 장면으로 나타난 것으로 보인다. 왜란과 호란을 겪으면서 가장 큰 피해와 희생을 당한 것은 지배층이 아니라 서민이었다. 양란(임진왜란·병자호란)의 기억이 여전히 남아 있었던 당대 서민들로서는 적벽 대전의 싸움과 그로 인한 서민 군사들의 피해와 희생을 아득한 옛날 중국의 역사 서적에 가둬 둘 수만은 없었던 것이다.

✿ 의무와 권리 사이에서

누군가는 이렇게 반문할 수도 있다. 국가가 전쟁 중인데 모든 국민이 자신의 개인적인 꿈만 이루려 한다면, 국가가 어떻게 유지될 수 있을까? 군사들의 설움은 국가라는 공동체의 이상 앞에서 지나치게 개인적이고 사소한 욕망에 불과한 것이 아닌가?

물론 정당한 반문이다. 국가의 참전 요구를 백성이 외면한다면, 그 나라는 온전히 유지되기가 힘들다. 우리는 임진왜란 때 의병들이 자발적으로 일어나서 왜적을 무찌른 역사를 자랑스러워한다. 그러니 가족의 품으로 돌아가지 못하는 설움이 사소한 욕망에서 비롯되었다고 봐

도 잘못은 아니다. 오늘날 우리에게 국방의 의무가 있듯, 그들에게 전쟁 참전은 의무였다. 국가에 대한 충성심과 애국심을 참전으로 보여 줘야 했다.

백성이 의무를 다했다면 국가는 백성에게 권리로써 보상을 하는 것이 마땅하다. 전쟁 참전이 의무라고 간주하더라도, 국민으로서 권리를 보장해 주지 못하면 그것은 국가가 일방적으로 행하는 폭력일 뿐이다. 문제는 바로 여기에서 시작된다. 의무를 다해도 온전히 자신의 권리를 보장받지 못하는 백성이 있다는 점이다.

흔히들 국가란 만인의 끊임없는 투쟁을 막아야 한다는 필요성에 의해 생겨났다고 말한다. 국민이 국가에 막강한 권력을 부여하는 것은 국가가 만인에 대한 만인의 투쟁 상태를 벗어나 개인의 생명과 재산을 보호하고, 평화라는 공동선을 지키라는 명령을 전제로 한다. 그러나 국가는 무한한 권력을 휘두르면서, 국민에게 의무만 강요하고 권리를 보장해 주지 않는 모습을 보이기도 한다.

인권을 존중받으며 인간답게 살 권리, 부당한 특권과 반칙으로부터 피해를 입지 않을 권리, 선량한 시민으로서 하루하루 절망 속에서 살아가지 않을 권리 등 국민이 보장받지 못하는 권리는 무수히 많다. 그 이면에 의무를 회피한 채 온갖 특혜를 누리는 소수의 특권층이 존재한다는 사실은 평범한 서민들에게 위화감과 박탈감을 안겨 준다. 나와는 전혀 다른 신분이 있다는 위화감! 그리고 그들에게 무엇인가를 빼앗겼다는 박탈감!

「적벽가」에서 군사들이 설움을 느끼는 이유는 단지 자신의 소박한 꿈이 짓밟혔기 때문이라고만 볼 수는 없다. 혹 전쟁이 끝난 뒤에 백성으로서 권리를 누릴 수 있다는 희망이 사라진 데 그 이유가 있는 것은 아니었을까. 그런 맥락에서 조조가 부하들에게 끊임없이 조롱당하는 장면이 설정된 것도 결국 지배층의 무책임한 처사에 대한 비판 의식의 산물이라 볼 수 있을 것이다.

제 손수 말을 몰아 달랑달랑 달아나며 살이 올까 철환(鐵丸)❖ 올까 목은 장 오므리니 정욱이 코웃음 치며 "승상, 목 좀 내 놓으시오. 근본

두풍(頭風)*이 과하시니 좋다는 편전(片箭)*으로 쌈박 튕겨 피 빼시면 두풍이 나으리이다." "아서라. 그러다가 숟가락을 아주 놓으면 천자 노릇 누가 할꼬."

불변 천리 도망터니 화광은 점점 멀고 복병은 안 나온다. 앞으로 가는 길에 산세가 험준하고 수목이 우거지니 조조 물어 "예가 어디냐?" 좌우 여짜오되, "오림이오." 조조 말 우에서 손뼉 치며 대소(大笑)하니 제장(諸將)이 물어 "여보시오. 승상님. 장졸을 다 죽이고 좆만 차고 가는 터에 무슨 좋은 일이 있어 그다지 웃으시오?" 조조가 대답하되, "주유와 제갈량이 꾀 없음을 웃는다. 이처럼 좁은 목에 눈먼 장수 하나라도 매복을 하였으면 우리들 남은 목숨 독 속의 쥐새끼제." 이 말이 지듯 마듯 방포 소리 쾅, 복병이 내닫는다.(신재효본 사설)

철환
총알, 쇠붙이로 잔 탄알같이 만든 물건을 통틀어 이르는 말

두풍
머리가 늘 아프거나 부스럼이 나는 병

편전
화살의 일종

판소리 특유의 과장된 표현이기는 하지만, 금기어까지 동원되는 신하들의 질문에 전혀 괘념치 않는 대답이다. 부하들과 주고받는 이런 문답을 보면, 조조는 조롱을 받으면서도 그것이 조롱인 줄을 모르고 있는 듯하다. 게다가 그는 제갈공명에게 보냈던 비웃음의 논리를 고스란히 되돌려 받았다. 전력(戰力) 부족이 아니라 지력(智力) 부족으로 인한 패배임을 인정하지 않을 수 없다.

이는 군사들의 설움과 죽음에 대해 보내는 연민과는 정확하게 대비되는 시선이다. 조조와 그의 군사들을 따로따로 분리하여, 한쪽에는 비판의 화살을 날리고 다른 한쪽에는 응원의 북소리를 보내고 있는

셈이다. 이런 점에서도 「적벽가」는 영웅 서사였던 『삼국지연의』의 아우라를 버리고 조선 사회의 민중 정서를 대변하는 범인(凡人) 서사로 환골탈태한 드문 사례라 할 것이다.

이처럼 「적벽가」는 조선 시대의 사회적 단면을 반영하고 있지만, 결국 국민의 의무와 권리를 중심으로 우리 시대를 비추는 거울로 기능하기도 한다. 이 작품에서 집단적 주인공으로 등장하는 평범한 군사들이야말로 국가가 요구하는 의무에 속박되어 있으나 정작 권리를 다 누리지 못하는 우리 시대 평범한 소시민들의 서글픈 초상이라 할 것이다.

「최척전」

　「적벽가」에 형상화된 서민 출신 병사들의 애환은 이들 왜란과 호란
의 전쟁 체험이 반영된 것이라 했거니와, 16세기 말과 17세기 초에 조
선이 겪은 이들 전쟁은 조선의 역사를 전기와 후기로 나누는 분수령
이다. 임진왜란과 정유재란은 모두 조선과 명나라 연합군 대 일본군의
구도, 정묘호란은 조선 대 후금, 병자호란은 조선 대 후금의 후신인 청
나라의 구도였다. 물론 가장 큰 피해를 입은 것은 단연코 조선이다.

　이러한 역사적 소용돌이를 시대적 배경으로 하여, 이산(離散)에서
귀향에 이르는 유랑의 대서사가 동아시아적 범위에서 펼쳐지는 작품
이 바로 「최척전(崔陟傳)」이다.

📖 임진왜란(1592) 때 남원에 사는 양반가 자제 최척은 옥영과 약혼을 하지만 곧 의병으로 징집되어 나가면서 이별을 맞는다. 진중에서 병이 든 최척은 이웃의 부자가 옥영을 탐낸다는 사실을 전해 듣고서 더욱 크게 앓고, 결국 귀가를 하게 된다. 덕분에 옥영과 혼인하고 아들 몽석을 낳는다. 이때 정유재란(1597)이 일어나자 최척은 중국으로 건너가게 되고 옥영은 일본에 포로로 잡혀가며, 나머지 가족은 고향에 남으면서 이산(離散)의 고통을 겪는다. 전쟁이 끝나고 최척은 중국 상인들과 함께 안남(지금의 베트남)으로 장사하러 다니다가, 일본 상인을 따라 상선을 타고 장사하러 다니던 옥영과 기적적으로 상봉한다(1600년). 두 사람은 중국의 중원에 돌아가 살면서 아들 몽선을 낳고, 몽선이 성장하자 진위경의 딸 홍도를 며느리로 맞는다. 청나라 군대가 명나라를 침입하자 최척은 명나라 군대에 종군하고 조선에서 구원병으로 출전한 몽석을 수용소에서 만난다. 부자는 조선으로 귀국하는 도중에 우연히 진위경도 만나 함께 돌아오고, 옥영도 몽선·홍도 부부와 함께 뱃길을 따라 구사일생으로 귀국하여 온 가족이 상봉한 뒤 행복한 삶을 누린다.

이산가족이 우연히 만나는 사건이 많아서 개연성이 약하다고 볼 수도 있지만, 어쨌든 실제 체험을 바탕으로 창작된 작품이다. 최척으로부터 체험의 전말을 전해 들은 조위한(1567~1649)이 1621년에 서사적으로 재구성한 것이다. 당사자마저도 그 우연성을 의식해서인지 '기이한 만남에 대한 기록'이라는 의미의 '기우록(奇遇錄)'이라는 별도의 제목을 붙였다.

우연한 만남 못지않게 몽중에서 부처님의 계시
를 받는 등 초현실주의적 요소가 없지 않지만, 역
사적 사건에 따라 인물들의 운명이 결정되고 사건

이 전개되는 것은 조선 시대 다른 소설과 구별되는 이 작품만의 현실
주의적 개성이라 하겠다. 사건의 흐름을 그대로 적어 놓은 건조한 기
록이 아니라 서사적 긴장과 이완을 조절하는 구성과 서술이 돋보이
는 작품이다.

임진왜란의 와중에 선조는 세자였던 광해군과 함께 평양으로 몽진
(蒙塵)＊을 하는 것도 모자라 전세가 더욱 위급해지자 광해군에게 군
권을 넘기고 중국으로 넘어가려고 기도하기도 했다. 이 과정에서 백성
들은 무능한 조정에 분노하며 몽진 행렬에 돌을 던지기도 했다.

그러나 조정에 대한 백성들의 분노는 왜적에 대한 적개심에 비하면
약소했던 것으로 보인다. 관군과 별도로 전국 각지에서 일어난 의병이
바로 그 증거이다. 「적벽가」에 등장하는 조조의 군사들이 그러하듯이,
이 작품에서도 최척은 의병으로 징집을 당하고 참전을 하며, 정유재란
때는 이산의 아픔을 겪는다.

「최척전」에는 임금이나 조정을 향한 불만과 분노가 직접 나타나지
는 않는다. 말을 하는 것과 달리 글로써 그런 불만이나 분노를 남기는
것은 금기였을 것이다. 필화를 불러왔을 것이기 때문이다. 대신 하늘
을 향한 원망과 부처님을 향한 숭앙심만 있을 뿐이다. 전쟁의 참상과
이로 인한 이산의 아픔을 오직 하늘의 뜻으로 미루고 있으며, 오랜 유
랑 끝에 귀향하고 재회하는 기쁨은 부처님의 배려로 성취된 복락으로

여기고 있는 것이다.

그러면서 또 하나 간과할 수 없는 것은 각국 민중들끼리 발휘하는 인류애적 연대감이나 인간적 배려이다. 안남의 한 선착장에서 최척과 옥영이 기적적으로 만났을 때, 최척과 동반했던 중국 상인 주우는 그 기막힌 내력을 알고 옥영의 주인격에 해당하는 일본 상인 돈우에게 백금 세 덩이를 주고 옥영을 사서 데려오려고 했다. 그때 돈우가 얼굴을 붉히면서 하는 말은 다음과 같다.

"내가 이 사람을 얻은 지 이제 4년이 되었는데, 그의 단정하고 고운 마음씨를 사랑하여 친자식처럼 생각해 왔습니다. 그래서 침식을 함께 하는 등 잠시도 떨어진 적이 없었으나, 지금까지 그가 아낙네인 것을 몰랐습니다. 오늘 이런 일을 직접 겪고 보니, 이는 천지신명도 오히려 감동할 일입니다. 내가 비록 어리석고 무디기는 하지만 진실로 목석은 아닐진대, 차마 어떻게 그를 팔아서 먹고살 수 있겠습니까?"

이해관계에 철저했을 상인의 현실 감각이었다면, 주우가 최척 대신 백금을 주는 일도, 돈우가 옥영을 그냥 넘겨주는 일도 없었을 것이다. 오직 인간적 배려의 소산이자 오랜 우정의 표현으로 아름다운 장면이 연출된 셈이다. 게다가 퇴직 위로금이라고 해야 할까, 돈우는 옥영과의 신의를 생각하여 은자 10냥까지 전별금*으로 전한다.

국가 간 갈등의 극단에 전쟁이 있다면, 이와는 반

> **전별금**
> 보내는 쪽에서 작별할 때에 떠나는 사람을 위로하는 뜻에서 주는 돈

대로 국적을 불문한 인간적 연대감이 없을 수 없음을 충실히 보여 주고 있는 이 작품은, 이런 점에서 휴머니즘 문학이라 할 수도 있다. 전쟁이 가장 반휴머니즘적인 인간의 잔혹한 대죄라면, 「최척전」은 문학이 그에 대응하여 어떤 역할을 해야 하는지를 보여 주는 한 모범이라 할 만하다.

「적벽가」

「적벽가」는 중국의 장편 소설 『삼국지연의』를 재해석한 판소리 사설이다. 원작과 다르게 '조조'를 어리석고 비굴한 인물로 그려 내어 당대 지배층을 비판하였으며, '군사 설움'과 '군사 점고' 대목을 추가하여 전쟁의 참혹함을 폭로하고, 권력층에 의해 강제적으로 전쟁에 동원된 병사들의 고통과 설움을 보여 주었다. 군사들이 자신들의 설움을 토로하는 장면에서는 비장미를, 조조를 희화화한 장면에서는 골계미를 느낄 수 있다.

「최척전」

「최척전」은 주인공 최척과 옥영의 사랑 이야기로 시작하여, 전쟁으로 인해 수십 년에 걸쳐 이별과 재회를 반복하는 가족사를 그린다. 영웅의 활약이나 무용담을 주로 하는 다른 군담 소설과 달리 전쟁으로 인한 참상과 이산의 아픔을 사실적으로 드러내었다는 점이 특징적이다. 인물들의 재회가 다소 우연에 의해 이루어지기는 하지만, 당시 백성들이 겪은 전란의 기억을 대변하는 작품으로서 동아시아를 배경으로 우리나라의 사회적 · 역사적 문제를 다루었다는 점에서 의의가 있다.

생각해 보기

1. 「적벽가」와 「최척전」은 모두 역사적으로 실재했던 전쟁으로 인해 민중들이 겪는 고난을 그려 내고 있다. 이들 작품을 반전(反戰) 문학으로 볼 수 있는지 여부를 판단해 보자.

2. 「적벽가」와 「최척전」은 모두 역사적으로 실재한 전쟁을 배경으로 삼고 있다. 두 작품에서처럼 전쟁을 배경으로 한 대부분의 소설에서 전쟁 영웅보다 평범한 병사들이 독자들의 관심을 더 끄는 이유를 짐작해 보자.

3

영웅을 위한 나라,
백성을 위한 나라

「홍길동전」

어떤 나라에서도 청년은 그 공동체에서 가장 민감하게 반응하고 격렬하게 움직이는 세대적 특성을 갖는다. 당대 사회에 대한 청년들의 반향과 대응을 그려 내고, 그럼으로써 우리가 이런 세상에서 사는 것이 과연 옳은지 의문을 제기하는 일은 문학의 오랜 존재 이유이기도 하다. 우리 옛이야기 중에서 이를 가장 전형적으로 보여 주는 작품이 「홍길동전」이다.

❀ 홍길동에 대한 유감

관공서에 가서 각종 서류의 견본을 보면 대부분 이름 난에 '홍길동'이라고 적혀 있다. 그만큼 홍길동은 우리 모두에게 친숙한 인물이다. 대다수의 사람은 홍길동을 영웅적인 인물로 기억한다. 홍길동은 아버지가 태몽으로 용꿈을 꾼 뒤 얻은 자식이다. 그리고 서얼(庶孼)◆이라는 이유만으로 온갖 핍박을 받으면서도 무예를 연마하고 둔갑술까지 익힌다. 종래에는 가출을 앞두고 호부호형(呼父呼兄)◆을 허락받는다. 그런가 하면 특출한 능력을 이용하여 탐관오리를 징벌하고, 가난한 백성들을 구제한다. 나아가 서자의 몸으로 병조 판서를 제수받기에 이른

서얼

서자(庶子)와 얼자(孼子)를 가리키는 말. 서자는 양반과 양민 출신의 여성 사이에서 태어난 아들을, 얼자는 양반과 천민 출신의 여성 사이에서 태어난 아들을 가리킨다. 홍길동은 얼자에 속하지만, 서자라고 통칭해 불렀다. 일부다처제였던 조선 시대에는 서얼을 법적으로 차별하여 관직 진출을 금지했다. 임진왜란 이후에 일부 서얼이 관직에 진출하기 시작했다.

호부호형

아버지를 아버지라고 부르고 형을 형이라고 부르는 것. 조선 시대 서얼들에게는 호부호형이 허락되지 않았다.

다. 나중에는 군사를 이끌고 율도국을 정벌하여 스스로 왕이 된다.

하지만 바로 이 지점에서 홍길동을 향한 비판이 제기된다. 왜 그는 걸출한 능력을 가지고 조선 사회를 변화시키는 데 어떠한 역할도 하지 못했을까? 만일 홍길동이 사회적으로 소요를 일으킨 이후 또 다른 서자들이 크고 작은 벼슬을 얻을 수 있었다면, 홍길동의 여정은 남다른 평가를 받았을 것이다.

그러나 홍길동 이후의 조선 사회는 크게 달라지지 않았다. 그의 영웅적 면모가 지나치게 과장되어 있다는 비판이 나오는 이유는 이 때문이다. 홍길동이 병조 판서라는 지위를 적절히 이용하며 조선의 병폐를 해결하는 데 탁월한 능력을 발휘했다면, 다시 말해 길동의 개인적 성취가 조선 사회의 제도적 변혁을 수반했다면, 당대의 사회 질서가 훨씬 더 진일보하지 않았을까 하는 아쉬움이 남는다는 것이다.

홍길동은 홀연히 조선을 떠났다. 그는 왜 조선을 떠났을까? 조선에서는 어떤 변화도 기대할 수 없었기 때문일까, 아니면 왕이 되기 위해서였을까? 그가 조선을 떠난 것은 정당한 일이었을까? 지금부터 이 질문에 대한 답을 찾아보기로 하자.

✿ 베스트셀러이자 스테디셀러인 「홍길동전」

조선 시대 소설은 특정한 작가가 개성적인 상상력을 발휘하여 창작한 작품보다 정체를 알 수 없는 여러 사람들에 의해 인물의 삶에 대한 이야기가 구성되고 전승되는 경우가 많았다. 또 작품을 읽은 독자는 자신만의 상상력을 가미하여 그 작품을 재구성하기도 했다. 그러다 보니 다양한 이본(異本)이 생겨났다. 이본의 종류가 많다는 것은 그만큼 많은 독자로부터 인기를 얻었던 베스트셀러였다는 반증이기도 하다.

「홍길동전」은 작가에 대한 논란이 큰 작품이다. 그동안은 작가를 알 수 없다는 설과 허균(1569~1618)이 지었다는 설이 대립해 오다가, 최근에는 허균과 거의 동시대 인물인 황일호(1588~1641)라는 사대부의 개인 문집에 실린 「노혁전(盧革傳)」에 홍길동의 간략한 일대기가 담겨 있음이 밝혀졌다. 「노혁전」의 주인공 노혁은 홍길동의 다른 이름이다. 홍길동이 실존 인물이었으므로 두 사람은 홍길동에 대한 정보를 바탕으로 소설과 야담으로 각각 재구성했을 수도 있겠다.

허균이든 황일호든 특정 인물이 「홍길동전」을 창작했다는 것이 사실이라면 이 작품은 매우 특이하다 할 수 있다. 이본이 약 30종에 이르기 때문이다. 저작권 개념이 없던 당시에도 작가가 분명한 작품은 작자 미상의 작품에 비해 이본이 많지 않은 편이다. 그런데 「홍길동전」은 다르다. 이는 「홍길동전」이 상당히 폭넓은 독자층을 지닌 베스트셀러였기 때문이었던 것으로 추정된다. 물론 이본들은 한 시기에 동시에 만들어진 것이 아니라, 몇백 년에 걸쳐서 만들어졌다. 그런 면에서 「홍길동전」은 꾸준히 인기를 유지한 스테디셀러이기도 한 셈이다.

「홍길동전」이 베스트셀러이자 스테디셀러가 될 수 있었던 비결은 무엇일까? 이제 그 줄거리를 확인해 보면서 이 문제에 대한 답을 찾아보기로 하자. 우리가 알고 있는 것과 다른 대목에도 주목해 보고, 상상력을 발휘하여 그 디테일도 떠올려 보자.

📖 낮잠을 자다가 용이 품으로 파고드는 꿈을 꾼 홍 판서. 이를 태몽이라 여기고 부인과 잠자리를 가지려고 하나 체신이 없다는 이유로 거절당하고 하는 수 없이 시비 춘섬과 잠자리를 가진다. 춘섬의 몸에서 길동이 태어나지만, 길동은 서자라는 이유로 아버지를 아버지라 부르지 못하는 등 온갖 차별과 천대를 받는다. 심지어 홍 판서의 또 다른 첩이 고용한 자객으로부터 살해 위협을 당하기에 이른다.

자객을 처단한 길동은 호부호형을 허락받은 뒤 가출을 하고 산적의 소굴에 들어가 우두머리가 된다. 이후 활빈당(活貧黨)이라는 이름을 앞세우고 부정한 사찰이나 탐관오리의 재물을 빼앗아 어려운 사람들을 구제하는 등 전국을 누비며 대활약을 펼친다. 그러나 이를 반길 리 없는 조정에서는 전국에 수배령을 내리고 체포하려고 하나 신출귀몰하는 재주를 부리는 길동을 잡을 도리가 없다. 길동이 자신에게 병조 판서를 제수하면 순순히 잡히겠다는 뜻을 전하자 조정은 어쩔 수 없이 그의 제안을 수락하고 병조 판서 직책을 내린다. 이에 길동은 주상에게 고마움의 뜻을 전하고 주상이 하사한 쌀 1천 석을 싣고 무리들과 함께 해외로 나간다.

저도(혹은 제도)라는 섬에서 잠시 정착해 있는 동안 요괴에게 납치된 처

236

자들을 구하고 그들과 혼인도 한다. 그러나 아직 홍길동 서사의 절정이 남았다. 그것은 더 넓고 기름진 땅 율도국을 장악하는 것이다. 길동은 민생이 도탄에 빠진 율도국으로 쳐들어가 율도왕을 처단하고 스스로 율도국의 왕좌에 오른다. 이제 대단원이다. 우리의 기대대로 길동은 백성들을 부유하게 만드는 등 선정을 베풀다가 장남에게 왕권을 넘기고 신선이 되어 이 세상을 떠난다.

흔히 율도국을 세웠다고 알려져 있으나 실은 율도국에 쳐들어가서 민심을 잃은 율도왕을 처단하고 그 왕권을 장악했다는 점, 그리고 요괴로부터 구출해 낸 여인들과 혼인을 했다는 점만 특별히 확인하고 그 인기 비결을 추측해 보기로 하자.

그 첫 번째 비결로는 우선 장대한 스케일을 꼽을 수 있다. 「홍길동전」은 분량이 그리 길지 않다. 보통 짧은 소설은 하나의 사건을 집중적으로 보여 줌으로써 긴장감을 유지하고 공간도 다채롭지 않다. 그런데 「홍길동전」은 상당히 다양하고 넓은 공간을 배경으로 삼고 있다. 처음에는 가정을 배경으로 삼고 있다가, 나중에는 조선이라는 국가 전체가 무대가 되며, 마지막에는 해외까지 뻗어 나간다. 이 정도 스케일이라면 가히 장편 소설이라 해도 무방하다.

공간적 배경의 확장은 단순히 장소의 이동에 그치지 않는다. 「홍길동전」의 공간은 홍길동이라는 인물이 태어나서 성장하고 사회적 역할을 수행했던 삶의 이력과 조응됨으로써, 견고한 서사적 구조를 만들어내는 데 기여한다. 홍길동은 전형적인 영웅의 모습을 닮아 있다.◆

영웅이 등장하는 설화와 소설에서는 그의 일생이 전형적으로 나타난다. ①신성하거나 고귀한 혈통을 지닌 주인공이 비정상적으로 출생한다. ②부모로부터 버림을 받는다. ③양육자나 조력자를 만나 구출되어 성장한다. ④죽음의 위기 등 시련에 처한다. ⑤박해자나 적대자를 물리치고 투쟁에서 승리한다. 이중에서 일부는 생략되기도 하고 다른 내용으로 변주되기도 한다.

천비
신분이 천한 여자 종

영웅은 여러 시련을 겪으면서 사회적인 신망을 얻고, 최종적으로 행복과 영광을 얻으면서 생애를 마무리한다.

많은 독자의 이목을 집중시키는 영웅의 매력은 역시 시련을 이겨 내는 과정에서 보여 주는 비범한 능력들이다. 「홍길동전」을 영웅 소설로 분류하는 것은 이러한 측면에 주목했기 때문이다. 더욱이 홍길동은 서민적인 영웅의 형상을 지니고 있다. 아버지가 재상이기는 하지만, 천비(賤婢)*의 소생이라는 데서 서민적 영웅 형상은 갖추어져 있다. 장성한 뒤에 가난한 백성을 돕는 장면이 등장하는 것도 「홍길동전」의 인기 비결 가운데 하나다. 거의 판타지에 가깝다.

「홍길동전」의 인기 비결을 하나 더 꼽자면 주인공이 당대의 사회적 약자들이 가진 소망을 대리로라도 실현했다는 점이다. 이 작품에는 당대 서민들을 포함한 약자들의 집단적인 소망이 짙게 깔려 있다. 부당한 권력에 의해 생계를 위협받는 세상, 개인의 능력과는 무관하게 출신 성분에 의해 운명이 결정되는 세상에서 살고 싶은 사람은 없다. 자신의 소양을 갈고닦아 자아를 실현할 수 있는 세상, 최소한 일한 만큼은 대가를 받는 세상을 바란다.

「홍길동전」은 이러한 바람이 현실로 이루어질 수 있다는 희망을 준다. 무엇보다 서자라는 사회적 약자가 끝내 한 나라의 왕으로 등극하

는 과정을 그린 만큼, 홍길동은 대리 만족의 대상으
로서 충분한 자격을 갖춘 셈이다.

온포
따뜻하게 입고 배부르게
먹는다는 뜻으로, 생활에
아쉬움이 없이 넉넉함

가장 큰 인기 비결은 이의 연장선상에 놓여 있다.
앞에서 말한 대로 「홍길동전」은 약자들의 소망이
담긴 사회를 제시하고 있다. 무릇 기한(飢寒)에 처한 자 온포(溫飽)◆를
염원하는 법. 배고픈 현실은 배부른 상태를 염원하게 하고, 추운 현실
은 따뜻한 방을 그리워하게 만드는 법이다. 「홍길동전」에는 배고프고
추운 현실을 비판하는 목소리가 선명하게 나타나 있다. 홍길동이라는
영웅이 탄생하는 배경, 영웅으로 성장하게 되는 계기가 모두 현실 사
회의 모순에 뿌리를 두고 있기 때문이다.

따라서 「홍길동전」은 영웅 소설이면서 동시에 사회 소설이다. 현실
에 철저하게 밀착하려는 작가 의식이 당대 민중은 물론이고, 오늘날의
우리들까지 「홍길동전」에 깊은 매력을 느끼게 한다. 왕에게 하직 인사
를 하면서 홍길동은 다음과 같이 말한다.

"신이 전하를 받들어 만세를 모실까 했으나, 제가 천한 종의 몸에서 태
어났기에 문(文)으로는 홍문관이나 예문관 벼슬길이 막혀 있고 무(武)
로는 선전관 벼슬길이 막혀 있습니다. 이런 까닭으로 사방을 멋대로 떠
돌아다니면서 관청에 폐를 끼치고 조정에 죄를 지었던 것이온데, 전하
로 하여금 이를 아시게 하려 함이었습니다."

이 구절이 작가가 「홍길동전」을 통해 말하고자 했던 주제 의식이 가

장 집약적으로 드러난 부분이다. 여기서 우리는 허구인 소설이 얼마나 현실을 잘 반영하는지 확인할 수 있다. 이로써 「홍길동전」은 여러 가지 사회 모순 가운데 적서 차별의 불합리를 중심에 두고, 인재 등용의 실패, 부패한 관리에 의한 민중의 고통 등을 부각시킨 사회 소설이라는 것이 자명하게 드러난다. 이렇게 현실의 모순들은 우리가 오랫동안 「홍길동전」을 비롯한 사회 소설에 관심을 기울이게 만드는 원동력이 된다.

✿ 홍길동과 「홍길동전」의 한계

홍길동의 생애와 행적은 여러 가지 차원에서 설명이 가능하다. 개인적 차원으로 보면, 사회에 대한 욕구 불만을 신분 상승을 통해 해소한 것으로도, 신분적 조건에 얽매인 자신을 구제한 것으로도 볼 수 있다. 사회적 차원으로는 인간에게 가해진 무리한 제약을 극복하기 위해 투쟁한 것으로 볼 수 있다.

또 '서자 출신 → 적자(嫡子) 대우 → 의적단의 우두머리 → 병조 판서 → 왕'으로 변모해 가는 신분 상승의 과정에서 서자 출신의 사회적 승리를 읽어 낼 수도 있다. 어떻게 보든 당대 사회의 모순과 부조리에 온몸으로 저항하는 홍길동의 행적은 사회 개혁을 추구하는 진보적인 시각의 소산이다. 사회적으로 차별받고 소외된 사람들을 통틀어 '타자(他者, the other)'라 한다면, 홍길동은 타자가 주체로 우뚝 서는 한 모범을 보여 준 셈이다.

그런데 사회적 모순과 부조리에 대한 비판이 다분히 제한적이라는 점을 간과할 수 없다. 봉건 사회의 특정한 모순을 비판하면서 한편으로는 다른 모순을 그대로 유지하거나 무시하고, 봉건 체제와 질서, 당대의 지배적인 이념을 상당히 존중하는 모습이 보이기 때문이다.

먼저 길동의 친모인 '춘섬'을 생각해 보자. 춘섬은 거의 강제적으로 홍 판서와 잠자리를 같이한다. 여성이라는 성적 조건과 노비라는 신분적 조건 때문에, 주인의 요구를 감히 거절할 수 없었던 것이다. 오늘날의 관점에서 보면 춘섬에게는 인권이 없었던 셈이다. 그런데 「홍길동전」은 이러한 부분에 대한 문제의식은 보이지 않는다. 다시 말해 적자와 서자를 차별하는 부당한 신분 질서를 부분적으로만 비판하고, 신분 제도의 다른 문제점은 지적하지 않고 있는 것이다.

우리가 더욱 주목해야 할 것은 당대의 사회 체제와 질서, 그리고 지배적인 이념들이 고스란히 존중되고 있다는 점이다. 무엇보다 길동은 가출을 감행한 것만 제외하면 효자였다. 아버지와 형을 잠시 농락하기도 했으나, 종국에는 자식과 동생으로서 예를 충실히 갖춘다. 스스로 조정에 잡혀 간 것도 위기에 처한 아버지 때문이었다. 조선을 떠난 뒤에는 어머니를 조선에서 모셔 와 극진한 정성을 쏟기도 하고 아버지가 죽었을 때는 자신이 머무르는 땅에서 천하제일 명당자리를 골라 아버지를 안장하기도 한다. 이 정도면 가출 정도는 가볍게 용서될 수 있는 불효이리라.

나아가 왕권의 신성성을 지극한 태도로 존중하고 숭상한다는 점도 주목된다. 앞서 말했듯 「홍길동전」을 일관하는 주제 의식은 사회 비판에 있지만, 왕에 대한 서술자의 시각과 길동의 태도는 지극히 공손하다. 활빈당의 성격을 밝히는 대목에서도 길동은 '대대로 나라의 은혜를 입으니 만일 나라가 위태로워지면 임금을 도와 전투에 나설 것'이라고 선언한다.

비록 도적질을 하고 임금과 조정의 신하들을 희롱하기는 했으나 이것은 일종의 전략이었을 뿐, 그 자체가 목적은 아니었다. 길동은 이러한 행동을 통해 조선 백성들의 삶이 도탄에 빠져 있음을 알리려 했고, 자신의 존재를 각인시키고자 했다. 율도국의 왕이 된 후에는 조선의 임금이 쌀 1천 석을 내린 데 대해 고마움의 뜻을 다시 전하기도 한다.

심지어 길동은 왕의 자격으로 백 씨와 혼인을 하고서도 요괴로부터 백 씨를 구출할 때 함께 갇혀 있었던 두 여인을 후비로 받아들인다. 3자 2녀 중에 장자를 세자로 책봉하고 후에 왕위를 그에게 물려준다. 조선에서 널리 공인된 일부다처제 혹은 처첩제, 그리고 장자계승제를 그대로 답습하고 있는 것이다.

한마디로 길동은 조선의 봉건적 질서를 송두리째 변혁하고자 하는 열망을 지닌 인물이 아니다. 백성의 아픔을 짐작하지 못하는 임금, 왕을 제대로 보좌하지 못하거나 백성의 재물을 탐내는 신하, 인재를 적재적소에 가려 뽑을 줄 모르는 제도 등을 비판한 것뿐이다. 즉 임금답지 못한 임금, 신하답지 못한 신하, 제도답지 못한 제도가 비판의 대상이었다.

242

물론 이러한 한계를 마냥 비판적으로만 바라보는 것은 편협한 시선의 소산일 수 있다. 이를 달리 보면 당대 사회란 홍길동처럼 탁월한 인물이 있었다고 해도 변혁을 시도하기에는 그 중세적 질서가 너무나 강고하다는 뜻을 내포하고 있다. 서자로서 호부호형

사민평등
직업 혹은 신분을 기준으로 사농공상에 종사하는 모든 백성이 평등하게 자유와 권리를 가지는 일

을 허락받고 병조 판서를 제수받는 일은, 오직 도술과 둔갑술, 분신술을 능수능란하게 부리는 초월적 능력을 가진 홍길동만이 실현 가능했던 꿈이었다. 당대 조선의 현실은 그러한 일을 절대로 용납하지 않는 철저하게 폐쇄적인 세상이라는 점을 작품 스스로 고백하고 있는 것이다.

더불어 과도한 문학적 상상력은 소설이 추구하는 리얼리티를 무너뜨릴 수 있다는 점도 고려되어야 한다. 만일 허균이 살았던 그 시대에 사민평등(四民平等)*까지는 아니라고 하더라도 서얼 차별이 폐지된 세상이 사회적 배경으로 설정되었다고 해 보자. 그랬다면 「홍길동전」은 현실에서 너무 멀어져 있어서 오히려 독자들의 공감을 얻기 어려웠을지도 모를 일이다.

허균보다 앞서 살았던 조광조(1482~1519)나 이이(1536~1584)도 서얼 차별을 폐지하거나 완화하자는 논변을 펼친 적이 있지만, 사람들이 살아가는 구체적 현장을 그리는 소설에서 그런 삶을 그렸다면 이는 서사적 패착으로 귀결되어 베스트셀러로서의 지위를 얻지 못했을 것으로 짐작된다.

홍길동은 정녕 '헬조선'을 떠나야 했을까

한때 젊은이들 사이에서 '헬조선'이라는 신조어가 자주 오르내린 적이 있다. 지옥을 뜻하는 '헬(hell)'과 한국을 뜻하는 '조선'이 합성된 말이다. 우리나라가 지옥처럼 살기 힘들고 희망을 품기 어려운 사회라서 떠나 버리고 싶다는 뜻이다. 헬조선이란 말은 심각한 양극화 현상, 가진 자들의 사회적 임무 방기와 특혜, 부와 지위의 세습을 보장하는 현대판 신분 제도, 과도한 경쟁에 따른 생존 압박, 무책임하고 무능력한 정치권력 등에 대한 냉소적이고 자조적인 시선이 담겨 있는 표현이다.

이런 신조어를 떠올리면서 홍길동을 다시 생각해 본다. 홍길동도 이른바 헬조선에 살았다. 명실상부 헬조선이다. 그리고 그는 개인적인 소망을 실현한 뒤 홀연히 조선을 떠났다. 그러고 보니 가출을 할 때도 그랬다. 호부호형을 허락지 않는 집안 분위기에 불만을 품고 있다가, 호부호형을 허락받자마자 집을 떠났다.

지옥의 고통은 떠남으로써 해방될 수 있다. 그러나 무엇이 남았는가? 홍길동이 서자 출신으로서 호부호형을 허락받았다는 소식 하나, 그리고 임금으로부터 병조 판서를 제수받았다는 기록 하나만 달랑 남았을 뿐이다. 조선 사회는 근본적으로 변하지 않았다. 사회의 변화와 개혁을 원했다면 그곳에 남아서 앞일을 도모했어야 하지 않았을까 하는 아쉬움이 없지 않다.

앨버트 허시먼(A. O. Hirschman)이라는 사회학자는 기업이나 조직, 국가가 흔들리거나 추락할 때 그 구성원들이 선택할 수 있는 세 가지

반응 혹은 대응을 이탈(exit), 항의(voice), 순종(loyalty)으로 개념화했다. 독재 정권하에서 묵묵히 생활하고 있는 사람들, 이민을 선택하는 사람들, 저항하는 사람들의 상이한 행동에 대해 설명하는 이론적 틀이기도 하다. 이를 근대 이전 조선 사회에 그대로 대입하는 것은 아주 평면적이고 단순할 것이다. 그럼에도 불구하고 홍길동의 생애를 보면 이 세 가지 대응이 모두 보인다는 점이 흥미로운 것은 사실이다.

그렇다면 오늘날의 우리는 어떻게 할 것인가? 한국이 싫어서 떠나는 것은 선택의 자유이겠지만 소극적인 방식임에는 틀림없다. 더 좋은 세상을 만들기 위한 노력을 포기하는 것이기 때문이다. 순종 또한 마찬가지이다. 불만이 있더라도 포기하거나 맹목적 충성심을 발휘하는 것이다. 이와는 달리 항의의 목소리를 내는 것은 지옥 같은 사회가 싫더라도 고통을 주는 요소를 조금이라도 없애기 위한 적극적인 노력이라 할 것이다.

물론 아무도 선택을 강요할 수는 없다. 하지만 홍길동이 조선을 떠난 것이 못내 아쉬운 것은 사실이다. 다만 아무리 판타지였다고 하더라도, 홍길동이 사회 제도를 변혁하는 주체로서 대활약을 펼친다는 사회적·정치적 상상력을 발휘하기에는 당대의 조선 사회는 그 자체로 너무나 강고한 벽이었다는 사실로 그 아쉬움을 달랠 수밖에 없겠다.

홍길동이 궁극적으로는 떠나기를 선택하는 설정도 결국 소설의 리얼리티를 지키기 위한 선택이라고 양해할 만하다. 세계사적 차원에서 보더라도 근대적 시민 사회로 가는 결정적인 계기로서 평등 개념을 확산시켰던 프랑스 혁명(1787~1799)이, 허균이 살았던 시절로부터 약 200년이 흐른 후에야 발발하고 완수되었다는 사실로도 그런 아쉬움을 달래기에는 충분할 것으로 보인다.

견주어 읽기

「박씨전」

「홍길동전」은 사회적 상상력을 바탕으로 구성된, 전적으로 남성 영웅에 의한, 남성 영웅을 위한, 남성 영웅의 이야기다. 그렇다면 이에 맞먹는 사회적 상상력을 바탕으로 구성된 여성 영웅 이야기는 없을까? 당연히 있다. 그중 시대적으로 가장 앞서면서도 다른 여성 영웅 소설의 모태라 할 만한 작품이 바로 「박씨전(朴氏傳)」이다. 「박씨전」 역시 약 100종의 이본이 있어 그 인기를 짐작하게 한다. 줄거리는 다음과 같다.

📖 조선 인조 때 이득춘이라는 고관대작에게 문필이 뛰어난 아들이 있었으니 그는 곧 시백이었다. 어느 날 금강산에 살던 박 처사라는

선관
신선이 사는 세계에서 벼슬살이를 하는 신선

피화당
화를 피하는 집

가달
중국 북쪽 변방에 있던 오랑캐

선관(仙官)이 찾아와 시백과 자신의 딸을 혼인시키자고 제안하자 득춘은 곧바로 이를 승낙한다. 첫날밤에 박 씨가 박색임을 발견한 시백은 박 씨를 외면한다. 박 씨는 후원에 피화당(避禍堂)을 짓고 여기에서 홀로 지낸다. 박 씨는 여러 가지 신기한 재주를 발휘하여 시백의 장원 급제를 돕는 등 집안일을 돌본다.

그후 박 씨의 액운(厄運)이 다하기를 기다려 박 처사가 박 씨 부인의 허물을 벗겨 주니 절세미인으로 변한다. 시백을 비롯한 온 가족의 태도가 달라지는 것은 당연지사. 한편 이시백은 임경업과 함께 명나라를 도와 가달(可達)의 난을 평정하고 재능을 인정받는다. 그런데 호왕(胡王), 곧 청 태종은 조선을 침범하려는 계획을 세우고 공주를 기생으로 변장시켜 조선에 보내어 임경업과 시백을 죽이려 한다. 이를 알아차린 박 씨는 그녀를 제압하고 본국으로 쫓아 보낸다.

호왕은 용골대(龍骨大) 형제를 앞세워 조선을 침범한다. 이 변란을 미리 내다본 박 씨는 시백을 통해 임금을 남한산성으로 피신시키고, 자신이 거처하고 있던 피화당에 많은 부녀자들을 모아 화를 피하도록 한다. 임금의 항복을 받은 후 용골대의 동생 용홀대는 포로를 이끌고 퇴각하는 길에 피화당에 침입했다가 박 씨의 도술로 죽임을 당하고, 복수를 하려던 용골대도 역시 박 씨의 도술을 이기지 못하고 무릎을 꿇고 만다. 박 씨는 용골대에게 인질로 끌려가는 왕자와 조선 백성들을 다치게 하면 커다란 재앙이 있을 것임을 예고한다. 박 씨는 전란이 마무리된 후 충렬부인에 봉해진다.

이야기는 크게 전반부와 후반부 두 부분으로 구성된다. 천하명문 이시백과 천하박색 박 씨가 혼인하는 데서부터 박씨 부인이 허물을 벗고 천하일색으로 환골탈태하는 데까지가 전반부이고, 병자호란을 맞아 박 씨 부인이 커다란 활약을 펼쳐서 용홀대와 용골대 형제 장수에게 복수하는 이야기가 후반부에 해당된다.

홍길동이 조선 사회에서 신분적으로 타자였다면, 「박씨전」의 박씨는 성(性)적으로 타자였다. 그런데 타자로서의 한계를 뛰어넘는 방식은 다르다. 홍길동은 서자 출신이라는 신분적 한계를 개인적 노력으로 일거에 뛰어넘었다. 그는 서자로서는 도저히 성취하기 어려운 지위를 얻어 냄으로써 자아를 실현한 것이다. 일종의 자기 부정을 통해 자기 정체성을 완성한 것이고, 여기에는 작가의 사회적 상상력이 적극적으로 개입하고 있다.

이에 비해 박 씨는 사회적 타자일 수밖에 없는 여성으로서의 성적 정체성을 오히려 더 강하게 노출하면서 사회적 인정 투쟁*을 벌였다. 박 씨는 시아버지가 급히 입어야 할 조복(朝服)*을 하룻밤 사이에 뚝딱 지어 내는가 하면, 비루먹은 말을 싸게 사서 3년 뒤 비싸게 되팔아 재산을 늘리기도 하고, 백옥 연적(白玉硯滴)을 주어 시백이 장원급제하도록 돕는다. 바느질, 재산 증식, 남편 보좌가 가정 내에서 펼친 박 씨의 활약상이었던 것이다.

물론 가정 내에서 존재감을 뚜렷하게 인정받게

> **인정 투쟁**
> 철학 용어로, 자기 자신이나 타인에게 인정을 받기 위한 싸움을 일컫는 말이다. 상대편에게서 자신을 확인하려고 한다는 점에서 명예를 위한 싸움이며, 무조건적으로 상대편을 제압하려는 목적보다는 자신의 명예를 확인하려고 하기 때문에 자기의식적이며 정신적인 성격을 지닌다.

> **조복**
> 관원이 조정에 나아가 하례할 때에 입던 예복

된 결정적인 계기는 박색에서 천하일색 미녀로의 환골탈태였다. 미모가 여성적 정체성의 한 징표라 한다면 오늘날의 관점에서 시대착오적인 생각이겠지만, 추녀에서 미녀로의 변신이 가족들로 부터의 소외를 벗어나는 결정적 계기가 된다는 점만은 분명해 보인다. 홍길동과 같은 자기 부정이 아니라 자기 긍정을 통해 정체성을 완성한 것이다. 그런데 전반부의 이야기를 구성하는 상상력은 가정 내에서 일어나는 일에 국한되어 있어서 사회적 성격은 매우 약하다.

그러나 「박씨전」은 후반부에서 다른 국면으로 전환된다. 후반부에서는 도술을 부려 적장과 적군을 처단하고 또 다른 적장으로부터 사과를 받아 내는 초월적 능력을 발휘한다. 이런 국면에 대해 굳이 성적 정체성을 잣대로 삼아 접근할 필요는 없겠지만, 박씨 부인의 여성성이 적극적으로 발휘되었던 전반부와 달리, 후반부에서는 성적 정체성이 거의 휘발된 채 패전국 백성으로서의 울분을 토하고 있음을 알 수 있는 것이다. 대신에 후반부의 이야기를 떠받치는 상상력은 철저히 사회적이다.

널리 알려진 대로 「박씨전」은 병자호란의 치욕을 설욕하고 정신적 위안을 얻기 위한 목적으로 창작되고 향유된 작품이다. 임진왜란이 낳은 피해야 일일이 열거할 수 없을 정도로 크지만, 그래도 조선의 군사력과 의병, 백성 들의 저항으로 끝내 왜적을 이 땅에서 몰아낼 수 있었다. 최소한의 자존감은 지킬 수 있었던 것이다.

이에 비해 병자호란은 조선의 왕이 청 태종 앞에서 머리를 찧으면서 항복하는 굴욕을 당했다.* 왕자들이 인질로 잡혀가고 백성들은 마치

공물이나 된 듯이 끌려갔다. 한 나라가 패전국으로서 겪는 수모의 최대치에 가깝다.

「박씨전」의 후반부는 이러한 역사적 사실에 철저하게 밀착되어 있다. 후반부 이야기 중에서 허구적 상상력을 바탕으로 구성된 대목으로는 피화당에서 적장 용홀대를 죽이고 그의 형 용골대를 혼비백산하게 만든 후 그로부터 사과를 받아 내는 장면이 거의 유일하다.

마지못하여 호장(胡將)들이 투구를 벗고 창을 버려, 피화당 앞에 나아가 꿇어 애걸하기를,

"오늘날 이미 화친(和親)*을 받았으니, 왕대비는 아니 모셔 갈 것이니, 박 부인 덕택에 살려 주옵소서." 하고 만단애걸(萬端哀乞)*하거늘, 박씨 주렴 안에서 꾸짖기를,

"너희들을 씨도 없이 죽일 것이로되, 천시(天時)를 생각하고 십분 용서하거니와, 너희 놈이 본디 간사하여 범람(氾濫)한 죄를 지었으나, 이번은 아는 일이 있어 살려 보내나니 조심하여 들어가며, 우리 세자, 대군을 부디 태평히 모셔 가라. 만일 그렇지 아니하면 내 오랑캐를 씨도 없이 멸하리라."

호장들은 박씨 부인 앞에서 항복을 한다. 그러면서 왕대비를 포기

삼전도의 굴욕
병자호란 당시 남한산성에 피신해 있던 인조는 45일 만에 세자와 신하 5백여 명을 이끌고 삼전도에 나와 청나라의 황제 앞에 항복을 알리는 삼궤구고두를 행했다. 삼궤구고두는 무릎을 꿇은 채 머리가 땅에 닿도록 숙이기를 세 번 하고, 이를 한 단위로 하여 세 번을 반복하는 것이다. 청나라 황제는 인조의 항복을 받고 삼전도비를 세워 자신의 공덕을 기리도록 강요하였다. 삼전도는 조선 시대에 한양과 남한산성을 이어 주던 나루가 있던 곳이다.

화친
나라와 나라 사이에 다툼 없이 사이좋게 지내는 것

만단애걸
여러 가지로 사정을 말하여 애걸함

하는 것으로 용서를 빈다. 대신에 박씨 부인은 세자와 대군을 모셔 가는 데 대해서는 암묵적으로 용인한다. 일종의 타협이 이루어진 셈이다. 그러나 왕대비가 인질로 잡혀가는 것은 역사적 사실이 아니었으므로, 왕대비를 놓아주는 것은 소설적 설정이자 상상력의 소산이다.

그렇다면 이왕 상상력을 발휘하는 김에 조금 더 강도를 높였다면 어떻게 되었을까? 가령 용골대마저 처단하고 세자와 대군은 물론 백성들까지 인질 상태에서 해방되어 완전한 승리로 마무리되는 서사적 설정은 불필요했을까 하는 것이다. 혹은 아예 조선의 왕이 항복을 하기 전에 충분히 호적을 물리쳐서 아예 치욕적 상황이 도래하지 않는 설정은 또 어떠했을까? 그랬다면 더 통쾌한 정신적 설욕을 성취할 수 있지 않았을까?

그러나 지나친 상상력은 리얼리티를 흔든다고 했다. 「홍길동전」에서 홍길동의 능력으로 서자 차별을 비롯한 사회 제도를 변혁하고 새로운 세상을 세우는 데까지 나아갔을 때 리얼리티가 무너졌을 것이라고 예측했듯이, 「박씨전」에서 역사적 사실을 완전히 부정하는 서사적 설정이 있었다면 「홍길동전」에서와 같은 결과를 초래했을 것이다.

홍길동이 끝내 떠나기를 선택함으로써 「홍길동전」의 리얼리티를 보존했듯이, 박 씨의 역할이 그 정도로 제한되어 있었기에 「박씨전」의 리얼리티도 보존이 가능했던 것이다. 만일 그 범위를 넘어섰다면 정신적 설욕이라는 애초의 창작 의도를 살리기는커녕 오히려 공감대를 잃어버렸을 것이다. 독자들은 외면했을 것이고 그랬다면 100종이 넘는 이본도 산출되지 않았을 것이다.

「홍길동전」이 조선 사회의 제도와 이념을 충실히 따르고 있다면, 「박씨전」은 조선이 겪은 역사적 사실을 비교적 충실히 따르고 있는 셈이다. 두 작품의 공통된 공감대는 바로 여기에 있다. 그러니 사건과 인물에 대한 상상력을 바탕으로 구성되는 것이 소설이라 하더라도, 상상력이 무한히 확장되는 것은 위험하다. 소설의 공감대를 스스로 무너뜨리는 패착을 낳는 것이다.

「홍길동전」

「홍길동전」은 실제 인물을 모델로 삼아 가정, 사회, 국외로 확장되는 그의 영웅적 행적을 그린다. 홍길동은 불합리한 사회 제도를 고발하고, 탐관오리의 재물을 빼앗아 백성들에게 나누어 주는 등 피지배 집단의 편에 서서 활동하는 인물이다. 조력자의 도움 없이 스스로 고난을 극복한다는 점에서는 독립적이고 진취적인 영웅이라고 평가받지만, 문제를 제기했을 뿐 조선의 상황을 바꾸지 못하고 이상 사회로 설정된 율도국에서 왕의 자리에 만족하며 그 속에서 조선의 제도를 답습하고 있다는 점에서 한계를 지닌다는 평가도 있다.

「박씨전」

「박씨전」은 병자호란을 배경으로 한 군담 소설로, 청에 의한 굴욕적 패배를 상상적 차원에서 극복하고, 전란의 패배감에 젖은 민중들을 위로하기 위해 창작된 작품이다. 여성인 박 씨가 비범한 능력을 지닌 사회적 영웅으로 그려진다는 점이 특징적이다. 이를 진보한 여성 의식의 결과로 보는 시각이 대부분이지만, 가정 내부로 국한된 공간을 배경으로 그의 활약상이 그려지고 있다는 점에서 한계를 지닌다는 관점도 있다.

생각해 보기

1. 소설은 현실의 반영인 동시에 소망의 반영이라고 한다. 「홍길동전」과 「박씨전」을 예로 들어 이 명제를 구체적으로 설명해 보자.

2. 「홍길동전」과 「박씨전」에는 조선 시대의 실제 지명이 다수 등장한다. 실제 지명이 등장함으로써 얻게 되는 문학적 효과는 무엇일지 추측해 보자.

청소년을 위한 고전 소설 에세이

초판 1쇄 2020년 4월 24일
초판 6쇄 2024년 10월 20일

지은이 | 류수열
펴낸이 | 송영석

주간 | 이혜진
편집장 | 박신애 **기획편집** | 최예은 · 조아혜 · 정엄지
디자인 | 박윤정 · 유보람
마케팅 | 김유종 · 한승민
관리 | 송우석 · 전지연 · 채경민

펴낸곳 | (株)해냄출판사
등록번호 | 제10-229호
등록일자 | 1988년 5월 11일(설립일자 | 1983년 6월 24일)

04042 서울시 마포구 잔다리로 30 해냄빌딩 5 · 6층
대표전화 | 326-1600 **팩스** | 326-1624
홈페이지 | www.hainaim.com

ISBN 978-89-6574-984-4

• KOMCA 승인필

파본은 본사나 구입하신 서점에서 교환하여 드립니다.